시간의 조정자

시간의 조정자 1

김욱 新무협 판타지 소설

초판 1쇄 찍은 날 § 2003년 9월 1일
초판 1쇄 펴낸 날 § 2003년 9월 10일

지은이 § 김욱
펴낸이 § 서경석

편집장 § 문혜영
마케팅 § 정필 · 강양원 · 이선구 · 김규진 · 홍현경

펴낸곳 § 도서출판 청어람
등록번호 § 제1081-1-89호
등록일자 § 1999. 5. 31
어람번호 § 제2-249호

주소 § 경기도 부천시 원미구 심곡1동 350-1 남성B/D 3F (우) 420-011
전화 § 032-656-4452 팩스 § 032-656-4453
E-mail § eoram99@chollian.net

ⓒ 김욱, 2003

값 8,000원

ISBN 89-5505-806-3 04810
ISBN 89-5505-805-5 (SET)

김욱 新무협 판타지 소설

시간의 조정자

1

고구려로 가다

도서출판
청어람

1권 | 고구려로 가다

　내 글이 사대문화 전파에 일부 기여하지 않았나 하는 생각을 간혹 하곤 했다. 그렇게 하지 않으려고 무던히 애를 썼음에도 불구하고 중국이란 땅을 무대로 글을 쓰다 보니 그들의 문화를 어느 정도 수용하지 않을 수 없었기 때문이다. 사정이 이렇다 보니—나뿐 아니라 어떤 무협 작가도 그러기를 원치는 않겠지만—그들의 무협만이 신비롭고 우리의 것은 그렇지 못하다는 역설적인 현상을 만들지 않았나 하는 노파심이 들었다.

　그래서 무협을 우리 땅으로 한번 옮겨와 보았다. 한국 사람이 쓰는 한국 무협, 이 작은 소망을 이루기 위함이라고 말하고 싶다. 무협을 처음 쓰기 시작할 때부터 꿈꿔온 일이건만 그 첫 작품을 이제야 내놓게 됐으니 작가의 게으름은 가히 경지에 올랐다 하겠다.

　작품이 펼쳐지는 무대는 고구려 시대이다. 그러다 보니 구파일방은 아직 존재하지 않는다. 고구려 무림과 대륙 무림이 존재하며 서양의 마법사가 등장하게 된다.

　작게는 천부인을 찾는 모험 여행기이며 크게는 우리 민족이 황하 이북의 대륙 영토를 수복하고 이를 방해하는 서양 세력과 격돌하는 이야기가 될 것이다.

　물론 이렇게까지 스케일이 방대해지려면 독자 제현의 성원이 필요할 것이다. 대중 소설이라는 특성상 독자의 사랑이 있어야만 이야기를 충분히 끌고 나갈 수 있기 때문이다.

　세계관의 바탕은 기존 무협과 판타지에 신한국사를 접목해 보았다. 여기서 신한국사라 함은 단재 선생의 사관을 바탕으로 하는 새로운 한국사관을 이름이다. 다만 신한국사에 대한 작가의 지식이 일천하여 아주 작은 부분밖에 소화하지 못했다는 점을 미리 밝혀둔다.

그리고 워낙 다양한 민족이 나오고 여러 지역을 돌아다니는 구성이다 보니 등장 인물의 언어 소통에 문제가 생겼다. 물론 그 상황으로도 재미있는 장면을 연출해 낼 수 있겠지만 그러다 보면 본질에서 크게 벗어나게 될 것 같아 편의상 어느 민족이든 말은 통하는 것으로 설정하였다.

마지막으로 고구려 시대의 한자와 현대의 한자 사용에 차이가 있을 것으로 예상되나 편의상 같은 것으로 설정하였으며, 광개토대왕의 경우 '국강상 광개토경평안호태왕' 이란 시호를 사후에 추서받은 것이지만 독자의 이해를 돕기위해 광개토대왕이란 호칭을 그대로 사용하였다. 이밖에도 미비한 점이 여러 곳 있으리라 사료된다. 독자 제현의 양해를 구하는 바이다.

여섯 번째 작품 '질풍강호생사주' 를 마친 것이 1999년 11월이니 벌써 4년 가까운 세월이 흐른 셈이다. 그동안 이것저것 끄적거리기는 했지만 출간 작을 쓴 것은 게임판타지 '다크에덴' 4권이 전부였다. 참으로 오랜 시간을 방황한 셈이다. '시간의 조정자' 1부 출간을 기화로 다시 집필에 전념해 볼 생각이다. 작가가 불같이 노력할 수 있도록 독자 제현의 성원과 채찍질을 기대하는 바이다. 끝으로 그간 많은 도움을 주신 서경석 사장님을 비롯한 청어람 식구들에게 진심 어린 감사의 말을 전하며 머리말을 맺을까 한다.

까페 주소 : http://cafe.daum.net/100gabja

e-mail:hopefuldate@hanmail.net

에잇, 더러운 세상! 그만 살면 될 거 아냐!

그래!

죽자!!

확 죽어버리는 거야!!

안 되면 말고.

I장
자살 소동

부현은 집으로 돌아오는 길에 문방구에 들러 칼을 한 자루를 샀다.

'이걸로 손목을 확 그어서 깨끗하게 끝내는 거야.'

그는 이렇게 다짐하며 지하 셋방으로 들어섰다.

아버지는 항상 그렇듯이 술에 찌든 냄새를 풍기며 코를 골아대고 있고 어제 저녁에 일 나간 엄마는 아직도 돌아오지 않은 듯 싱크대에 설거지할 그릇들이 수북하다.

"내가 이 꼴 보기 싫어서라도 갈란다."

부현은 자기 방으로 들어와 문을 쾅 닫았다. 자기 방이라고 해봐야 손바닥 두 개 합친 크기도 안 되는 골방이다. 키도 별로 크지 않은 부현이 누워도 다리를 제대로 뻗을 수 없는 그런 방 말이다.

오늘 학교에서 사고 친 일이 아니더라도 어차피 미련이 없는 세상이다.

'설마 지옥이라고 이보다 더하겠어?'

하루도 거르지 않고 이런 생각이 드는 게 그동안의 삶이었으니까.

부현은 유서를 쓰기 위해 가방에서 노트와 볼펜을 꺼냈다. 일 년 동안 공부한 노트치고는 너무 깨끗했다.

"젠장, 어떤 자식인지 공부 더럽게 안 했네. 내일 모레가 방학인데 겨우 두 장이 뭐야, 두 장이? 그래도 빈 종이가 많아서 유서 쓰기는 좋겠네."

2학년 3반 전부현.

제 이름이 적힌 노트를 보며 마치 남의 일처럼 지껄인 부현은 볼펜으로 글씨를 그려 나가기 시작했다. 쓴다고 하기에는 너무 어설펐으니까.

불초 소생… 이라고 쓰다가 종이를 확 찢어냈다. 그 다음 말을 어떻게 이어야 하는지 생각이 나지 않았기 때문이다.

"쉽게 쉽게 가자. 쓸데없는 말은 다 빼고 요점만 딱 집어서 말이야."

부현은 새 종이에 다시 유서를 써 나가기 시작했다.

엄마, 아버지, 나 이제 콱 죽어버릴 거야.

괜히 슬픈 척하지 마. 속으로 웃고 있다는 거 다 아니까. 나 없으면 찢어지기도 쉽고 좋을 거 아냐?

아버지는 술이나 계속 퍼마시다 어디 가서 맞아 죽든 얼어 죽든 알아서 하시고 엄마는 놈팽이들 품 부지런히 쫓아다니다 에이즈나 콱 걸려 버렸으면 좋겠네.

아, 그리고 이건 정말 중요한 말인데, 나 오늘 학교에서 큰 건 하나 터뜨렸어. 다친 놈들 부모가 손해 배상 해달라고 몰려오면 그런 자식 없다고 하든 방 보증금을 빼주든 알아서 해. 두 놈 모두 다리가 부러졌으니 치료비가 꽤 들어갈 거야 아마.

맨날 맞고만 다니던 놈이 무슨 재주로 두 놈씩이나 다리를 분질렀냐는 질문은 하지 마. 설명하려면 길어지니까.

어쨌든 난 이제 죽어버릴 거고 두 사람은 더 개판으로 살면 되는 거야. 간단하지? 그럼 안녕!

이건 도저히 자식이 부모에게 남기는 말이라고 할 수 없을 만큼 함부로 쓰여진 유서를 부현은 반으로 접어서 방 입구에 놓아두었다. 그리고 잠시 눈을 감고 심호흡을 했다.

'손목을 그으면 많이 아프겠지?'

이런 생각이 들었지만 얼른 머리를 흔들어 두려움을 털어냈다.

'죽을 놈이 아픈 건 걱정해서 뭐 해, 죽으면 끝이지.'

부현은 더 길게 생각하면 무서워지기만 할 것 같아 주머니에 있던 칼을 얼른 꺼냈다. 그리고 눈을 감은 채 그대로 칼날을 밀어냈다.

또르르륵!

귀에 익은 소리와 함께 차가운 칼날의 기운이 느껴졌다.

'딱 한 번에 확실하게 긋는 거야. 한 번에 성공 못하면 여러 번 그어야 하고 그러면 더 아플 테니까.'

마음을 굳게 먹은 부현은 있는 힘껏 손목을 그어버렸다.

"아윽!"

정말 아팠다. 이렇게 아픈 줄 미리 알았으면 다른 방법을 택하는 건

데하는 생각이 절로 들 만큼 무지무지하게 말이다. 후회가 앞섰지만 이미 그어버렸으니 눈을 감은 채 좀 더 기다려 보기로 했다. 상처가 얼마나 깊은지 눈으로 확인하고 싶기도 했지만 그러면 병원으로 달려가거나 119를 부르게 될 것 같아서 꾹 참고 기다렸다.

'하나, 둘, 셋…….'

동맥을 끊고 10분 정도 지나면 졸리고 추워지다가 죽게 된다는 말을 어디서 주워들은 적이 있었던 부현은 속으로 수를 헤아리기 시작했다. 그렇게 열 정도 세었을까? 부현은 갑자기 짜증난 표정으로 눈을 번쩍 떴다.

"바보같이… 책상 위에 있는 시계를 보면 되는걸."

똑딱똑딱…….

그런데 이놈의 초침이 왜 그렇게 늑장을 부리는지 한 번 움직일 때마다 십 분은 쉬었다 가는 느낌이다.

"시간이 화살처럼 빠르다고 한 게 어떤 자식이야? 옆에 있으면 아가리를 확 찢어주고 싶군."

부현은 겨우 1분을 넘기지 못하고 이런 말을 뱉어내더니 온몸을 배배 꼬기 시작했다.

"정말 환장하겠네. PC방에서 내 돈 천 원 잡아먹을 때는 30초도 안 걸리는 것 같더니만……."

손목은 끊어질 듯 아픈데 시간은 늦게 흐르고… 이러다가는 속이 터져 죽을 것 같았다.

"우이 씨~ 손목은 뒈지게 아픈데 시간은 왜 이렇게 함흥차사야? 함흥차사? …맞나? …맞겠지? …맞을 거야. 시간이 늦을 때 써먹는 말인 건 확실하니까."

국어 선생님이 들으면 거품 물 말이었지만 그나마 중얼거리고 있으니 시간이 조금 더 빨리 흐르는 것처럼 느껴졌다.

"시간아, 제발 빨리 가라, 빨리. 마음 바뀌기 전에 확 죽어버리게."

이렇게 떠들고 저렇게 중얼거리는 사이에 시간은 흘러 어느덧 그가 알고 있는 증상이 나타날 시간이 다 되어갔다.

"9분 50초, 51, 52… 59, 10분!!"

이제 곧 졸릴 거라 생각하고 부현은 눈을 감았다. 그때 언뜻 현기증이 느껴지는 것 같았다.

'드디어 피가 모자라서 어지러움증이 오는군.'

이렇게 생각하며 죽음을 맞이할 마음의 준비를 하고 있는데 이상하게 정신이 점점 말똥말똥해지는 거였다.

'왜 졸리지 않지? 춥지도 않고?'

이상한 생각이 들어서 시계를 힐끔 보니 5분이나 더 지나 있었다. 이번에는 손목을 힐끔 바라보았다. 피가 배어 나와 빨갛게 보이는 상처가 분명하게 보였다. 그런데 당연히 보여야 할 것 한 가지가 보이지 않았다. 흥건하게 흘러나와 있어야 할 피가 말이다. '뭐가 잘못된 거지?' 하고 손목을 들여다보니 칼로 그었다고는 도저히 믿을 수 없을 정도로 상처가 얕았다. 피부가 약간 찢어지고 그 틈으로 핏방울이 몽글몽글 솟아나 있는 정도였다.

"왜 이렇게 됐지?"

부현은 방금 써먹었던 칼을 집어 들었다. 그리고 한참 동안이나 무서운 눈으로 노려보다가 벽에다 확 내던지며 소리쳤다.

"이런 썅! 왜 하필이면 이럴 때 불량품이 걸리냔 말야!"

새로 사 온 칼은 날이 만들어지지 않아 긴 철판에 불과한 불량품이었다.

　부현이 거리로 나온 것은 저녁 7시가 다 되어가는 시각이었다. 그는 불량품 칼 때문에 동맥 절단에 실패한 뒤 곧바로 동네 약국으로 뛰어갔다. 그곳은 불면증에 시달리는 엄마가 수면제를 사는 단골 약국이었다. 그리고 가끔은 부현이 심부름을 하는 경우도 있었기에 약사는 별 의심 없이 수면제 30알을 내주었고 부현은 그 길로 슈퍼로 달려가 생수 한 병으로 약을 몽땅 삼켜 버렸다. 그리고는 죽음을 맞이하기 위해 집으로 다시 돌아가는데 약사가 뛰어오더니 이렇게 말하는 거였다.

　“부현아, 그 약 어머니께 아직 드리지 않았지?”

　“왜요?”

　“내가 실수로 소화제를 준 것 같아서……. 도로 가져와라, 바꿔줄 테니까.”

　‘이 우라질 인간아, 벌써 뱃속에 넣어버린 걸 뭔 재주로 꺼내?’ 라고 소리치고 싶었지만 그럴 수는 없고 그저 묵묵히 발걸음을 다시 슈퍼로 돌려야 했다. 소화제 30알의 소화력을 상대하려면 빵이 30개쯤은 필요할 테니까.

　어쨌든 이렇게 해서 두 번째 시도도 물거품이 되고 말았다. 덕분에 배가 터지도록 빵을 사 먹은 부현은 지금 다른 방법을 강구하는 중이었다.

　“빌딩 옥상으로 올라가서 확 떨어져 버릴까? 아니면 한강 물에 풍덩 빠져 버릴까?”

　이런저런 염두를 굴리며 발 가는 대로 걷던 부현은 어느 순간부터 주위가 조용해졌다는 느낌을 언뜻 받고는 주변을 둘러보았다.

"어라? 내가 언제 여기까지 왔지?"

그가 살던 방학동에서 아무 생각 없이 걸음을 옮긴 것이 어느새 의정부 방향이다. 멀리 도봉산 역이란 팻말이 보이고 도로변이 휑한 것으로 보아 조금만 더 가면 의정부 경계 지역이었다.

"젠장할… 한강이랑은 더 멀어졌군. 근처에 고층 빌딩도 없고… 도봉산에 올라가서 목을 콱 매버려?"

이렇게 중얼거리고 있는데 뭔가 어마어마한 것이 휙 하고 스치고 지나가며 거센 바람을 불러일으켰다.

"깜짝이야!"

죽기로 작정한 인간이 웬 겁은 그렇게 많은지 화들짝 놀라 인도 안쪽으로 뛰어들어 갔던 부현은 '뭐였지?' 하는 눈빛으로 뒤를 돌아보았다. 벌써 저만큼 사라진 덤프 트럭의 뒷모습이 눈에 들어왔다. 적재함에 뭔가가 수북이 실려 있는데 정말 잘도 달리고 있었다.

"사고가 나더라도 저는 큰 차라서 죽을 일 없다 이거지? 하여간 저런 자식들 때문에 우리 나라 교통 문화가 엉망이 된다니까! …가만! 과속? 큰 차?"

머리 속에 퍼뜩 떠오르는 생각이 있었다.

"승용차에 치어도 골로 가는데 저 정도 속도의 덤프 트럭이라면……?"

한 번에 아주 확실하게 갈 수 있을 것 같았다.

"좋아, 결정했다. 덤프 트럭으로 가는 거야. 그런데… 내가 차에 치어 죽으면 그 보상금으로 울 엄마, 아버지만 호강하는 거 아닌가?"

괜히 억울한 생각이 드는 듯 잠시 생각을 정리하던 부현은 이내 고개를 좌우로 흔들었다.

"아무렴 어때? 그 인간들 돈 생겨봐야 얼마 가지도 못하고 바닥날 텐데. 나는 그냥 죽어주면 되는 거야. 살아봐야 내가 도움받을 일도, 도움될 일도 없는 이런 세상에 미련 가질 이유가 없지."

부현은 주변을 살펴 도로가 구부러지는 코너 부근으로 자리를 옮겼다. 그곳에서 달려오는 차를 확인한 뒤에 밑으로 조금 내려와 있다가 차가 코너를 돌아서는 순간 뛰어들 생각이었다. 그래야 운전사가 피할 겨를이 없을 테니까.

그러는 동안에도 덤프 트럭은 무수히 지나갔으니 덤프 트럭이 없어서 자살 못할 일은 없을 것 같았다.

"이제 준비는 완벽하니까 잘 맞춰서 뛰어들 일만 남았군."

때마침 덤프 트럭 한 대가 저 멀리서 달려오는 모습이 보였다. 그동안 지나간 것들은 상대도 안 될 만큼 어마어마한 속도로 달려오고 있었다.

"그래, 너, 딱 걸렸다. 나 죽이고 나서 콩밥 좀 한번 실컷 먹어봐라. 다시는 과속하고 싶은 생각이 안 들 테니까."

부현은 부지런히 밑으로 내려와 덤프 트럭이 코너를 돌아오기를 기다렸다. 그러자 얼마 지나지 않아 그 덤프 트럭이 거의 비명에 가까운 소리를 질러대며 코너를 돌아 나왔다.

부아아악!

"이때다!"

부현은 미련없이 덤프 트럭 앞으로 뛰어들었다. 이제 쾅 소리가 나면 온몸이 으스러짐과 동시에 세상과 빠이빠이 하는 것이다. 그런데 시원스럽게 깔고 지나가기는커녕 전혀 예상치 못한 소리만 연이어 들려오지 않겠는가?

펑!

끼이익!

쾅!

콰지직!

'뭔 소리가 이렇게 요란하대?'

눈을 꽉 감고 있던 부현은 이상한 생각이 들어 눈을 슬그머니 떠 보았다.

"얼라리?"

자신을 깔고 지나갔어야 할 덤프 트럭은 엉뚱하게도 중앙선을 넘어 길 반대 편 가로수를 부러뜨리고 가드 레일을 부순 뒤 3미터 언덕 아래로 굴러 내려가고 있었다. 그리고는 홀랑 뒤집히더니 30미터쯤 더 뒹굴어 나간 뒤에야 멈추었다.

"쯧쯧… 저래 가지고는 살기 어렵겠어. 그러게 천천히 좀 다니지. 뭐야, 나는 멀쩡하고 엄한 자식이 골로 가버렸잖아? 이런 우라질……. 저 병신 같은 자식은 왜 저리 기어간 거야, 운전 하나 똑바로 못하고?!"

부현은 다음 기회를 기다리기 위해 인도로 다시 올라가려 했다. 그때 마침 덤프 트럭 한 대가 코너를 돌아 나오며 눈부신 헤드라이트를 비추었다.

뿌아아앙—!

"으아아악!"

어차피 죽을 각오를 했다고는 해도 이렇게 갑작스러운 상황에서는 놀라지 않을 수 없었다. 그런데 이번에도 요상한 일이 또 벌어졌다.

펑!

'펑?'

끼이익!

'어라? 스토리가 조금 전과 비슷하네?'

쾅!

와지직!

먼저 뒤집힌 덤프 트럭과 똑같은 소리를 순서에 따라 울려대며 이번 덤프 트럭도 길 건너 언덕 아래로 사라져 갔다.

"아주 잘들 하는군."

이번 것은 다음 가로수를 부러뜨린 뒤 20미터쯤 굴러가다가 멈추어 섰다.

"음… 먼저 놈보다는 과속을 덜했군. 잘하면 살아 있겠어."

아무 생각 없이 이렇게 중얼거리던 부현은 자신의 목적이 아직 달성되지 않았다는 사실을 상기하고는 발을 쾅 굴렀다.

"젠장, 이게 아니잖아! 왜 하필 그때 펑크가 나냔 말야! …펑크? 그렇지, 펑크가 났었지? 그러면 처음의 덤프 트럭도……."

이상한 생각이 들었다. 하필이면 이 시간 이 자리에서 두 대의 덤프 트럭이 차례로 펑크가 나다니……. 게다가 두 대 모두 길 반대 편으로 굴러갔으니 똑같이 왼쪽 앞바퀴가 터졌을 것이다.

"불량품 칼에 멍청한 약사 놈은 소화제를 잔뜩 주더니 이제는 줄줄이 펑크야? 정말 더러워서……. 왜 죽는 것도 마음대로 안 되냔 말야?!"

부현이 성질을 잔뜩 부리고 있는데 또 한 대의 차가 코너를 돌아 나오고 있었다. 하지만 부현은 별로 놀라지 않았다. 아니, '이번엔 제발 좀 죽여줘!' 라고 소리치며 두 팔을 활짝 벌리기까지 했다. 그러나 이번에도 역시 마찬가지였다. 먼저와 똑같은 순서로 요란한 소리를 울려내며 길 건너편으로 사라졌으니까.

약간 다른 점이라면 이번 차량은 덤프가 아니고 검은색 세단이라는 사실과 언덕 아래로 구르지 않고 가로수를 들이박은 채 멈추었다는 점이었다. 물론 가로수도 부러지지 않았고.

"정말 성질 나네. 저 멍청한 자식들은 왜 자꾸 옆으로 새지? 그냥 깔고 지나가면 간단한 건데 말야."

이렇게 투덜대며 세단을 흘깃 바라보는 부현의 머리 위로 의문 부호가 갑자기 주르륵 떠올랐다.

"그런데? 저것은? 혹시? 그……?"

뜨악한 눈으로 세단을 바라보던 부현의 입이 쩍 벌어지더니 몸에서 이상한 소리가 차례로 들려 나오기 시작했다.

쿵!

심장 떨어지는 소리였다. 운전석 문이 열리며 험악하게 생긴 깍두기 아저씨가 나타났기 때문이다.

더걱!

턱 빠지는 소리였다. 다른 문들이 열리며 험악한 깍두기들이 줄줄이 쏟아져 나오고 있기 때문이었다.

팽그르르!

눈알 돌아가는 소리였다. 이쪽을 노려보고 있는 깍두기들의 분위기가 아무래도 심상치 않아 도망갈 길을 찾아야 했기 때문이다.

그때 두목으로 보이는 깍두기가 부현을 가리키며 외치는 소리가 들려왔다.

"저 새끼 잡아와!"

우르르!

커다란 덩치 네 명이 동시에 달려오기 시작했다.

‘튀자!’

부현은 뒤돌아볼 것 없이 무작정 달리기 시작했다. 아무리 죽을 작정을 했다지만 맞아 죽을 수는 없는 노릇이니 말이다.

“서!”

“너 이 새끼, 거기 안 서!”

‘너 같으면 서겠냐?’

부현은 다리가 보이지 않을 정도로 뛰었다. 맞아 죽을 수는 없다는 하나의 일념으로…….

그렇게 뛴 덕인지 깍두기 아저씨들이 달리기를 못했던 것인지 얼마 지나지 않아 깍두기들의 고함 소리가 점점 잦아들더니 조금 더 지나자 완전히 들리지 않게 되었다.

그제야 뒤를 힐끔 돌아본 부현은 깍두기들이 확실하게 보이지 않음을 확인하고는 걸음을 멈추었다.

“헥헥… 자식들, 내가 이래 뵈도 달리기는 좀 한다구. 그런 나를 잡으려고 해? 가소로운 자식들, 나를 못 잡았으니 대빵한테 돌아가면 뒤지게 터지겠지? 하하하하… 하하하… 하하… 하……? 그런데 여기가 어디냐?’

사방이 온통 나무였다. 그리고 달려온 길을 되돌아보니 가파른 비탈이었다.

“언제 이런 산속으로 들어왔대?”

급한 김에 도봉산으로 달려 올라온 모양이었다. 그것도 중턱까지 한달음에 쭈우욱!

“내가 무슨 짓을 한 거야? 이 야심한 밤에 왜 하필이면 산속으로 튀

었난 말야?"

밤하늘에는 달도 뜨지 않았고 휘황찬란한 네온싸인이나 가로등 같은 것도 없으니 당연히 주변은 온통 깜깜한 어둠뿐이었다.

"하하, 조금 무섭군. 아주아주 조금……."

이렇게 떠들기는 했지만 사실은 오줌이 마려울 정도로 무지하게 무서운 것이 분명했다. 그렇지 않으면 다리를 후들후들 떨 이유가 없을 테니까.

"그런데 이젠 어떻게 하냐? 그 깍두기들이 아직 길목을 지키고 있을지 모르니 내려갈 수도 없고 그렇다고 여기서 밤을 새자니… 아주아주 쬐끔 무섭고……."

무서움을 달래기 위해 일부러 소리 내어 떠들고 있던 부현은 자신이 어떻게 하다가 여기까지 오게 되었는지 문득 떠올렸다.

'잠깐, 나는 죽으려던 거였잖아? 그렇다면 산속에 혼자 있다고 무서워할 이유가 전혀 없는… 것이기는 한데 그래도 무서운 건 어쩔 수 없네. 아주 조금이기는 하지만. 하하, 그런데 등골은 왜 이렇게 서늘한 거야?

"꺼으으으……."

어디선가 이상한 소리가 들려온 것은 바로 그때였다. 까마귀 소리 같기도 하고 가래가 잔뜩 낀 사람 목소리 같기도 했다. 하지만 밤중에 까마귀가 울 리는 없으니 아마 사람 목소리이리라.

'사람? 이 밤중에 산속에 사람이 있단 말야? 서, 설마 아니겠지.'

그렇지 않아도 무섭던 부현은 이제 머리털이 다 곤두설 지경이었다. 그때 또다시 그 소리가 들려왔다.

"끄어어어……."

이번에는 더욱 이상한 목소리였다.

'도대체 뭔 소리가 이렇게 으스스한 거야? 오줌 마려워 죽겠네 정말.'

부현이 안절부절못하고 있는 동안에도 그 목소리는 계속 흘러나왔다. 때로는 크게, 때로는 작게…….

무서운 마음 같아서는 각두기들에게 걸려 맞아 죽더라도 도로 달려 내려가고 싶었지만 다른 한구석에서는 은근한 호기심이 일기도 했다.

'설마 귀신이 정말로 있기야 하겠어? 혹시 등산하다가 다친 사람이 도움을 요청하는 것은 아닐까? 등산하다 보면 실족해서 다리가 부러지는 경우도 종종 있는 일이니까. 맞아, 분명히 다리를 다친 사람이 도움을 요청하는 소리일 거야.'

혼자 이렇게 결론을 내린 부현은 어느새 그 다친 사람이 예쁜 여대생일 거라는 되지도 않는 추측까지 해가며 소리가 난 쪽으로 조심스럽게 다가가기 시작했다.

"거기 누구세요? 등산하다가 다친 건가요? 여자예요, 남자예요? 여자면 업고 내려갈 수 있지만 남자면 무거워서 안 되는데……."

이렇게 속이 훤히 들여다보이는 말로 떠들어대며 숲을 헤치고 들어가는데 묵직한 무엇이 머리를 툭툭 건드리는 느낌이 들었다. 그런데 그 느낌이 나무라든가 덩굴 같은 것과는 상당히 차이가 있었다. 그것은 분명히 식물이 아닌 동물류의 느낌이었기 때문이다. 그런데 왜 허공에 동물이?

섬뜩한 느낌을 받은 부현은 후들후들 떨리는 몸을 진정시키며 슬며시 고개를 들어보았다. 그 순간 부현은 확실히 볼 수 있었다. 하얀 소복을 입고 허공에 둥둥 떠서 무서운 눈으로 자신을 내려다보고 있는 여자를 말이다. 이럴 때 사람들이 할 수 있는 말은 한 가지밖에 없는 법이다.

"으아아아아아아아아아!!"

그 자리에 털썩 주저앉아 자신이 낼 수 있는 최고의 사운드로 비명을 질러대던 부현은 숨이 거의 넘어갈쯤 해서 한 호흡을 들이마신 뒤에 그 여자를 손가락으로 가리키며 다시 떠들기 시작했다.

"귀, 귀, 귀, 귀신… 은 아닌가?"

한참이나 더듬던 부현이 갑자기 고개를 갸웃하며 이렇게 말한 것은 여자의 목에 밧줄이 걸려 있는 것을 본 때문이었다. 그러나 비명은 곧 다시 터져 나왔다.

"으아아악! 목매 죽은 시, 시, 시, 시체… 도 아닌걸?"

이번에 번복한 이유는 여자가 몸을 버둥대고 있기 때문이었다. 목 맨 줄이 있으니 귀신은 아니고 살아 움직이고 있으니 시체도 아니고……

그때 여자가 두 손으로 목에 걸린 밧줄을 잡아당기며 뭐라고 말을 하는 것 같았다. 하지만 전혀 알아들을 수 없는 말이었다. 그러자 여자는 애처로운—처음 보았을 때는 무섭게 쏘아보는 듯 느껴졌던—눈빛으로 부현을 바라보았다. 여자의 애처로운 눈빛. 어떤 남자라도 이런 눈빛을 대하면 그냥 지나칠 수 없는 법이다. 그래서 부현은 용기를 내어 물어보았다.

"귀, 귀신이나 시체가 아닌 것은 분명하죠?"

그러자 여자는 있는 힘을 다하여 목에 걸린 밧줄을 잡아당기며 힘겹게 소리쳤다.

"아니야!"

"정말이죠?"

"제발 이 줄부터 좀……."

부현은 좀 더 용기를 내서 그녀에게 다가갔다.

"혹시 나쁜 놈들이 못된 짓을 한 뒤에 여기에 목을 매달아 버린 건가요?"

"그런 거… 아니고… 자살… 하려고… 했는데……."

"자살?"

"세 시간 동안이나… 죽어지지가 않아……."

뜨악!

"세… 시간……?"

입을 쩍 벌리고 있는 부현에게 여자가 애처롭게 말했다.

"어서… 좀……."

더 이상 견딜 수 없었던지 '풀어줘' 라는 말은 미처 하지 못한 채 여자는 입을 다물었다.

귀신도, 시체도 아닌 산 사람이 분명했고 거기다가 제법 생긴 여대생 누나 같았기에 부현은 그녀를 구해주기로 마음먹었다. 그런데…….

"이걸 무슨 재주로 풀지?"

그녀의 발이 부현의 머리에 걸릴 정도로 높이 매달려 있었으니 아무리 손을 뻗어보아도 밧줄을 잡을 수가 없었다.

"일단 손에 닿아야 풀든지 이빨로 물어뜯든지 할 텐데……."

부현이 난감해하자 여자는 두 손을 아래에서 위로 올리는 시늉을 하였다. 그녀는 두 다리를 들어 올려주면 자기가 밧줄을 느슨하게 하겠다는 뜻이었다. 하지만 부현은 치마를 걷어 올려 달라는 몸짓으로 이해하고 있었다.

"위기에 처한 여자를 도와주지는 못할망정 어떻게 그런 짓을……. 그럴 수야 없죠."

도대체 머리 속이 무슨 생각으로 꽉 차 있는 건지… 부현이 엉뚱한 말만 늘어놓자 여자는 더욱 급하게 치마를 걷어 올리는 시늉을 했다. 물론 부현이 보는 관점에서는 말이다.

"글쎄 안 된다니까요! 나는 그런 파렴치한 짓은 절대로 할 수 없어요. 대신 다른 방법을 강구해 보죠."

여자는 답답하다는 표정으로 여전히 그 시늉을 하였지만 그때마다 몸이 흔들려서 목만 더욱 조여올 뿐이었다. 이대로 있다가는 정말로 죽지 싶을 때 부현이 손바닥을 탁 치며 소리쳤다.

"잠깐만 기다려요, 내가 금방 구해줄 테니까."

이렇게 말한 부현은 그녀가 매달려 있는 나무로 올라가기 시작했다. 위에 묶인 줄을 풀어줄 생각이었다.

나무 위로 올라간 부현은 밧줄이 묶여 있는 나뭇가지로 조심스럽게 한 발을 내디뎠다. 쉽게 부러질 만큼 가늘지도 않았지만 두 사람의 무게를 충분히 지탱할 만큼 굵지도 않은 가지였기에 부현의 체중이 실리자 출렁 하는 진동이 생겨났다.

"어엇!"

부현은 나무가 부러질까 봐 잠깐 놀란 정도였지만 목이 매달려 있는 여자의 입장에서는 정말로 숨이 꽉 막힐 노릇일 것이다. 가지가 출렁이는 탄력으로 밧줄이 더욱 꽉 조여졌으니 말이다. 이런 사정을 아는지 모르는지 부현은 균형을 잡는답시고 나뭇가지를 자꾸 출렁이고 있었다.

출렁!

"끅!"

출렁!

"끄으윽……."

출렁!

"끄ㅇㅇㅇㅇ윽……."

출렁임이 계속되자 여자는 더 이상 못 참겠다는 듯 부현을 올려다보았다. '계속 그럴 거면 차라리 내려와, 임마!' 라고 소리치는 듯한 눈빛으로 말이다. 그런데 정작 큰 사건은 그때 벌어졌다. 가지를 밟은 채 중심을 잡으려고 애쓰던 부현의 한쪽 발이 그만 미끄러져 버린 것이다. 부현은 다급한 김에 아무것이나 확 잡았는데 그것이 하필이면 여자의 목을 조르고 있던 밧줄의 매듭 부분이었으니…….

"캐애액!"

여자는 아름다운 이미지와 전혀 어울리지 않는 비명을 질러대며 혀를 쭉 빼물었다. 목이 심하게 졸리면 누구나 혀를 길게 내미는 법이니까.

"으아악!"

여자의 앞쪽에 묘한 자세로 매달려 있던 부현은 그녀의 뻘건 혀가 한 뼘이나 쭉 밀려 나오는 모습에 경악했다. 그래도 떨어지기는 싫었기에 고개만 돌린 채 버둥거리자 그 때문에 가지는 더욱 출렁거렸다.

"끄륵, 끄르르……."

두 뼘은 됨 직하게 밀려 나온 혀와 허옇게 돌아간 눈동자. 세 시간 동안이나 이루지 못한 여자의 꿈(?)이 부현에 의해서 드디어 이루어지려는 찰나였다.

와지직!

나뭇가지가 요란한 소리를 내며 부러져 두 사람은 함께 바닥을 뒹굴었다. 매달려 있을 때의 그 묘한 포즈 그대로 말이다. 물론 여자의 가슴에 얼굴을 묻고 있는 부현이야 좋아 죽을 지경이었지만.

"모, 목… 내 목……."

아직도 목 뒤의 밧줄을 꼭 쥐고 있는 부현 때문에 여자는 괴로운 비명을 질렀다. 그제야 정신을 차린 부현은 얼른 일어나서 소녀의 목에 걸린 밧줄을 풀어주었다.

"후아아아……."

여자는 세 시간 동안 제대로 쉬지 못했던 숨을 한꺼번에 몰아쉬기에 바빴고 부현은 조금 전에 느꼈던 그 몽클한 촉감을 되새기느라 헤벌쭉한 표정을 짓고 있었다.

"그러니까 1년 동안이나 사귀어오던 남자 친구가 헤어지자고 해서 목을 맸단 말이에요?"

"응."

부현은 자신이 구해준 여자와 나란히 앉아서 이야기를 나누고 있었다. 그녀의 이름은 차나연, 대학 2년생이라고 했다. 보통 자살을 기도했던 사람들은 표정도 어둡고 말수도 적은 법인데 차나연은 생각보다 표정도 밝고 얘기도 잘하는 편이었다. 두 사람이 이야기를 나누기 시작한 지 벌써 두 시간이 다 되어가니 말이다.

그사이 그녀는 지난 1년간 있었던 이야기를 미주알고주알 잘도 늘어놓았다. 생명의 은인(?)이라고는 하지만 처음 보는 남자, 그것도 세 살이나 어린 동생에게 자신의 과거를 들려주는 것은 쉬운 일이 아니다. 그리고 과거를 말하며 가끔씩 웃기도 하는 것을 보아서는 도무지 조금 전에 자살을 기도했던 사람이라고는 믿어지지 않을 정도였다.

"그런데 너도 자살하려고 했었다고?"

"그랬었지요. 누나처럼 실패했지만."

"너는 왜 그런 생각을 했어?"

"얘기하자면 길어요."

"나도 다 얘기했으니 너도 해봐."

"누나는 1년 동안의 얘기였지만 나는 18년 동안 살아온 얘기를 다 해야 한단 말예요."

"짧게 줄여서 하면 되잖아."

"정말 그렇게 해도 돼요?"

"되고 말고?"

"세상 사는 재미가 없어서요."

"……."

"……."

"그게 다냐?"

"그럼 무슨 말을 또 해요?"

"하하! 너 정말 재미있다. 썰렁 개그에 일가견이 있어."

"내가 생각하기에는 누나가 더 재미있네요."

"뭐가?"

"그렇잖아요. 요즘 세상에 애인에게 채였다고 자살하는 사람이 어디 있어요?"

"그… 게… 웃기는 거냐?"

"당근이죠. 그만한 얼굴에, 몸매에 뭐가 아쉬워서 자살을 해요? 거리에 나가면 하룻밤에도 애인 스무 명은 너끈히 꼬시겠구만."

“그거 칭찬이냐?”

“칭찬 맞아요. 누나 예쁘다는 소리니까.”

“하하! 너 정말 재밌다, 얘!”

나연은 쑥스러운 표정을 지으며 부현의 어깨를 툭 쳤다. 분명히 툭이었다. 포즈는 말이다. 그런데 어쩐 일인지 울려 나오는 소리는 ‘빡!’이었다.

“아윽!”

부현은 인상을 일그러뜨리며 몸을 잔뜩 숙였다. 그렇게 잠깐 있더니 성난 표정으로 고개를 벌떡 쳐들었다.

“아프잖아요!”

“아팠냐? 하하, 미안.”

정말이지, 장난 아니게 아팠다. 마치 망치로 한 대 얻어맞은 것처럼 말이다.

“무슨 여자 손이 그렇게 매워요? 망치를 매달고 다니는 것도 아니고.”

“그게 그러니까…….”

고의로 그런 것도 아니고 큰 잘못을 저지른 것도 아닌데 나연은 이상할 정도로 민감한 반응을 보였다. 표정이 서서히 일그러지는 듯하더니 곧 무릎 사이에 얼굴을 묻으며 낮게 흐느끼기 시작했다.

“흐윽… 사실은 이것 때문에 헤어졌어. 나는 장난으로 가끔 한 대씩 쳤던 것뿐인데 너무 아파서 도저히 견딜 수가 없다고…….”

“겨우 그것 때문에?”

겉으로는 이렇게 말을 했지만 속으로는 그 남자를 충분히 이해할 수 있을 것 같았다.

'하긴 그럴 만도 해. 아까는 정말로 짱돌에 찍힌 것처럼 아팠으니까. 살짝 치는 게 이 정돈데 마음먹고 때리면 어떻겠어? 결혼할 생각으로는 절대 사귈 수 없지. 평생 생명의 위협을 받아야 할 텐데 겁나서 어떻게 살아?'

"이 버릇을 고치려고 그렇게 노력을 했는데 아무리 해도 고쳐지지가 않아."

"버릇… 이요?"

부현은 놀란 눈으로 나연을 바라보았다.

'하하… 어쩌다 실수한 것도 아니고 버릇이래, 저 돌주먹으로 때리는 게.'

나연은 흘러내린 눈물을 소매로 찍어내며 말을 이었다.

"이 버릇을 고치지 않으면 누구를 만나도 얼마 못 가서 헤어지게 될 테니 무슨 재미로 살겠어?"

"그래서 자살하려고 했던 거예요?"

"사실 이번에 헤어진 사람이 내 마지막 희망이었거든. 1년씩이나 버텨주었는데… 결국은 참지 못하고……."

"그전에 사귀던 사람들은 얼마나 버텼는데요?"

"길어야 두 달……. 그래서 남들은 몇 번씩 해보는 백 일 기념 파티도 그 남자를 만나서 처음 해봤어. 그리고 어제는 만난 지 꼭 일 년째 되는 날이었는데……."

부현은 내심 불쌍하다는 생각이 들었다. 나연이 아니고 그녀와 1년 동안이나 사귀었다는 남자가 말이다.

'저 돌주먹으로 사흘에 한 대만 맞았어도… 와, 정말 지옥이었겠다.'

이런 부현의 생각을 아는지 모르는지 나연은 한숨만 푹푹 내쉬고 있었다.

"그런데 죽는 것도 마음대로 안 돼. 사실 나도 여러 가지 방법을 시도해 봤거든. 수면제도 100알이나 먹어봤는데 일주일 동안 잠만 자다가 일어났어."

자신도 여러 번의 자살 시도가 모두 수포로 돌아간 경험이 있으니 동병상련의 심정이 생길 법도 하건만 부현은 전혀 그렇지 않았다.

'수면제를 100알이나 먹었는데 잠만 자다가 일어나? 인간이 아니군.'

"손목도 그어봤는데 금방 딱지가 앉아서 피도 흘러나오지 않고."

'진짜 괴물이네?'

"그래서 오늘 목을 매었던 것인데 너도 보다시피……."

'암, 알지. 세 시간…….'

부현은 고개를 끄덕이며 나연을 바라보았다. 얘기를 듣고 있을 때는 몰랐는데 고개를 푹 숙이고 있는 모습을 보자니 왠지 측은한 생각이 들었다.

'음… 이 누나도 조금은 불쌍하군. 돌주먹이 약간 위협적이긴 해도 마음은 착한 것 같은데…….'

남자와 여자가 조용한 곳에 단둘이 있으면 기본적으로 야릇한 마음이 생기게 마련이다. 더구나 지금 두 사람이 있는 곳은 인적이 없는 산중턱이 아닌가? 게다가 달빛마저 없는 어두운 밤이고.

부현은 문득 나연이 여자로 보이기 시작했다. 나란히 앉아 있다 보니 은근히 몸이 밀착되어 묘한 감촉도 전해왔고 여자의 체취가 물씬 풍겨오기도 했다.

‘어차피 임자도 없는 몸인데 내가 그냥 확 꼬셔 버려? 저만한 얼굴과 몸매라면 3살 정도는 충분히 극복할 수도 있을 것 같은데……’

이런 생각이 들었지만 부현은 이내 고개를 회회 저었다.

‘아니지. 괜히 잘못 걸렸다가는 뼈도 못 추리는 수가 있어. 하지만… 저 정도 얼굴이면……?

그럴까 말까 한동안 고민을 때리던 부현은 뭔가 결론을 내린 듯한 표정으로 나연을 바라보았다.

“누나!”

“으, 응?”

“나 말이에요?”

“그래.”

부현은 잠시 주저하는 듯하더니 어렵게 입을 열었다.

“어깨 한 번만 더 건드려 봐줄래요?”

“응?”

“아까처럼 한 번만 더 쳐보라고요.”

“왜?”

“글쎄 한번 해봐요.”

“아플 텐데?”

“괜찮아요.”

“알았어.”

나연은 무슨 일인지 모르겠다는 듯 고개를 갸웃거리며 부현의 어깨를 툭 쳤다. 물론 울려 나오는 소리는 빡이었다.

“아윽!”

마음의 준비를 단단히 하고 있었음에도 불구하고 부현은 고통을 참지 못하고 인상을 잔뜩 일그러뜨렸다.

'으흐흐… 아파라. 견딜 만하면 어떻게 해보려고 했는데 역시 안 되겠어. 얼굴이 좀 빠지더라도 보통 여자랑 사귀는 게 나을 것 같아.'

조금 전까지 죽겠다고 설치더니 그새 여자 사귈 생각을 하고 있으니 남자들이란…….

"많이 아프냐?"

"돌주먹인데 당근 아프죠."

"그러게 왜 때려보라고 해?"

"얼마나 아픈지 다시 한 번 느껴보려고 그랬어요."

"그래서 견딜 만하면 나와 한번 사귀어보려고?"

아무렇지도 않게 정곡을 찌르는 말에 부현은 깜짝 놀라 손을 내저었다.

"농담 마세요. 어린 나이에 골병들어 죽을 일 있어요?"

"나도 연하는 사절이야. 그전에 한 번 사귀어봤는데 동생 같은 생각이 들어서 손이 자꾸 더 나가더라고. 결국은 만난 지 일주일 만에 병원으로 실려갔어."

"병원이요?"

"재미있는 얘기를 해주기에 웃다가 두세 번 쳤는데 조금 셌던 모양이야. 팔이 두 군데나 부러졌더라고. 물론 그날로 쫑쳤지."

'큰일 날 뻔했네.'

부현은 엉덩이를 움직여 그녀에게서 약간 떨어져 앉았다. 그 움직임을 전혀 눈치 채지 못한 듯 나연은 까만 밤하늘로 시선을 돌렸다.

"산 위에서 보니 서울의 밤하늘도 별이 꽤 많다. 그치?"

조금 전까지만 해도 나연이 여자로 보이던 부현이건만 언제 팔이 부러질지 모른다는 위기 의식 때문에 전혀 감흥이 일지 않는 표정이었다.

'갑자기 웬 별타령?'

부현은 별 관심 없는 눈으로 밤하늘을 올려다보았다. 그런데 뭔가 이상한 것이 눈에 들어왔다.

"저게 뭐죠?"

"뭐가?"

"안 보여요? 저기 뭔가 움직이고 있잖아요."

"어디?"

부현이 가리키는 손가락 끝에는 검은 물체가 걸려 있었는데 너무 작아서 시선을 집중하지 않으면 보이지 않을 정도였다.

"뭘까? 시커먼 걸로 봐서 유성은 아닐 테고… 박쥐인가?"

"박쥐도 아닌 것 같아요."

"그럼 뭐 같아 보여?"

"뭔지는 몰라도 날개를 퍼덕이는 것 같지는 않은데… 어? 이쪽으로 날아오고 있네?"

"어머? 정말?"

"그것도 무지하게 빠르게."

"피해야 하지 않을까?"

"말이라고 해요? 어서 튀어요!"

그 물체가 뭔지는 몰라도 아주 빠른 속도로 날아오는 것이 분명했기에 두 사람은 부리나케 일어나 뛰기 시작했다. 그렇게 몇 걸음 뛰어가다 말고 부현이 갑자기 멈추어 섰다.

"가만!"

그러자 나연도 멈추었다.

“왜 그래?”

“우리는 둘 다 자살하려고 했던 것 아녜요?”

“맞지.”

“그런데 왜 도망가죠?”

“그거야······.”

나연은 할 말이 없었다.

“정말 그렇네? 죽기로 작정한 몸인데 뭐가 무서워서 도망치고 있지?”

이렇게 두 사람이 머뭇거리는 사이에도 그 물체는 급속하게 날아오고 있었다.

쐐애애액!

공기를 가르는 소리가 장난이 아니었기에 두 사람은 서로의 얼굴을 바라보았다. 그리고 ‘아무래도 피해야 하지 않을까?’ 라고 소리쳤을 때는 이미 늦은 뒤였다.

빠바박!

“으아악!”

“까악!”

순식간에 쓰리 쿠션으로 얻어맞은 두 사람은 바닥에 나동그라지고 말았다.

“아이고, 대가리 깨졌겠네.”

“으으… 머리야!”

두 사람은 정체 불명의 물체에 맞은 머리를 감싸 쥐며 자리에서 일어났다.

“어떤 육시랄 자식이 돌을 던진 거야?”

딱딱함의 강도로 보아 돌일 것이라 추측한 부현이 그 물체를 찾아 눈을 두리번거릴 때였다.

"아구구, 나도 죽겠다."

어디선가 늙수그레한 음성이 들려왔다.

"……?"

"……?"

두 사람은 '니 목소리였니?', '누나 아니었어요?' 하는 시선으로 서로를 바라보았다. 그때 갑자기 두 사람의 눈앞에 허연 물체가 불쑥 솟아올랐다.

"히엑!"

"엄마야!"

두 사람은 너무 놀라 서로를 부둥켜안으며 비명을 질렀다. 그때 그 늙수그레한 목소리가 다시 들려왔다.

"어이구, 이제 멈추는 것도 마음대로 안 되네."

서로를 꽉 부둥켜안은 채 소리가 들려온 쪽으로 고개를 돌리던 두 사람은 다시 한 번 놀라서 비명을 질러야 했다.

"으아악! 귀, 귀, 귀, 귀신이다~아!"

"옴마야, 난 몰라!"

대체 어디서 나타난 것인지 웬 할아버지 귀신이 우두커니 서서 두 사람을 바라보고 있었던 것이다. 산발한 하얀 머리카락 사이로 보이는 퀭한 눈은 정말 진저리 쳐지도록 무서웠다.

"자, 자, 자, 자살을 하더라도 귀신에게 죽기는 싫어!"

"나도야!"

두 사람이 다시 소리치자 정체 불명의 할아버지 귀신(?)은 주변을 두리번거리기 시작했다.

"어디에 귀신이 있다는 거여?"

부현과 나연은 할아버지 귀신을 힐끔 쳐다보았다. 구부정한 포즈로 주변을 둘러보는 모습이 어쩐지 엉성해 보였다. 최소한 귀신이라면— 아무리 할아버지 귀신이라고 해도—어딘가 샤프한 구석이 있어야 하는데 그런 면이 전혀 보이지 않았던 것이다. 무섭다고 생각했던 퀭한 눈도 자세히 보니 확 풀어진 눈동자였고 말이다.

"하, 할아버지… 귀신 아니에요?"

부현이 용기를 내어 물었다. 그러자 할아버지 귀신이 놀란 목소리로 되물었다.

"나 말여?"

"여기 할아버지 소리 들을 사람이 또 어디 있어요?"

할아버지 귀신은 그 엉성한 포즈로 주변을 다시 두리번거리더니 고개를 끄덕였다.

"하긴 그렇군. 나밖에……? 그런데 내가 왜 귀신이란 거여?"

"귀신이 아니면 머리는 왜 그렇게 산발을 하고 다녀요?"

"아, 이거? 헐헐… 요즘 머리 빗는 걸 자꾸 깜빡해서……."

귀신이 아님을 증명이라도 하려는지 할아버지는 주머니에서 빗을 꺼내더니 헝클어진 머리를 단정하게 빗어 넘기기 시작했다.

"자, 어때? 이래도 귀신 같아?"

"아까보다는 조금 낫네요."

"조금?"

"그래도 의심스럽기는 마찬가지예요."

"이번에는 또 뭐 때문에……?"

"대체 어디 있다가 갑자기 나타난 거예요?"

"그야 집에 있다가 나왔지?"

"여기에 집이 어딨어요?"

"조금 전에 너희와 부딪쳤었는데 못 봤어?"

"조금 전에?"

"우리와 부딪쳐요?"

부현과 나연은 서로를 마주 보았다.

"그럼 혹시……?"

"UFO?"

"뭔 소리를 하는 거여?"

할아버지가 묻자 부현은 호기심이 가득한 눈빛을 번뜩이며 대답했다.

"아까 하늘에서 떨어진 게 할아버지 집이라면서요?"

"그래, 맞아. 여기 있잖아."

할아버지의 손짓을 따라 시선을 옮기던 부현과 나연의 머리 위로 수없이 많은 물음표가 떠올랐다. 할아버지가 가리킨 것은 손바닥만한 검은 돌멩이였기 때문이다.

"저게… 할아버지 집이라고요?"

"그렇다니까!"

"에이, 저렇게 작은 데서 어떻게 살아요?"

"맞다니까 그러네? 나 말고도 한 명 더 사는데?"

순간 부현과 나연의 머리 속으로 조금 전의 상황이 빠르게 지나갔다. 하늘에서 빠른 속도로 떨어져 내리던 물체. 그것은 분명 손바닥 크기였던 것 같았다. 그렇다면 할아버지 말이 맞는다는 결론이었지만 부현과 나연은 좀처럼 믿을 수가 없었다.

"할아버지 말이 정말이라면 그 안에 남아 있는 사람도 나오라고 그래 보세요."

"그야 쉽지."

할아버지는 별거 아니라는 표정으로 검은 돌멩이를 발로 툭툭 건드렸다.

"어이, 이리 나와봐!"

그러자 정말로 놀라서 까무러칠 일이 일어났다.

뭉클!

그 조그만 돌멩이 속에서 웬 원형질 괴물이 불쑥 솟아 나온 것이다.

"으아악!"

"꺄아! 저건 또 뭐야?"

그 괴물은 어린아이만한 크기였는데 속껍질만 남은 계란처럼 말랑말랑한 몸에 눈, 코, 입이 달린 이상한 모습이었다. 손발이라고 부를 수 있는 것도 달려 있기는 했지만 너무 짧아 손발의 기능은 못할 것 같았다. 한마디로 커다란 달걀 귀신 같은 형상이었다. 조금 귀여워 보이기는 했지만…….

고개를 갸웃거리는 것인지 그 달걀 귀신은 머리 부분을 약간 갸우뚱거리며 두 사람을 올려다보았다. 그리고 생긴 것 답지 않게 귀여운 목소리로 말했다.

"깨몽?"

"얘가 지금 뭐라는 거예요?"

"깨몽이라잖아."

부현과 나연은 서로 쳐다보며 묻고 대답했다.

"그게 이름일까요?"

"글쎄?"

둘이 얘기해 봐야 답이 나올 것 같지 않자 부현은 그 달걀 귀신에게 직접 물었다.

"깨몽이 네 이름이냐?"

"깨몽?"

달걀 귀신의 대답은 조금 전에 한 말과 똑같았다.

"그게 네 이름이냐고?"

부현이 조금 큰 목소리로 다시 물었지만 달걀 귀신은 여전히 같은 말만 되풀이할 뿐이었다.

"깨몽?"

"그러니까 그게 네 이름이냐고, 임마!"

열이 받으니 두려움도 사라진 듯 부현은 큰 소리로 윽박질렀다. 그러나 대답은 역시…….

"깨몽—"

조금 전에 말끝을 올리던 것과 달리 '깨' 와 '몽' 을 같은 톤으로 발음하기는 하였지만 말은 같았다.

"야, 임마! 너, 지금 누구 놀리는 거야?"

부현이 더욱 열을 내자 달걀 귀신은 기가 죽은 표정으로 대답했다.

"깨몽—"

"너, 바보냐? 왜 계속 깨몽이야?"

"깨몽—"

"끄으으… 미치겠네."

부현이 거품을 물기 일보 직전까지 갔을 때였다.

"얘가 할 수 있는 말이 깨몽뿐이야."

할아버지가 달걀 귀신의 머리를 쓰다듬으며 말했다.

아예 말을 할 줄 모른다면 모를까 할 수 있는데 단 한 마디뿐이라는 것은 조금 이상한 일이었다.

"겨우 그것 한 마디뿐이라고요?"

"왜 한 마디여? 깨몽? 깨몽— 깨몽~ 이렇게 세 마디나 하는데. 처음 것은 궁금한 것이 있거나 놀랐을 때, 두 번째 것은 평상시 대답할 때나 기가 죽었을 때, 발음을 리드미컬하게 끌어올리는 마지막 것은 기분이 좋을 때. 이 정도면 감정 표현 하기에는 충분하지 않겠어? 아, 하나 더 있네. 아주 가끔이지만 화가 나면 '깨몽!' 하고 단호하게 발음하기도 하지. 그러니까 모두 네 가지여."

할아버지의 설명을 듣고 있던 부현은 거슴츠레한 눈으로 노인을 바라보았다.

"말을 네 가지씩이나 할 수 있는 달걀 귀신이랑 살아서 할아버지는 아주 행복하시겠수."

그때 나연이 나서며 물었다.

"그런데 걔 이름이 깨몽이에요?"

"나도 몰러."

"네?"

"얘 이름이 뭔지 잊어버렸어."

"같이 살면서 이름도 모른다는 게 말이 돼요?"

"요즘은 하루가 다르게 기억이 흐려져서 나도 어쩔 수 없어. 내 이름 잊은 지도 오래됐는걸 뭐."

"에이, 아무리 건망증이 심해도 그렇지 어떻게 자기 이름을 잊어버려요?”

“사실이 그런 걸 워쩌?”

“그런데 할아버지는 뭐 하시는 분이에요? 아무리 봐도 외계인은 아닌 것 같은데…….”

“나? 요정이야.”

“요… 정이요?”

“그려, 시간의 요정이지.”

“하하… 농담 마세요. 산신령이라면 모를까 요정이라니…….”

나연은 도저히 못 믿겠다는 표정이었고 부현은 한술 더 떴다.

“이렇게 허리가 구부정한 산신령이 어디 있어요?”

“그래도 돌 속에서 나왔는데 그냥 할아버지일 리는 없잖아.”

“저 돌에 무슨 조화가 숨어 있는지는 몰라도 어쨌든 요정이나 산신령은 아닐 거예요.”

“우리는 시간의 요정 맞아. 우리가 깃들어 있는 이 돌은 시간의 돌이고.”

할아버지는 제법 진지한 표정으로 항변했다. 하지만 부현은 여전히 코웃음 칠 뿐이었다.

“할아버지가 정말 요정이라면 그 증거를 보여봐요.”

“증거?”

“그래요. 시간의 요정이라면 시간을 마음대로 조정할 수 있을 것 아니에요? 그러니 우리를 과거나 미래로 한번 데려가 보라고요.”

“그거야 어려운 일이 아닌데…….”

“어렵지 않으면 당장 해봐요.”

“그런데 어디를 가고 싶으냐?”

“과거요. 이왕이면 아주 먼 옛날로 가봐요.”

“그러지 뭐.”

자칭 할아버지 요정은 별것 아니라는 듯 대꾸하고는 곁에 있는 달걀 요정(?)에게 말했다.

“들었지? 아주 먼 옛날로 보내달래.”

“깨몽―”

달걀 요정이 대답하는 순간이었다. 부현과 나연은 갑자기 세찬 바람 속에 내던져진 기분이었다.

“갑자기 웬 바람이 이렇게 심하게 불어?”

“아얏! 날아갈 것 같아!”

두 사람은 또 꼭 껴안고 말았다. 무서워도 껴안고 놀라도 껴안고, 바람이 불어도 껴안고… 껴안을 일 많아서 좋기는 하였는데 아쉽게도 바람은 곧 그치고 말았다.

바람이 가라앉자 부현과 나연은 슬그머니 눈을 떠보았다. 정말 과거로 온 것이 아닌가 하는 약간의 의구심을 품은 채.

그런데 아무도 없었다. 조금 전까지 곁에 있던 할아버지 요정도, 달걀 요정도 보이지 않았다. 그리고 사방은 칠흑같이 어두워서 보이는 것이 하나도 없었다.

“뭐야, 이거? 다 도망쳐 버렸잖아? 내가 이럴 줄 알았다니까.”

부현이 투덜거리고 있는 사이 나연은 바닥에서 검은 돌멩이를 집어 들었다.

“돌은 그대로 있는데?”

조금 전에는 경황이 없어서 제대로 보지 못했는데 지금 보니 모양이 상당히 이상한 돌이었다. 돌로 ‘뫼비우스의 띠’를 만들었다고나 할까?

묘하게 생긴 데다가 은은한 빛이 어려 있는 것 같았다.

"이 안으로 다시 들어간 걸까?"

"그러게요? 과거로 데려갈 자신이 없으니까 그 안에 다시 숨어버린 거겠죠?"

"글쎄? 그런데 조금 전에 바람 불 때 뭐 이상한 느낌이 들지 않았었냐?"

"무슨 느낌이요?"

"마치 땅이 쑥 꺼지며 몸이 빨려드는 것 같은 느낌 말이야."

"그랬던 것 같기도 해요."

"그렇다면 우리가 정말 과거로 와버린 것은 아닐까?"

"그런 일이 어떻게 일어나요?"

"그럼 돌 속에서 사람이 나오는 건 일어날 수 있는 일이냐?"

"그건 그렇지만……."

"아무래도 이상해. 주변 환경도 조금 달라진 것 같고."

"그러게요? 나무가 안 보이는데요?"

"땅도 평지 같아."

"어? 정말이네?"

아무리 어두워도 밟고 서 있는 땅은 구분할 수 있는 법이다. 또한 별의 유무로 인해 숲과 하늘의 경계가 드러나게 마련이다. 따라서 두 사람이 잘못 본 것이 아니라면 그들은 지금 나무가 없는 평지에 서 있다는 말이었다.

"정말 과거로 온 거면 어떡해."

나연은 사뭇 걱정스러운 듯 발을 동동 굴렀다. 그러다가 부현의 어깨를 두 손으로 두드리기 시작했다.

"몰라! 네가 벌인 일이니까 책임져!"

뻐버벅!

각목으로 두들겨 패는 듯한 소리가 밤하늘을 가름과 동시에 부현의 입에서 처절한 비명이 터져 나왔다.

"끄아아아! 돌주먹… 돌주먹!"

그제야 퍼뜩 정신을 차린 나연은 얼른 손을 뒤로 감추었다. 하지만 이미 여러 대나 맞아버린 부현은 거의 까무러치기 일보 직전이었다.

"으흐흐… 그 돌주먹으로 한 대도 아니고 다섯 대씩이나……. 어디 한 군데 부러지지 않았나 몰라."

"미안, 고의는 아니었어."

자신의 결정적인 단점으로 인해 부현이 다치지나 않았나 걱정이 된 나연은 미안해서 어쩔 줄 모르는 표정이었다.

"다 때려놓고 이제 와서 미안하다고 하면 뭐 해요?"

부현이 신경질을 부릴 때였다.

"누구냐?"

"어떤 놈들이 감히 대왕님의 처소에 잠입해서 소란이냐?"

사방에서 호통이 터져 나왔다.

"얼래? 이게 뭔 소리래?"

"우리가 와서는 안 될 곳에 와 있나봐."

혼비백산한 두 사람은 버릇처럼 다시 부둥켜안았다.

"이놈들! 순순히 오라를 받아라!"

어둠 속에서 사람들이 우르르 달려왔다. 그런데 그들은 창칼로 무장한 병사들이었다.

"얼랠래? 정말로 이게 웬일이래?"

　두려움보다 황당함이 앞서는 부현이었다. 하지만 목에 창날이 다가들자 황당함은 곧 두려움의 무게에 찌그러지고 말았다.

　“아다닷! 우, 우리는 나쁜 사람이 아니에요.”

　“어머머! 숙녀에게 이게 무슨 짓이에요?”

　번쩍이는 창날에 둘러싸인 부현과 나연은 사색이 된 채 꼼짝없이 포박당하는 신세가 되었다.

　“이 우라질 영감탱이가 우리를 어디로 끌고 온 거야?”

　부현이 울상이 되어 중얼거리자 나연이 옆에서 작은 목소리로 속삭였다.

　“걱정 마, 그 할아버지가 숨어 있는 돌이 우리에게 있으니까. 우리를 원래대로 돌려놓지 않으면 돌을 확 깨버리자.”

　“아예 지금 깨버려, 누나.”

　“그럼 안 되지. 우리를 다시 돌려보내 줄지도 모르는데.”

　도대체 어디에 와 있는지도 모르면서 철없는 대화를 주고받던 두 사람은 우악스러운 병사들의 손에 끌려가기 시작했다.

　“어서 가자, 이놈들!”

　“아야! 아프단 말예요!”

　“말로 해도 알아들으니까 살살 좀 해요!”

굵직한 통나무 창살로 막힌 감옥 안.

부현과 나연은 한심한 표정으로 바닥에 앉아 있었다.

"이 영감탱이는 도대체 어떻게 해야 다시 나오는 거야?"

부현은 감옥에 갇힌 뒤로 할아버지 요정을 불러내기 위해 갖은 방법을 다 동원해 보았다. 알라딘의 램프처럼 닦아보기도 하고 제발 다시 나오라고 사정도 해보고 깨버린다고 위협도 해보았지만 모두 허사였다.

"영감탱이가 사기 친 게 분명해."

부현은 앞에 놓여 있던 '시간의 돌'을 들어 바닥에 내동댕이쳤다. 그러자 나연이 '시간의 돌'을 얼른 주워 들며 나무랐다.

"이게 무슨 짓이니? 이러다 정말 깨지기라도 하면 네가 책임질 거야?"

"아까는 누나도 깨버리자고 했잖아요."

"그거야 그냥 해본 소리지. 지금 믿을 거라곤 이 돌밖에 없는데……."

"그 영감이 한 말을 곧이곧대로 믿는 거예요?"

"내 눈으로 확인했으니 믿을 수밖에 없잖아."

"나참, 순진하기는……. 아까 보여줬던 것은 다 눈속임일 거예요. 그렇지 않고서야 이 조그만 돌 안에 어떻게 둘씩이나 들어갈 수 있겠어요?"

"그럼 이 이상한 현실은 뭐로 설명할 거냐? 감옥을 지키고 있는 아저씨들만 해도 그래. 엄청 이상한 옷을 입고 있잖아. 저게 요즘 사람들이 입을 옷이냐?"

"그건 그렇지만……."

부현은 대꾸할 말이 없었다. 뭐가 잘못되도 단단히 잘못된 것은 분명했기 때문이다.

자신은 분명히 험악한 깍두기 아저씨들에게 쫓겨 도봉산 중턱으로 올라왔었다. 그런데 지금 있는 곳은 아무리 좋게 설명하더라도 도봉산 중턱은 아니었다. 자기도 모르는 사이에 도봉산 중턱에 영화 촬영 세트가 건립됐다면 모를까 이건 말이 되지 않는 일이었다.

"정말 돌아버리겠네. 이 웃기는 상황이 현실인 것은 분명한데 우릴 이렇게 만든 장본인은 사라져서 나타나지도 않고……."

그때 나연이 손바닥을 짝 치며 소리쳤다.

"가만! 너는 그동안 할아버지만 불러내려고 했었지?"

"물론 그랬죠."

"한 명이 더 있었잖아."

“깨몽이란 말밖에 모르는 바보요?”

“그래, 우리가 과거로 온 것도 그 녀석이 벌인 짓이잖아.”

“그건 그래요. 영감탱이가 그 바보에게 시켰으니까. 맞아, 내가 왜 그 바보를 불러낼 생각은 안 했지?”

“이제야 알겠니?”

“어서 불러봐요. 그 바보는 누굴 속이거나 하는 짓을 못할 것처럼 보였으니 그 돌 안에 있으면 분명히 나올 거예요.”

“알았어.”

나연은 ‘시간의 돌’을 부드럽게 어루만지며 나직하게 말하기 시작했다.

“니 이름이 깨몽이니? 어서 나오렴, 깨몽. 어서 나와서 우리를 본래대로 되돌려 줘. 응, 깨몽?”

애교 섞인 말투가 먹혔기 때문일까? 나연의 말이 끝나기 무섭게 ‘시간의 돌’ 안에서 뭔가가 뭉클 솟아 나왔다.

깨몽이라 불린 그 달걀 요정이었다.

“까아! 나왔다, 나왔어!”

너무 좋아서 소리 지르는 나연을 보며 깨몽이 궁금한 눈빛으로 말했다.

“깨몽?”

왜 불렀냐고 묻는 모양이었다.

“네가 우리를 여기로 데리고 왔지?”

“깨몽—”

“그러니까 우리를 처음 있던 곳으로 다시 데려다 줘.”

“깨몽?”

안 된다고 말하는 듯 깨몽은 돌아가지 않는 목을 힘들게 비틀어가며 도리질 쳤다.

"안 돼? 왜 안 돼?"

깨몽은 대답하기 곤란하다는 듯 어깨 부분을—어깨라고 부르기도 뭐하지만—출렁 내렸다 올렸다. 아마도 어깨를 으쓱한다는 것이 이렇게 표현된 모양이었다.

"야, 임마! 도대체 왜 안 된다는 거야?"

곁에 있던 부현이 와락 달려들어 깨몽의 목 부위를 두 손으로 움켜잡고 마구 흔들어대기 시작했다. 말랑말랑한 원형질 덩어리여서 잡고 흔드니 마친 물풍선을 잡고 흔들 듯 머리 부분이 좌우로 심하게 출렁거렸다.

"끼엑! 끼엑!"

깨몽이 매우 고통스럽게 비명을 질러댔지만 부현은 멈추지 않았다.

"네가 안 되면 그 영감탱이 나오라고 해!"

무섭게 소리치는 부현의 기세에 눌린 깨몽은 발가락을 빠르게 움직여서 '시간의 돌'을 톡톡 건드렸다.

"깨몽— 깨몽—"

그러자 그토록 애원해도 모습을 드러내지 않던 할아버지 요정이 불쑥 솟아 나왔다. 그런데 어찌 된 일인지 잠에 잔뜩 취해서 눈도 제대로 뜨지 못하는 모습이었다.

"흐아암~ 졸려 죽겠는데 왜 불러?"

썰렁~

부현과 나연은 순간적으로 할 말을 잃었다.

'그러니까… 자느라고 우리 목소리를 못 들었단 말이지? 이 우라질

영감탱이 같으니······.'

'이 할아버지, 요정이 맞긴 맞는 거야?'

잠깐의 침묵을 깬 것은 깨몽이었다.

"깨몽— 깨몽—"

뭐라고 말을 하고 있는 듯 깨몽은 할아버지 요정에게 열심히 떠들어 대고 있었다. 부현과 나연이 듣기에는 다 똑같은 소리로 들리는데 할아버지 요정은 그 뜻을 알아듣는 듯 고개를 끄덕여 가며 한동안 귀 기울여 들었다. 이윽고 깨몽의 말이 끝나자 할아버지 요정은 부현과 나연에게 눈길을 돌렸다.

"너희가 원래 있던 곳으로 되돌아가고 싶다고 했었냐?"

"그래요. 할아버지 얘기가 맞았다는 걸 알았으니 이제 우리를 원래대로 해줘요."

나연이 얼른 대답했다. 그러자 할아버지는 가볍게 고개를 저었다.

"그건 안 돼."

"왜요?"

"과거로 움직이는 것은 쟤가 담당하고 미래로 움직이는 것은 내 담당이여."

"그런데요?"

"보다시피 내가 요즘 기력이 많이 떨어져서 마법을 부릴 수가 없거든."

"할아버지는 요정이라면서요? 그런데 마법을 못 쓴다는 게 말이 돼요?"

"이건 내 잘못이 아녀. 너희들 잘못이지."

"야, 이 사기꾼 영감탱이야! 그게 왜 우리 잘못이야?"

부현이 참지 못하고 험악한 말을 쏟아 붓자 할아버지 요정은 약간 기분 나쁜 눈빛으로 부현을 흘겨보았다.

"네가 아주 먼 과거로 데려다 달라고 하지 않았었냐?"

"그야 그랬지만……."

"그래서 얘가 최대한의 능력을 써서 과거로 온 거여. 그런데 나는 지금 기력이 떨어져서 얘만큼 힘을 발휘할 수가 없단 말이지. 기껏해야 500년 정도밖에 움직일 수 없을걸?"

"500년으로도 안 된다면 깨몽이 움직인 시간이 얼마나 된다는 소리예요?"

부현과 나연이 뜨악한 표정으로 물었다.

"글쎄, 정확히는 몰라도 시간의 흐름의 보아 대략 1,600년 이상을 움직인 것 같았는데… 얘야, 얼마나 온 거냐?"

할아버지 요정은 정확한 것을 모르겠다는 듯 곁에 있던 깨몽에게 물었다.

"깨몽, 깨몽—"

빠르게 말하는 깨몽의 말을 듣고 할아버지가 설명해 주었다.

"정확히 1,611년을 움직였다는데? 그리고 과거로 이동할 때 약간 실수를 해서 공간도 북쪽으로 600킬로미터쯤 움직였단다."

부현과 나연은 입을 쩍 벌린 채 말을 하지 못했다.

'1,600 하고도 11년이래. 그럼 지금이 도대체 몇 년도야? 2,003년 빼기 1,611년이면… 392년이네. 이런 젠장.'

안 돌아가는 머리로 어렵게 계산을 뽑아낸 부현은 뭔가 심각하게 고민하는 듯하더니 나연에게 나직하게 물었다.

"누나, 혹시 역사에 대해서 조금 알아요?"

"전공이 역사야. 그런데 왜?"

"그럼 392년이면 우리 나라가 무슨 시대였어요? 임진왜란 때쯤 되나요?"

나연은 한심한 눈초리로 부현을 바라보았다.

"너, 고등학생 맞냐? 392년도에 임진왜란이 왜 나와?"

"아니면 말고요."

"가만있어 봐라… 392년이면 삼국 시대인데… 북쪽으로 움직였다고 했으니까 고구려인가? 그중에서도……."

기억을 더듬느라 잠시 눈을 감고 있던 나연이 갑자기 눈을 번쩍 뜨더니 크게 소리쳤다.

"광개토대왕 시대야, 광개토대왕!"

"그런데 왜 그렇게 좋아해요?"

부현이 끄느름한 눈길로 물었다.

"내가 제일 존경하는 사람이거든. 멋지잖아. 말을 타고 대륙을 거침없이 질주하는 광개토대왕의 모습이."

"하여튼 여자들이란……. 광개토대왕이 말을 타고 질주하든 망아지를 타고 질주하든 지금 그게 문제예요? 어떻게든 돌아갈 궁리를 해야 할 것 아니에요?"

"나, 생각 바뀌었어. 지금이 광개토대왕 시대면 이곳에서 그냥 눌러 살래."

아주 맘 편하게 대답하는 나연이었다.

"돌겠네, 정말. 무협 소설도, 만화도, 컴퓨터 게임도 없는 곳에서 무슨 재미로 살아요?"

"애 좀 봐? 여기가 무협 시댄데 무협 소설이 왜 필요해? 그리고 만화

나 컴퓨터 게임보다 실전이 더 재미있잖아. 한번 생각해 봐. 광개토대
왕과 함께 말을 타고 대륙을 질주하는 모습을……."

"소설 쓰고 있네."

"왜?"

"광개토대왕이 하릴없어서 누나와 함께 대륙을 질주하겠어요? 그리
고 무협 시대면 뭘 해요? 우리에게 힘이 있어야 뭘 하든 말든 할 거 아
니에요? 누나 팔 굽혀 펴기 몇 개나 해요? 그리고 칼이나 활 같은 것 구
경이나 해봤어요?"

좀 더 현실적인 부현의 논리에 막힌 나연은 금방 시무룩해졌다.

"듣고 보니 그렇네? 우리는 지금 옥에 갇혀 있는 처지지? 그리고 힘
이라고는 쥐뿔도 없고."

그때 할아버지 요정이 두 사람의 대화에 끼어들었다.

"참, 한 가지 깜빡 하고 말하지 않은 게 있는데 과거로 오면서 너희
에게는 그 기간만큼의 힘이 생겼어."

힘이라는 말이 나오자 아무래도 여자인 나연보다는 남자인 부현이
더욱 관심을 보였다.

"그 기간만큼의 힘이 생기다니요?"

"인간들 중에는 강해지기 위해서 수련하는 사람들이 있지?"

"그렇죠."

"그런 사람들이 쉬지 않고 수련한 만큼의 힘이 생겼다는 말이지."

"그럼 나에게 1,611년에 해당하는 내공이 생겼단 말이에요? 무협 소
설에 나오는 것처럼?"

"그래, 바로 그거여. 그리고 어느 나라 말이든 자유롭게 구사할 수
있는 능력도 생겼지. 그래야 과거의 사람들과 자유롭게 의사 소통을

할 수 있을 테니까."

"수십 개의 외국어 소통 능력까지……."

부현은 귀밑까지 올라 붙은 입과 보기 흉할 정도로 길게 늘어진 눈으로 나연을 바라보았다.

"누나, 나도 안 돌아가. 여기에 그냥 눌러 살래."

"그래, 우리 여기서 새로운 인생을 한번 살아보자."

죽이 맞은 두 사람은 오랜만에 다시 부둥켜안고 좋아라 설치느라고 할아버지 요정이 몰래 안도의 한숨을 내쉬는 것을 보지 못했다. 대체 할아버지 요정에게 무슨 꿍꿍이가 있는 것인지…….

"야압!"

부현은 벌써 한 시간째 온 힘을 집중시켜서 손바닥을 앞으로 내뻗는 동작을 반복하고 있었다. 뭔가 바라고 하는 동작인 것 같은데 별다른 변화가 없자 부현은 드디어 성질을 부리기 시작했다.

"1,600년이 넘는 내공이면 장난이 아니라고. 그런데 왜 장풍이 쏴지지 않는 거야? 내가 본 무협 소설에서는 일갑자만 돼도 어마어마한 장풍을 쏘던데 말이야."

혼자서 떠들던 부현은 아직 '시간의 돌' 속으로 들어가지 않고 한켠에 앉아 있는 할아버지 요정을 확 노려보았다.

"또 사기 친 것 아녜요?"

"나는 거짓말한 적 없어."

"그럼 장풍이 왜 안 되는 거예요?"

"장풍?"

"무협 소설에 보면 나오잖아요. 손바닥에서 무지막지한 바람이 나가서 상대를 날려 버리는 것 말예요."

"무협 소설? 나도 좋아하지. 물론 하이틴 로맨스 소설을 조금 더 좋아하기는 하지만."

'요정이라면서 할 건 다 하는군?'

이런 생각이 들었지만 지금 중요한 것은 그게 아니었기에 부현은 말을 잘랐다.

"얘기 다른 데로 돌리지 마세요."

"좋아, 그럼 내 생각을 말해 주지. 너 혹시 장풍을 배워본 적 있나?"

"없죠. 그래서 지금 하려고 하잖아요."

"내공만 있으면 장풍이 된다고 무협 소설에 쓰여 있디?"

"그건……."

"거봐. 네가 잘못 알고 있는 거잖아."

부현은 할 말이 없었다.

'이상하게 저 영감과 말만 하면 말려드는 느낌이 든단 말야? 어쨌든 좋아. 장풍은 배운 적이 없으니 못한다고 치고. 하지만 아무리 그래도 1,600년 내공이면 어마어마한 힘을 발휘할 수는 있는 거 아니겠어? 갑자기 내공을 얻으면 힘을 주체 못해서 살짝 일어나려고 해도 천장에 부딪치는 장면이 무협 소설에서 자주 등장하니까.'

부현은 자리에서 갑자기 벌떡 일어났다. 천장에 쾅 하고 부딪칠 각오를 하고 말이다. 그런데 말짱 꽝이었다. 몸이 약간 가벼운 느낌이 들기는 했지만 천장은커녕 1미터도 뛰어오를 수 없었다.

"내 이럴 줄 알았어."

부현은 다시 할아버지 요정을 쏘아보았다.

"우리 좀 더 솔직해집시다."

"또 뭘 가지고 그러는데?"

"내공이 다 어디로 숨었기에 높이뛰기도 안 돼요?"

"급한 성격 하나는 알아줘야겠구먼?"

"그래요. 나 성질 급하니까 돌기 전에 빨리 털어놔요."

"무협 소설에 보면 나오지? 내공을 얻어도 자기 것으로 만들지 못하면 사용하지 못하는 것 말이여."

"정말 잘도 갖다 붙이네."

"거짓말 아녀. 네가 내공을 찾기 위해 꾸준히 노력해 봐. 하루가 다르게 좋아질 테니께."

"그 말 정말이죠?"

"며칠 노력해 보면 알 것 아니여? 1,600년 공력이니 조금만 녹여내도 엄청난 힘을 발휘하게 될 테니께."

"좋아요. 며칠만 더 속아보죠. 그때도 좋아지지 않으면 할아버지 집은 박살나는 줄 알아요."

"마음대로 허여. 어차피 기력이 떨어져 얼마 살지도 못할 것 같은데 뭐. 에구에구, 밖에서 너무 오랫동안 있었더니 삭신이 저리구먼. 그만 들어가서 쉬어야것네."

할아버지 요정이 '시간의 돌'로 들어가려 하자 나연이 얼른 물었다.

"할아버지는 정말로 이름을 잊어버렸어요?"

"그려, 잊어버렸어. 그런데 이름이 그렇게 중요한감?"

"부르기가 마땅치 않으니까 그렇죠."

"아까 보니 애한테는 깨몽이라고 이름을 잘도 붙이더구먼."

"걔는 깨몽이란 말밖에 못하니까 그렇게 붙인 거고요."

"나는 그럼 늙었으니 노몽이라고 부르면 되것네."

“노몽? 그거 괜찮은데요?”

“이제 됐남?”

“네. 이제부터 얘는 깨몽이고 할아버지는 노몽이에요.”

“그려그려. 너희 편한 대로 해. 나는 쉬고 싶을 뿐이니께. 에구, 힘들어. 어서 들어가자, 깨몽.”

할아버지 요정 노몽은 깨몽과 함께 ‘시간의 돌’ 안으로 스며들어 갔다.

사람처럼 무협과 하이틴 로맨스 소설을 즐겨 읽고 늙어서 삭신이 쑤시며 얼마 안 가서 죽을 거라고 말하는 등 뭔가 어긋난 구석이 있기는 하지만 손바닥만한 돌 속을 자유로이 드나드는 것으로 보아 특별한 존재인 것만은 분명했다.

나연은 ‘시간의 돌’을 조심스럽게 주머니에 집어넣으며 부현을 힐끔 보았다. 가부좌를 틀고 앉아 눈을 반쯤 감고 있는 것을 보니 어디선가 주워들은 풍월로 단전호흡을 시도하는 것이 분명했다.

‘나도 따라해 볼까?’

1,600년 내공에 은근한 호기심이 든 나연은 부현의 자세를 흉내 내어 가부좌를 틀었다. 그리고 눈을 반쯤 감은 다음 천천히 복식 호흡을 시작했다.

‘이제 마음을 가라앉히고 몸 안에 숨어 있는 힘을 느끼는 거야. 마음을 가라앉히고… 마음을……’

여기까지가 끝이었다. 삼 분을 넘기지 못하고 졸기 시작했으니까. 참 쉽게도 잠이 드는 나연이었다.

“이봐! 일어나라, 일어나!”

시끄러운 소리에 놀라 부스스 잠이 깬 부현과 나연은 사람들이 우르르 몰려와 있는 모습을 보고 화들짝 놀라 자리에서 일어났다. 그들은 모두 다섯 명이었는데 그중 한 명은 나머지 옥졸들과 달리 깃털 달린 모자를 쓰고 있는 것으로 보아 신분이 다른 사람 같았다.

"이들이 어제 대왕님의 침전(寢殿) 뒤뜰에 침입했었다는 놈들인가?"

깃털 모자의 사내 박달리가 묻자 나머지 옥졸들이 대답했다.

"그렇습니다."

"음… 묘한 복색을 하고 있군. 대체 어느 나라 놈들이지?"

"어젯밤에 떠드는 소리로 봐서는 우리 말을 곧잘 하던뎁쇼?"

"잡혀온 주제에 떠들었단 말이냐?"

"한동안 아주 시끄럽게 떠들었습죠. 저 바깥에 서 있는데도 시끄러울 정도였으니까요."

"그래, 뭐라고 떠들던가?"

"특별한 내용은 없었습니다. 원래 있던 곳으로 가고 싶다는 말을 했고… 가끔은 우리가 모르는 다른 나라 말도 섞어 했습죠."

"우리 말에 다른 말을 섞어 했단 말이지? 놈들이 한 이상한 말 중에서 기억나는 것을 말해 봐라."

"깨몽, 요정, 그리고… 하이티맨스라고 했던가? 뭐, 이 정도였습니다."

보고하는 옥졸의 발음을 듣고 있던 부현이 끄느름한 눈길을 던졌다.

'하이티맨스가 아니라 하이틴 로맨스요, 아저씨.'

"음… 분명히 처음 듣는 말이로군."

"혹시 연(燕)나라 놈들이 보낸 첩자가 아닐까요?"

"문초를 해보면 알 수 있겠지."

‘문초?’

부현은 놀란 눈으로 나연을 바라보았다.

‘그거 고문이랑 같은 말이죠?’ 라고 묻는 눈초리였다.

나연도 놀란 표정으로 중얼거렸다.

“우리가 무슨 잘못을 했다고…….”

두 사람이 어떤 표정을 짓든 상관없다는 듯 박달리는 냉정하게 소리

쳤다.

“밖으로 끌어내라! 무슨 연유로 대왕님의 침전에 침입했는지 알아봐

야겠다!”

“예!”

옥졸들이 대답과 함께 부현과 나연의 양팔을 움켜잡으려 할 때였다.

“잠깐!”

지붕을 무너뜨릴 듯한 고함이 부현의 입에서 터져 나왔다. 그 소리

가 얼마나 컸던지 옥졸들이 움찔 놀라 물러설 정도였다. 하지만 박달

리는 눈 하나 깜짝하지 않고 부현을 쏘아보았다.

“무슨 일이냐?”

부현도 만만찮은 눈빛으로 마주 보며 천천히 입을 열었다.

“당신들 지금 큰 실수 하는 거야! 알아?”

“크흣! 잡혀 있는 와중에도 큰소리치는 걸 보니 제법 배포가 있는 놈

이군. 그래, 우리가 뭘 실수한다는 것인지 한번 들어보기나 할까?”

박달리가 기회를 주자 부현은 빠르게 입을 놀려대기 시작했다.

“내 몸에는 1,600년 하고도 11년이나 되는 내공이 잠재되어 있다 이

거야. 1,611년이면 몇 갑자인지 알아? 9년 빠지는 27갑자라고. 그리고

더 중요한 것은 내가 어젯밤에 내공 수련을 했다는 점이야. 그러니까

최소한 일갑자 정도는 쓸 수 있게 됐을 거란 얘기지. 뭔 얘긴지 알겠어?"

부현이 열심히 설명을 했지만 박달리는 가볍게 고개를 내저었다.

"갑자가 뭐 어떻다는 것이냐?"

"일갑자의 내공이면 당신들 다섯 정도 쓸어버리는 것은 문제도 아니란 얘기지."

"웃기는군. 닭 모가지 비틀 힘도 없어 보이는 녀석이 우리 다섯을 어쩐다고?"

"이거 말로 해서는 못 알아듣네? 좋아, 그럼 눈에 보이는 걸로 하나 시범을 보이지. 저걸로 할까?"

부현은 감옥 창살로 쓰인 두툼한 통나무를 손으로 가리키며 말을 이었다.

"당신들, 이걸 손으로 부러뜨릴 수 있겠어?"

통나무는 두께가 어림잡아도 15센티는 충분히 되어 보였다. 그러니 보통 사람의 힘으로 부러뜨린다는 것은 상상도 할 수 없는 일이었다.

"내가 이걸 단번에 격파할 테니 잘 보라고. 혹시 가루가 되더라도 너무 놀라지는 말고."

의기양양해서 소리친 부현은 호흡을 가다듬고는 제법 잡힌 자세로 손날을 세워 통나무를 겨누었다. 그리고는 손을 천천히 들어 올리더니 야압 하고 기합성을 내지르며 통나무를 내려쳤다.

콰직!

요란한 소리가 울려 나오자 박달리와 옥졸들, 그리고 나연까지 놀라운 눈으로 부현을 바라보았다. 통나무가 깨끗하게 부러져 나간 것이 아니라 부현의 손목이 요상한 각도로 꺾여 있었기 때문이다.

'맛이 약간 간 놈이군?'

'저거 부러진 거 맞지?'

'무지 아프겠다.'

사람들이 이런 생각을 하고 있자니 부현의 입에서 뒤늦게 비명이 터져 나왔다.

"꺄오오오! 파, 팔, 내 팔!"

부현은 덜렁거리는 손목을 붙잡고 제자리를 빙빙 돌며 원망스러운 목소리로 중얼거렸다.

"아흐흐, 그 우라질 영감 말만 믿고 통나무를 힘껏 내려치다니… 내가 미쳤지."

하룻밤 새에 뭔가 크게 달라졌으리라 믿은 자신의 생각이 경솔했음은 전혀 모르는 부현이었다.

한심한 눈으로 부현을 바라보고 있던 박달리가 차갑게 한마디 내뱉었다.

"끌어내!"

잠시나마 부현의 위세에 눌렸던 옥졸들이 우르르 달려들어 부현과 나연을 끌어내기 시작했다.

"놔! 우리가 무슨 잘못을 했다고 이래?"

강렬하게 저항하는 나연과 달리 부현은 조금 전과 180도 다른 모습을 보여주었다.

"아야야! 아프단 말예요! 제발 살살 좀 하세요!"

부러진 팔을 움켜잡고 있는 그는 눈물을 줄줄 흘리며 옥졸들에게 애원하고 있었다.

부현과 나연이 끌려온 곳에는 보기에도 살벌한 형틀이 잔뜩 늘어서 있었다.

손가락 고문에 쓰이는 대나무틀, 주리를 트는 데 쓰는 의자와 단단한 막대, 쇠 가시가 달린 가죽 채찍, 물 고문에 적합한 커다란 물통, 두어 대 맞으면 뼈가 작살날 것 같은 무식한 곤장, 그리고 벌건 숯불에 담겨 있는 인두까지…….

써먹은 지 얼마 안 되는 듯 채 마르지 않은 피가 얼룩져 있는 형틀을 발견한 부현과 나연의 낯빛은 금방 창백하게 가라앉았다.

"그냥 말로 물어봐도 되는데 저런 게 왜 필요하냔 말야."

공포 분위기에 눌려 버린 부현은 부러진 팔목의 통증도 잊은 듯 울상이 되어 중얼거렸다.

"간단하게 손가락부터 시작하자. 녀석들을 의자에 묶어라."

박달리의 명이 떨어지자 옥졸들이 부현과 나현을 의자로 끌고 갔다. 부현은 끌려가지 않기 위해 발버둥 쳐보았지만 어른 두 명의 힘을 당해낼 재간이 없었다.

"왜 이러세요, 정말. 우리는 아무 잘못도 없다고요."

부현이 이렇게 애원하고 있을 때였다.

"우왁!"

"어이쿠, 사람 잡네!"

나연을 끌고 가던 두 옥졸이 고통스러운 비명을 토해내며 바닥으로 나동그라졌다. 이건 전혀 예상치 못한 일이었다. 예쁘장한 여자가 순식간에 두 명의 장정을 때려눕히다니 말이다. 하지만 부현에게는 충분히 이해가 되는 일이었다.

'그래, 누나의 돌주먹이 있었지? 장난으로 건드려도 기절하기 일보

직전인데 마음먹고 때렸으니 당분간 일어나기 힘들겠군.'

나연의 돌주먹이 그렇게 반가울 수가 없는 부현이었다.

"누나, 나머지도 때려눕혀 버려요!"

부현이 응원까지 해주자 나연은 득의양양해서 나머지 두 옥졸에게 천천히 다가섰다.

"여자라고 깔봤다면 당신들 큰 실수 한 거예요. 내가 이래 뵈도 태권도가 3단이거든."

나연은 주춤서기를 한 상태에서 앞뒤로 껑충거리며 옥졸들에게 접근해 갔다. 한 주먹에 아작내 버리겠다는 듯 매서운 눈초리를 번뜩이면서 말이다. 그때 그녀가 생각지 못한 상황이 벌어졌다.

쉬익!

부현을 잡고 있던 옥졸들이 창을 겨누었던 것이다.

'으잉? 무기를 든 사람과 싸우는 법은 아직 배우지 못했는데?

싸움질에 이골이 난 사람도 창을 겨눈 상대와 대적하기는 쉽지 않은 법인데 도장에서 품세나 배우던 나연이 무슨 수로 두 사람의 창병을 상대하겠는가? 나연의 기세는 순식간에 사그라졌다.

그러자 박달리가 험악한 표정으로 허리에 걸린 검을 뽑아 들었다.

채앵!

"하룻강아지 범 무서운 줄 모르는 계집이구나!"

위협에 그친 옥졸들의 창과 달리 그의 검은 금방이라도 나연의 목에 떨어져 내릴 기세였다.

"자, 자, 잠깐만요!"

나연은 얼른 뒤로 물러나며 소리쳤다.

"고분고분 앉을게요. 그러면 되잖아요."

믿고 있던 나연마저 허무하게 항복해 버리자 부현의 얼굴이 우거지상으로 일그러졌다.

'에휴, 다 끝나 버렸네. 이젠 고문당하다가 죽을 일만 남았어.'

두 사람이 조용히 찌그러지자 박달리가 서릿발 같은 음성으로 소리쳤다.

"묶어라!"

"예!"

두 명의 옥졸이 부현을 먼저 묶기 시작하자 불의의 기습으로 넘어져 있던 나머지 옥졸들도 힘겹게 일어나서 나연을 묶기 시작했다. 당한 데 대한 분풀이로 아주 꽉, 꽉!

"아야! 아프단 말예요! 좀 살살 묶어요!"

"목을 확 묶어버리지 않는 것만 해도 다행이라고 생각해, 요 맹랑한 계집애야!"

옥졸 하나가 그녀의 팔을 의자 팔걸이에 꽉 조여 매며 으르렁대자 같이 당했던 다른 옥졸도 한마디 거들었다.

"너, 조금 있다가 보자. 인두로 아주 매끈하게 지져 줄 테니까."

두 사람의 표정이 얼마나 험악한지 나연은 오금이 절로 저릴 지경이었다.

'히잉, 괜히 건드려서 화만 돋웠나 봐.'

두 사람이 의자에 단단히 묶이자 박달리가 다음 지시를 내렸다.

"손가락 주리부터 시작하자. 대나무를 끼워라."

"예!"

부현을 담당한 두 옥졸이 무덤덤한 것과 달리 나연을 담당한 두 옥졸의 눈빛은 이상한 기운으로 번들거리고 있었다.

‘너, 아주 잘 걸렸어.’

‘죽고 싶은 기분이 어떤 건지 알게 해주지.’

심상치 않아 보이는 두 사람의 눈빛 때문에 나연은 부현보다 더욱 겁을 집어먹었다.

“아저씨, 잠깐만요!”

나연이 다급하게 부르자 박달리가 귀찮은 표정으로 대꾸했다.

“뭐냐?”

“뭘 알고 싶은지 묻지도 않고 고문부터 시작하는 게 어디 있어요?”

사내가 어이없다는 듯 웃었다.

“그거야 전적으로 내 마음이야. 그렇지 않느냐?”

“너무해요. 부현이는 아직 어른이 아니라고요. 나는 연약한 여자고요. 게다가 우리는 민간인이잖아요. 그런 우리에게 무조건 고문부터 하는 건 너무하다고 생각하지 않으세요?”

나연이 나름대로 열심히 항변하고는 있었지만 아쉽게도 고구려 시대엔 부현보다 어릴 때부터 병역 의무를 지게 되어 있었고 고문은 정당한 자백 수단이었다. 따라서 박달리의 대답은 간단했다.

“흰소리 집어치워라. 너희 같은 놈들은 적당히 주물러 준 다음에 얘기를 해야 술술 나온다는 걸 잘 알고 있다. 자, 시작해라!”

그의 지시가 떨어지자 기다리고 있었다는 듯 나연을 담당한 두 옥졸이 먼저 시작했다. 줄로 이어진 대나무를 손가락 사이에 끼워 넣고 양쪽에서 힘껏 잡아당기는 이 고문은 생명에 지장을 주지는 않지만 고통은 매우 커서 아주 효과적인 고문 방법이었다. 그렇기에 특별한 훈련을 받지 않은 자들은 보통 이 단계에서 모든 것을 실토하게 마련이었다.

“꺄아아아악! 그, 그만!”

나연이 고통스러운 비명을 고래고래 질러댔지만 두 옥졸은 그럴수록 더욱 신이 나서 줄을 잡아당겼다.

“아흐흐흑! 아프단 말이에요! 제발 그만 해요.”

나연이 고통을 참지 못하고 울음을 터뜨릴 때쯤 부현을 담당한 옥졸들도 움직이기 시작했다. 부러진 오른손 대신 왼손에 대나무 틀을 걸고 천천히 잡아당기기 시작하자 부현은 손가락이 조여지기 전부터 지레 겁을 먹고 소리를 지르기 시작했다.

“우와아아악! 사람 잡는다아!”

정말 목청 하나는 대단해서 형장(刑場)이 온통 들썩거릴 지경이었다. 하지만 그건 시작에 불과했다. 대나무 틀이 본격적으로 손가락을 조이기 시작하자 도저히 인간의 목소리라고 할 수 없는 엄청난 굉음이 터져 나왔기 때문이다.

“꾸에에에엑! 부현이 죽네에!”

도무지 시끄러워서 형을 진행할 수 없을 지경이었다.

그 덕을 본 것일까? 이제 겨우 시작일 뿐인데 박달리가 손을 번쩍 들어 옥졸들의 행동을 중지시켰다. 나연을 담당하고 있던 두 옥졸은 못내 불만스러운 표정이었지만 당하고 있던 부현과 나연은 한숨 돌릴 수 있었다.

“흐으으흑! 우리가 뭘 잘못했다고 이러냔 말예요!”

“아흐흐, 부현이 오늘로 하직하네. 손목 부러지고 손가락 절단나고…….”

잠깐 사이에 후줄근하게 늘어져 버린 두 사람 앞으로 박달리가 천천히 다가왔다.

“지금부터 물을 테니 잘 생각해서 대답해라. 정확한 대답이 안 나오면 한 시진 동안 문초한 연후에나 다시 물을 테니 말이다.”

“알았어요. 뭐든 아는 대로 다 얘기할 테니 고문은 제발 그만 하세요.”

“좋아, 이제부터 묻도록 하지. 너희는 어느 나라에서 보낸 첩자냐?”

먼저 대답한 것은 부현이었다.

“우리는 첩자가 아니에요. 서울에 사는 대한민국 국민이라고요.”

“대한민국?”

사내는 의아한 표정으로 되물었다.

“그게 어디 있는 나라지?”

“지금은 없는 나라예요. 앞으로 1,560년은 더 지나야 생길 나라거든요.”

“이놈이 무슨 소리를 하는 거야?”

“정말이에요. 우리는 미래의 나라 대한민국에서 왔단 말이에요.”

“아직 정신을 못 차린 모양이구나!”

“내가 아저씨한테 거짓말할 이유가 없잖아요. 제발 믿어주세요.”

부현이 절실한 눈빛으로 믿어줄 것을 간청했지만 박달리의 반응은 냉담했다.

“바른 소리가 나올 때까지 족쳐라.”

명을 받은 옥졸들이 다시 대나무틀을 조이려고 하자 부현이 다급하게 소리쳤다.

“잠깐! 아저씨가 믿을 수 있는 증거를 보여 드릴게요.”

박달리가 옥졸들의 움직임을 제지시키며 부현에게 되물었다.

“증거?”

“네, 증거를 보여 드리면 우리가 미래에서 왔다는 말을 믿으실 거예요.”

“좋아, 너희가 무엇을 가지고 있는지 한번 보기나 하자.”

박달리가 잠시 틈을 주자 부현은 나연 쪽을 보며 소리쳤다.

“깨몽, 노몽, 빨리 나와서 상황을 좀 설명해 줘. 저 아저씨가 믿을 수 있도록 너희들의 능력을 보여주란 말이야.”

하지만 깨몽과 노몽은 얼굴을 내밀지 않았다.

“이 우라질 자식들아, 빨리 나와! 우리가 죽게 생겼단 말야!”

부현이 다시 한 번 버럭 소리치자 나연의 주머니에서 깨몽이 불쑥 튀어나왔다. 그리고 곧 이어 노몽도 솟아 나왔다.

“깨몽?”

“잠 좀 자려는데 왜 또 부르는 거여?”

손바닥만한 주머니에서 두 요정이 솟아 나오자 옥졸들은 기겁해서 달아났다.

“괴, 괴, 괴, 괴물이다!”

박달리도 꽤 놀라는 눈치였지만 옥졸들처럼 도망치지는 않았다.

“이놈들, 알고 보니 사술(邪術)을 부리는 요괴(妖怪)들이었구나!”

그는 오히려 검을 뽑아 들고 공격해 들어올 기세였다. 그러자 노몽이 그에게 말했다.

“이봐, 젊은이, 우리는 요괴가 아니라 요정이여, 요정.”

“시끄럽다, 이 요망스러운 것들! 내 너희의 목을 베서 고구려인의 무서움을 보여주겠다.”

“웬만 하면 그만두지 그려?”

“고구려 무사는 요괴에게 굴복하지 않는다!”

"후회하게 될 텐데?"

"누가 후회하는지는 두고 보면 알 것. 받아라!"

박달리는 검을 높이 쳐들며 노몽에게 쇄도해 들어왔다. 그러자 깨몽이 다급하게 소리쳤다.

"깨몽! 깨몽!"

그러지 말라는 경고 같았다. 하지만 박달리의 검은 멈추지 않고 노몽의 목 언저리로 날아들었다.

쉬이잇!

드디어 노몽의 목이 잘려 나갈 순간이었다.

"깨몽!"

단호한 목소리가 터져 나옴과 동시에 깨몽의 손에서 하얀 번개 같은 것이 박달리의 검으로 날아들었다.

빠지지지지지직!

"으아아아악!"

박달리는 그 자리에 우뚝 굳은 채 한참이나 전기 지짐을 당해야 했다. 구수한 냄새가 흘러나올 정도로……

옥졸들이 놀라서 바짝 얼어붙은 것은 당연한 일이었고 부현과 나연 또한 처음 보는 깨몽의 능력에 놀라 입을 쩍 벌렸다.

'생긴 것 답지 않게 강력한 위력을 가졌네?'

'노릇노릇하게 아주 잘 구워졌군. 당분간 정상적인 생활은 힘들겠어.'

깨몽의 공격이 그치고 나서도 한동안 몸 여기저기서 스파크를 튀기며 움찔거리던 박달리는 결국 그 자리에서 까무러쳐 버렸다.

쿠웅!

쓰러지고 나서도 살 맞은 멧돼지마냥 한동안 부르르 떨던 박달리가 축 늘어지자 옥졸들이 앞 다투어 도망가기 시작했다.

"요괴가 나타났다!"

"으아아! 살려줘!"

그들이 모두 사라지고 나자 부현이 쓰러진 박달리를 향해 소리쳤다.

"아주 쌤통이다, 이 인간아! 그러게 아무 죄 없는 우리를 왜 고문해? 저거 그냥 새까맣게 그을러질 때까지 더 지졌어야 되는데 아깝다, 아까워. 나한테 그런 능력이 있었으면 좀 더 확실하게 지져줬을 텐데 말이야."

기절한 사람의 뒤통수에 대고 한동안 분풀이를 하고 있던 부현은 문 득 무슨 생각이 난 듯 깨몽과 노몽 쪽을 확 째려보았다.

"그런 능력이 있으면서 왜 이제야 나타난 거야, 이 웬수들아!"

그가 도끼눈을 뜨고 쳐다보자 깨몽은 금방 기가 죽어 몸을 움츠렸지 만 노몽은 아무렇지도 않은 표정이었다.

"너희가 안 불렀잖여?"

간단했지만 확실한 대답이었다.

"이런 우라질, 사람이 죽게 생겼는데 꼭 불러야 나와?"

"너도 나이 들어봐. 삭신이 쑤셔서 웬만하면 움직이고 싶지 않을 테 니께."

"말이나 못하면 밉지나 않지."

한동안 티격태격하던 노몽이 갑자기 매우 기분 나쁜 눈빛으로 부현 을 쏘아보았다.

"그런데… 노인에게 존댓말 좀 쓰면 안 되것냐?"

노인에게 막말하는 것이 나쁘다는 것은 부현도 알고 있었지만 미안하다고 말하고 싶은 마음은 조금도 없었다.

"쓸데없는 소리 말고 이 줄이나 풀어줘요."

"니가 풀어."

자신의 말이 무시당한 데 대한 분풀이인 듯 노몽은 짧게 대꾸하고 돌아서 버렸다. 이렇게 되면 아쉬운 것은 부현이었다.

"이, 이봐요!"

부현이 당황해서 불러보았지만 노몽은 못 들은 척 행동했다.

"깨몽, 우리는 그만 들어가자."

"여보세요!"

"나와서 도와줘야 좋은 소리도 못 듣는 것, 이번에 들어가면 한동안 푹 쉬어버려야것네."

"자, 잠깐만요, 할아버지!"

부현이 숨 넘어가는 소리로 부르자 노몽이 힐끔 쳐다보았다.

"왜 자꾸 부르냐?"

"저기……."

부현이 말을 할 듯하면서도 주저하고 있자 노몽은 다시 획 돌아서 버렸다.

"쟤, 별로 할 말 없나보다. 깨몽, 들어가자."

"알았어요! 말할게요!"

"해봐."

"죄송… 해요."

"뭐라고?"

"죄송하다고요."

"안 들리는데?"

“죄.송.하.다.고.요!”

“뭐가?”

“말 함부로 한 거요.”

“진심이여?”

“네⋯⋯.”

“다시는 그러지 않을 거지?”

“네⋯⋯.”

“우리는 시간의 요정이지 네 하인이 아녀. 그러니 앞으로는 말 좀 조심혀.”

“네⋯⋯.”

“이렇게 고분고분하니까 얼마나 좋아.”

노몽은 흐뭇한 표정을 지으며 옆에 있던 깨몽에게 말했다.

“이제 들어가자, 깨몽.”

뜨악!

“노몽 할아버지!”

“또 왜?”

“줄 풀어주셔야죠.”

“아참, 그렇지. 날이 갈수록 건망증이 심해져서⋯⋯. 깨몽, 풀어줘라. 나는 삭신이 쑤셔서⋯⋯.”

‘우라질, 줄 좀 풀어주는 데 큰 힘 들어가나? 걸핏하면 삭신 쑤신다는 소리는⋯⋯.’

그렇지 않아도 비위를 맞추느라 속이 뒤틀렸던 부현은 노몽의 뒤통수를 뚫어져라 노려보았다.

잠시 후 몸이 자유로워진 부현과 나연은 곧바로 도망갈 생각을 하였다. 그런데 자신들이 있는 곳이 어딘지 알 수가 없으니 난감한 일이었다. 그들이 있는 곳만 해도 문이 세 개였으니…….

"에라, 모르겠다. 제일 가까운 문으로 빠져나갑시다."

생각없이 내뱉는 부현의 말이었지만 아무 결정도 않는 것보다는 나을 것 같았다. 도망간 옥졸들이 얼마 지나지 않아 병사들을 몰고 올 게 뻔하니 말이다.

"그래, 일단 가자."

나연이 동의하자 두 사람과 두 요정은 지체없이 문을 향해 달려갔다. 그리고 부현이 문을 활짝 열며 먼저 뛰어나갔다. 그런데 저쪽에서 수십 명의 병사가 활을 겨누고 있는 것이 아닌가?

"아다닷! 벌집 될라."

부현은 뛰어나갔던 것보다 두 배는 빠른 속도로 되돌아와 문을 쾅 닫았다. 그 순간 문 저편에 파파팍 하고 화살 꽂히는 소리가 들려왔다. 조금만 늦었으면 정말로 벌집이 될 뻔한 순간이었다.

"하… 하… 정말 섬뜩한 순간이었어."

콧물이 쑥 빠진 표정으로 이마의 식은땀을 훔쳐 내는 부현을 보며 나연이 걱정스럽게 중얼거렸다.

"저 사람들, 이젠 우리 얘기를 들어볼 생각도 않고 그냥 죽이려나 봐. 완전히 포위된 것 같은데 어쩐다지?"

"다른 문으로 한번 가볼까요?"

"마찬가지일 거야."

"그럼 어떻게 해요?"

잠시 고민스러운 표정을 짓고 있던 나연은 좋은 생각이 떠오른 듯 손뼉을 딱 쳤다.

"미래로 조금만 움직이면 어떨까요?"

나연의 제안을 들은 노몽은 생각도 해보지 않고 고개부터 저었다.

"안 돼."

"왜 안 돼요?"

"늙어서 기력이 없다고 누차 말했잖여."

"그래도 500년 정도는 움직일 수 있다고 했잖아요."

"너희가 너무 자주 불러내서 기력이 더 떨어졌어."

"정말 전혀 할 수 없는 거예요? 다시 한 번 생각해 봐요. 이건 우리의 목숨이 걸린 문제라고요."

"글쎄… 며칠 정도는 움직일 수 있을 것도 같은데……."

"겨우 며칠이요? 그래 봐야 여기 다시 나타나면 아무 소용 없잖아요."

"그런가?"

"아니, 어쩌면 괜찮을 것도 같아요. 공간을 조금만 이동할 수 있다면 말이에요. 여기서 1킬로쯤 떨어진 곳으로."

"그 정도라면 가능하지."

"좋아요. 그럼 어서 하세요. 병사들이 언제 밀고 들어올지 모르니까요."

"알것어. 지금 바로 시작할 테니 각오들 단단히 허여."

'각오'라는 말이 왠지 마음에 걸렸지만 상황이 워낙 다급했기에 누구도 문제 삼지 않았다.

노몽이 뭐라고 중얼거리기 시작하자 깨몽이 시간 이동할 때 그랬던 것처럼 갑자기 바람이 일어나기 시작했다. 그런데 바람의 세기가 영

신통치 않았다. 별다른 변화도 없었고.

"뭐 하는 거예요, 노몽? 아직 그대로잖아요."

나연이 재촉하자 노몽은 중얼거리기를 멈추고 거친 숨을 몰아쉬었다. 잠깐 주문 외우는 것도 힘에 부치는 모양이었다.

"헉헉… 기력이 떨어진다고 말했었잖여. 그래서 깨몽처럼 쉽게 되지 않는 거여. 그러니 재촉하지 말고 조금 기다려 봐. 주문 걸고 있을 때 말 걸면 헷갈려서 주문을 완성할 수가 없다고."

"네……."

노몽이 다시 주문을 외우기 시작하자 바람이 다시 불기 시작했다. 방금 전보다도 훨씬 약한 산들바람이.

'환장하겠네. 이래 가지고 언제 도망가냔 말야.'

부현은 속이 끓어 터질 지경이었지만 주문 도중에 말을 걸면 안 된다는 경고 때문에 뭐라고 할 수도 없었다. 그런데 병사들이 몰려들어 문을 거세게 밀어 박치는 소리가 들려오지 않겠는가?

쾅! 쾅!

"어서 부숴라!"

이쪽에서 조용히 있으니 문을 부수고 들어오려는 모양이었다. 한데 노몽은 여전히 주문만 외우고 있을 뿐 아무런 변화도 일어나지 않았다. 변화가 약간 있다면 산들산들 불어오던 바람이 일행의 주위를 맴돌며 작은 회오리를 형성하고 있다는 정도였다.

'저 영감과 며칠만 더 있으면 스트레스 받아서 내가 더 늙고 말 거야.'

부현이 조바심을 견디지 못해 발을 동동 구르고 있을 때였다.

와자작!

대문이 박살나며 병사들이 밀어닥쳤다. 하지만 먼저 들어왔던 병사들은 깨몽을 보고는 기겁해서 멀찍이 물러났다. 대신 문밖에 있던 궁수들이 일행을 향해 활을 겨누었다. 이제 통솔자의 명만 떨어지면 수십 발의 화살이 날아와 일행을 고슴도치로 만들어 버릴 터였다.

"제발 빨리 좀 해요!"

부현이 참지 못하고 소리를 지르는데 주변을 맴돌던 바람의 속도가 갑자기 빨라지기 시작했다. 그와 동시에 문밖에서 고함이 터져 나왔다.

"쏴라!"

쉬쉬쉬쉭!

수십 발의 화살이 일행에게 새까맣게 쏟아져 들어왔다. 그 순간,

우우우웅!

바람의 벽이 검게 물드는가 싶더니 일행을 완전히 감싸 버렸고 화살이 꽂혀들 즈음에 모두 다 감쪽같이 사라지고 말았다. 일행을 감쌌던 검은 기운과 함께.

눈앞에서 사람이 사라지는 광경을 목격한 병사들의 안색이 하얗게 질렸다.

"왕궁에서 이런 요사스러운 일이 벌어지다니, 불길한 징조가 분명해."

누군가 입을 열자 병사들은 두려움에 젖은 목소리로 웅성거리기 시작했다.

"커다란 재앙이 일어날 징조야."

"대왕님께 이 사실을 알려야 돼."

4장
알몸 소녀와 만나다

노몽의 힘으로 공간을 이동 중인 부현과 나연은 정말 죽을 지경이었다. 깨몽이 할 때는 이동하는 줄도 모르게 금방 끝났었는데 노몽이 하고 있는 지금은 어찌 된 일인지 사지가 온통 뒤틀리고 머리가 발에 붙었다 엉덩이에 붙었다 하는 느낌이었다.

시간은 또 얼마나 걸리는지 겨우 며칠 이동하는 것인데 다섯 시간은 걸리는 것 같았다. 그러니 만약 1,611년을 다시 거슬러 올라가라고 하면 현실에 도착하는 것은 허연 백골뿐일 게 분명했다.

'하여간 저 영감쟁이 하는 일은 마음에 드는 게 하나도 없어.'

속으로 이렇게 투덜거리던 부현은 갑자기 숨이 확 막히는 느낌에 놀라 눈을 번쩍 떴다.

'헉! 여기는 혹시……?

불길한 생각에 사로잡힌 부현은 시야가 뿌옇게 흐려진 걸 볼 수 있었다. 드디어 며칠 후의 미래에 도착한 모양인데 온몸은 홀딱 젖고 숨은 콱콱 막혔다. 그들이 도착한 곳은 물속이었던 것이다.

"푸아아!"

"어푸푸! 이동을 해도 하필 이런 곳으로 할 게 뭐야?"

부현은 물속에서 얼굴을 내밀자마자 불평부터 터뜨렸다. 그나마 다행인 것은 물이 낮아 익사할 염려는 없다는 점이었다.

부현이 흘러내리는 물을 두 손으로 닦아내며 흘깃 보니 약간 앞쪽에 나연이 있는 것 같았다. 긴 머리를 흠뻑 적신 채 말이다.

"거기서 뭐 해요? 어서 나가자고요."

그는 젖은 머리에서 흘러내리는 물을 한 손으로 닦아내며 나연 쪽으로 걸어갔다. 그런데 몇 걸음 가지 못해 손끝으로 묘한 감촉이 전해왔다.

미끌거림과 몽클함이 혼합된 느낌이었다.

'으잉? 이 감촉은?'

놀라서 눈을 번쩍 뜬 부현은 물이 눈으로 들어가는 것도 잊은 채 입을 쩍 벌려야 했다. 나연이 아닌 전혀 다른 여자, 아니, 십육칠 세가량의 소녀가 눈앞에 서 있었기 때문이다. 그것도 알몸으로 말이다.

"댁은 뉘슈?"

가슴을 두 손으로 가린 모습이기는 했지만 눈을 동그랗게 뜨고 있는 알몸의 소녀는 부현을 놀라게 하기에 충분했다. 그런데 더욱 이상한 것은 이 소녀가 부끄러워하기는커녕 무지한 탐구의 눈빛으로 부현을 보고 있다는 사실이었다.

"그러는 너는 누구지?"

이렇게 당돌한 질문까지 하면서 말이다.

"나, 나는 전부현인데……."

부현이 말을 더듬고 있자 뒤에 서 있던 나연이 다가오며 어깨를 툭 쳤다.

"야, 이 음흉한 녀석아! 여자가 옷을 안 걸치고 있으면 얼른 눈을 돌려야지 그렇게 빤히 쳐다보고 있는 게 어디 있냐?"

"아윽! 그 돌주먹으로 또……."

"아차! 미안!"

부현은 고통스럽게 얼굴을 일그러뜨리면서도 나연의 말대로 얼른 고개를 돌렸다.

"젠장, 하필이면 여자가 목욕하고 있는 개울로 떨어질 게 뭐야?"

부현이 작은 목소리로 중얼거리자 알몸의 소녀가 말했다.

"개울이라고? 여긴 내 개인 욕조야."

"뭐?"

갑작스러운 상황이어서 모르고 있었는데 그리고 보니 물이 무척 따뜻했다. 그리고 욕조라고 말하기에 턱없이 크기는 했지만 저만치에 물막이 벽이 있는 것으로 보아 알몸 소녀의 말이 틀리지는 않은 것 같았다.

"도대체 얼마나 잘나가는 집안이기에 이렇게 큰 욕조가 있지?"

여탕(?)에 들어와 있다는 심각함을 잊은 채 욕조의 크기에만 관심을 두고 있는 부현에게 알몸의 소녀가 말했다.

"그냥 잘나가는 집이 아니라 궁궐인데?"

뜨악!

화들짝 놀란 부현과 나연이 동시에 외쳤다.

"뭐라고?"

"궁궐이라고. 대왕님이 사는 궁궐 몰라?"

"그럼 너는… 요?"

"나? 광개토대왕마마가 눈에 넣어도 아파하시지 않는 동생 은강 공주이시지. 성이 고씨니까 이름은 물론 고은강이고."

"그럼……."

"겨우 이동했다는 게?"

부현과 나연은 도끼눈을 부릅뜨고 노몽을 찾았다. 하지만 그와 깨몽은 어디에도 없었다. 도착하는 즉시 '시간의 돌' 안으로 들어간 것이 분명했다.

"갈아 마셔도 시원찮을 웬수 같으니……."

"이번엔 나도 못 참어."

부현과 나연이 두 팔을 걷어붙이고 설치자 은강 공주는 약간 놀란 눈으로 되물었다.

"지금 나한테 하는 소리야?"

화들짝!

"저, 절대로 아니지요. 우리가 무슨 배짱으로 공주님께 그런 불경스러운 말을 하겠어요?"

부현이 먼저 두 손을 흔들어대며 부인하자 곧 이어 나연도 거들었다.

"그렇지 않아도 목이 달랑거리는 판에 죽고 싶어서 빽 쓸 일 있겠어요? 절대 아니에요."

두 사람이 고분고분하게 나오자 은강 공주는 아주 만족스러운 표정을 지었다.

"그럼 누구한테 한 소리야?"

나연이 얼른 주머니에서 '시간의 돌'을 꺼내 들었다.

"이 안에 숨어 있는 요정에게요."

"요정? 그게 뭔데?"

"요정 몰라요?"

"모르니까 묻지."

부현과 나연이야 판타지 소설이나 만화에서 수없이 보고 들었으니 알고 있었지만 고구려 시대의 은강 공주로서는 모르는 게 당연했다. 요정은 서양에서 들어온 개념이니 말이다.

"아참, 여기는 고구려 시대였지?"

뒤늦게 시대 차이를 깨달은 나연은 잠시 생각을 정리하더니 다시 말했다.

"산신령이나 선녀는 알지요?"

"그 안에 그럼 산신령과 선녀가 숨어 있단 말야?"

"예, 맞아요. 모습이 조금 이상하기는 하지만 우리 나라 개념으로 따지면 산신령과 선녀쯤 될 거예요. 깨몽이 남자인지 여자인지는 모르겠지만."

"정말이야?"

"보여 드릴까요?"

"그래, 얼른 보여줘."

"대신 놀라지 않겠다고 약속해요. 놀라서 기절이라도 하면 우리만 더 이상해지니까."

"말로만 듣던 산신령을 만나는데 내가 왜 놀라?"

"정말 약속할 수 있죠?"

"그렇다니까!"

"알았어요. 그럼 불러낼 테니 마음의 준비를 단단히 하세요."

"걱정 마."

은강 공주가 워낙 철석같이 약속하는지라 나연은 '시간의 돌'에 대고 나지막이 속삭였다.

"깨몽, 노몽, 보고 싶어하는 사람이 있으니 어서 나와 봐요."

그녀의 말이 떨어지기 무섭게 깨몽이 먼저 불쑥 솟아 나왔다.

"깨몽?"

뒤이어 노몽이 짜증스러운 표정으로 나타났다.

"힘들어 죽겠는데 왜 자꾸 부르는 거여?"

깨몽과 노몽은 요정답게 물위에 둥둥 떠 있었는데 그 모습을 보고 있던 은강 공주는 놀라기는커녕 좋아서 어쩔 줄 모르는 표정이었다.

"어머, 어머! 정말로 산신령인가 봐. 그리고 쟤, 너무 귀엽다. 마치 커다란 달걀에 그림을 그려놓은 것 같아."

겁이 없는 건지 철이 없는 건지 은강 공주는 팔딱팔딱 뛰어오르며 좋아했다. 자신은 지금 홀딱 벗은 상태이고 코앞에는 커다란 사내 녀석이 있는데 말이다.

아직 완성되지 않은 가슴이었지만 그녀가 뛸 때마다 그 위의 무엇이 파르르 떨리고 있어서 한참 혈기 왕성한 부현의 성감을 자극하기에 충분했다. 그리고 부현 또래의 나이에는 성감을 자극받으면 곧바로 반응이 오게 마련이다.

불끈!

부현은 몸의 일부에 갑자기 힘이 들어가자 화들짝 놀라 엉덩이를 뒤로 쭉 뽑았다.

'윽! 여자가 둘씩이나 있는 데서 이러면 곤란한데……. 공주마마,

제발 체통 좀 차리세요. 이건 성 고문이라고요.’

부현의 이런 마음을 아는지 모르는지 은강 공주는 배꼽 밑이 훤히 드러날 정도로 팔딱팔딱 뛰어오르고 있었다. 조금만 더 힘을 쓰면 그 밑의 무엇까지 보일 정도로.

부현은 자꾸만 돌아가는 시선을 외면하기 위해 애써 고개를 돌리고 있었지만 자기도 모르는 사이에 눈꼬리가 그쪽으로 찢어지는 것은 어쩔 수 없었다.

사람들이 이러고 있는 사이 노몽은 한심한 표정으로 그들을 내려다보고 있다가 뚱한 말투로 쏘아붙였다.

“도대체 왜 부른 거여? 불렀으면 말을 해야지!”

그 물음에 대답한 사람은 나연이었다.

“공주님이 보고 싶다고 해서요.”

“겨우 그것 때문에 불렀단 말이여? 우리가 동물원 코끼리인 줄 알어? 기력이 없어서 힘들어 죽겠구먼.”

“그러게 왜 여기로 이동시켜요? 1킬로 정도 갈 수 있다고 하더니 겨우 온 곳이 궁궐 안이잖아요.”

“낸들 아나? 어떻게 하다 보니 이렇게 된 거지.”

노몽은 전혀 미안한 기색이 없었다.

“다음부터는 이런 일로 부르지 말어. 한 번만 더 그랬다가는 아무리 불러도 나오지 않을 테니께. 알아들었어?”

이런 경우를 두고 적반하장(賊反荷杖)이라고 하던가? 노몽은 자신의 실수를 전혀 인정하지 않고 되려 화만 내더니 깨몽과 함께 ‘시간의 돌’ 속으로 쑥 들어가 버리고 말았다.

그들이 사라지자 은강 공주의 발작(?)도 약간은 수그러들었다. 최소한 팔딱거리는 것은 멈추었으니까.

"정말 신기하다. 그러고 보니 너희들이 오늘 아침에 문초를 받다가 사라졌다던 사람들인 모양이구나? 요괴를 부린다던."

"오늘 아침?"

부현과 나연은 서로를 마주 보았다. 며칠 정도 미래로 가겠다더니 은강 공주의 말을 들어서는 겨우 몇 시간 정도 움직인 모양이었다. 도무지 믿음이 가지 않는 노몽이었다.

'그 영감, 제대로 하는 게 도대체 뭐야?'

끄느름한 표정으로 서 있는 두 사람 사이로 은강 공주가 끼어들었다.

"그 돌 나 줘라. 대신 그 열 배 무게의 황금을 줄게."

열 배 무게의 황금이라니, 구미가 당기기는 하였지만 나연은 단호하게 고개를 저었다.

"미안하지만 그럴 수 없어요, 공주님."

"왜?"

"생각 같아서는 황금을 주시지 않더라도 드리고 싶지만 그러면 이 안에 있는 요정들이 화를 낼 거예요. 요정들은 황금으로 거래할 수 있는 존재가 아니거든요."

은강 공주는 금방 시무룩한 표정이 되었다. 하지만 이해할 수 있다는 듯 고개를 끄덕였다.

"하긴 산신령을 황금으로 살 수는 없지. 물건처럼 주고받을 수는 더더욱 없고. 그럼 어쩐다지? 나는 그 신기한 돌을 곁에 두고 자주 보고 싶은데……."

그렇게 잠시 고민하고 있던 은강 공주는 갑자기 좋은 생각이 떠오른 듯 환하게 웃음 지었다.

"너희들과 친구하면 되겠다. 그러면 너희는 내 곁에 계속 있어도 되고 나는 언제든지 산신령을 만날 수 있잖아."

"친구… 요?"

부현과 나연은 또다시 서로를 마주 보았다.

'어쩌면 살길이 열릴 것 같은데?'

'말이라고 해요? 땡잡은 거지.'

이런 눈엣말을 주고받으며 말이다.

일단 한고비 넘겼다고 생각되자 부현은 은근한 눈길을 던지며 은강 공주에게 물어보았다.

"혹시 친구라면 서로 말을 트고 지내는……."

"당연하지."

"정말… 요?"

"너, 몇 살인데?"

"열여덟… 이요."

"그럼 나랑 말 트면 되겠네. 난 열여섯이거든. 두 살 정도는 괜찮지?"

'안 괜찮은데' 라고 말하고 싶었지만 나이 한두 살 때문에 목숨 걸 일은 없었다.

"하하, 물론이지요."

"그런데 왜 계속 존댓말이야? 나랑 친구하기 싫어?"

"아, 아니요."

"또!"

"하하, 신분 차이가 워낙 크다 보니……. 그런데 정말로 반말 해도 괜찮을… 까?"

"내가 괜찮다는데 뭐가 걱정이야?"

"대왕님이나 다른 대신들이 알면 불경죄로 죽이려 들지 않을까?"

"걱정 마. 내 말이면 다 통하니까."

"정말?"

"오라버니도 내 말이면 껌뻑 죽어. 내가 무지하게 귀엽잖아."

'공주병 초기 중세로군.'

"니가 보기엔 그렇지 않아?"

"마, 맞아. 정말 왕 귀엽다."

"그치?"

"응."

새로운 친구 부현에게 자신의 귀여움을 재삼 확인한 은강 공주는 나연에게 눈길을 돌렸다.

"그쪽은 언니 같은데? 몇 살이야?"

"스물하나."

"그럼 분명히 언니네."

"그, 그래도 친구하지 뭐."

"에이, 다섯 살이나 차이 나는데 어떻게 친구를 해?"

"나는 괜찮은데……."

친구를 하지 않겠다고 할까 봐 나연은 안달이 났다. 은강 공주와 친구가 되고 못 되는 것은 목숨이 걸린 일이니까.

"나도 정신 연령은 너희와 비슷해. 그러니까 그냥 친구하자."

"싫어! 나이 많은 사람하고 친구하면 나까지 늙어 보일 것 아냐."

'늙어? 나이 스물하나에 늙었단 소릴 다 듣고… 자존심 구겨지네.'

"그러지 말고 그냥 언니해. 아무래도 그게 낫겠어."

"그래도 언니보다는······."

"친구란 게 꼭 같은 나이만 되는 거 아니잖아. 언니라고 불러도 친구처럼 지낼 수는 있는 거잖아."

"어? 그럼 친구는 친구인 거야?"

"그래, 언니라고 부르는 친구."

족보가 좀 헷갈리기는 했지만 친구라는 타이틀을 얻어낸 나연은 기쁨을 감추지 못했다.

"고맙다, 은강아. 정말 고마워."

기쁜 나머지 나연은 은강의 어깨를 툭 치고 말았다.

픽! 픽!

"아얏!"

'흐익! 공주에게 저런 실수를······!'

부현이 놀라서 나연의 손을 얼른 잡았다.

"누나, 어쩌자고 이러는 거예요?"

하지만 때는 이미 늦은 뒤였다.

"아야야! 어깨가 부서지는 것 같네!"

인상을 잔뜩 찌푸리고 있던 은강 공주는 고개를 발딱 치켜들며 따지듯 물었다.

"언니, 지금 돌로 찍은 거지?"

"아, 아냐."

나연은 얼른 두 손을 펴 보이며 결백을 호소했다. 그리고 자신의 결정적인 단점에 대해서 설명해 주었다. 그러자 은강 공주는 의외로 대단한 관심을 보였다.

"정말이야? 어떻게 그런 일이 있을 수 있지? 힘이 별로 세게 생기지도 않았는데?"

"진짜야. 믿어줘."

"아무래도 못 믿겠어. 다시 한 번 해봐."

"아플 텐데?"

"나 말고 쟤한테."

은강 공주가 부현을 가리켰다.

"히익! 왜 나야?"

부현이 놀라서 뒤로 물러났지만 공주에게 믿음을 얻기 위한 나연의 노력에서 벗어날 수는 없었다.

"미안해, 부현아. 세 대만 때릴게."

"세 대씩이나? 그냥 건드리는 것도 아니고 때린다고?"

"걱정 마, 부러진 팔은 안 때릴 테니까."

"안……."

퍽!

"되는……."

퍽!

"데……."

뻐억!

마지막의 격렬한 격타음을 끝으로 부현은 물위에 조용히 드러누웠다. 두 눈을 허옇게 까뒤집은 채.

불쌍한 부현이야 기절했거나 말거나 철없는 은강 공주는 감탄성을 터뜨릴 뿐이었다.

"와! 언니, 정말 세다."

"그치만 보기는 흉하지? 여자가 주먹만 세서……."

“아냐. 너무 멋져. 언니는 내 이상형이야.”

“이상… 형?”

“언니, 손 한 번만 보자.”

“그, 그래.”

은강 공주는 신기한 눈으로 나연의 손을 이리저리 살폈다.

“내 손이랑 별다를 것도 없는데 진짜 신기하다.”

감탄을 연발하고 있는 은강 공주의 양 볼이 웬일인지 발갛게 상기된
것 같았다.

잠시 후 부현과 나연은 은강 공주와 함께 욕조 바깥 쪽에 마련된 탁자
에 마주 앉아 대화를 나누고 있었다. 발가벗었던 은강 공주는 물론이고
부현과 나연도 젖은 옷 대신 공주가 내 준 새옷으로 갈아입은 상태였다.

그동안 부현과 나연은 자신들의 처지에 관해서 은강 공주에게 충분
히 설명해 주었다. 아직 어린 나이였기 때문이지 은강 공주는 어른들
과 달리 두 사람의 말을 전적으로 믿어주었다. 하지만 완전히 믿는 눈
치는 아니었다. 그저 신기한 일 정도로 생각하고 있는 것 같았다. 하긴
1,600년 이상이나 거슬러 왔다는 사실을 믿을 수 있는 사람이 어디에
있겠는가? 더구나 고구려 시대에 말이다.

자신들에 대한 설명이 다 끝나자 부현은 그동안 궁금하게 여기던 은
강 공주에 대한 것들을 묻기 시작했다.

“너는 공주라면서 왜 시중드는 궁녀가 하나도 안 보이냐? 옷도 네가
직접 챙겨오고.”

그동안 은강 공주와 많이 친숙해진 탓에 부현은 아무 거리낌 없이
반말을 했고 은강 공주도 자연스럽게 받아들였다.

“내가 다 내보냈어. 아마 밖에서 대기하고 있을걸?”

“옆에서 시중들어 주는 궁녀가 있으면 한결 편할 텐데 왜 내보내?”

“목욕하는데 창피하잖아.”

“창피? 우리는 괜찮고?”

“두 사람이 뭐가 어때서?”

황당.

“뭔가 좀 잘못됐다고 생각하지 않냐?”

“아, 언니 때문에? 그건 좀 다른 경우지. 언니야 아주 특별한 존재니까.”

“그게 아니고 나 말야, 나!”

“니가 뭐 어쨌게?”

“지금 시대에는 남자가 여자 손만 잡아도 책임져야 하는 거 아니냐? 그런데 나는 네 알몸까지 다 봤잖아.”

“아, 그거 때문이었어? 에이, 괜찮아. 그럴 수도 있지 뭐. 난 그런 거 신경 쓰지 않으니까 걱정하지 마.”

‘이봐, 그게 아니라고. 공주 아니라 여왕이라도 너는 여자고 난 남자란 말야. 그런데 어째서 괜찮다는 거야? 내가 남자로 보이지도 않는다는 거야 뭐야?’

은강에게 여자로서의 감정을 느낀 것은 아니었지만 그래도 자신을 남자로 여기지도 않는 태도 때문에 부현은 은근히 오기가 발동했다.

“누나, 얘 좀 이상하지 않아요? 남자에게 볼 거 다 보여주고 저렇게 뻔뻔해도 되는 거예요? 나 같으면 창피해서 얼굴도 못 들고 있겠구만.”

부현이 툭 튀어나온 입으로 말하자 나연은 얼른 은강의 표정을 살폈다. 그녀도 부현의 말에 공감하고는 있었지만 절대 약자인 자신들이 그녀의 비위를 건드려서 좋을 게 없다는 판단 때문이었다. 다행히 은강 공주는 별로 기분 나빠하지 않는 것 같았다. 그런데 부현의 말은 거기서 끝나지 않았다.

"하긴 뭐 보여줄 게 있어야 창피한 생각이 들지? 가슴이라고 계란 프라이 수준이더만."

'힉! 이 멍청한 녀석이 무슨 망발을 하는 거야? 공주 모독죄로 몰려서 목이 달아나고 싶은 거야?'

"몸매도 형편없는……."

'얘가 정말?'

그대로 두었다간 무슨 말을 더 할지 몰랐기에 나연은 급한 대로 부현의 팔을 툭 쳤다.

뻑!

그런데 하필이면 부러진 팔이라니…….

"우아악!"

비명과 함께 부현은 살 맞은 짐승처럼 몸을 부르르 떨었다.

"팔… 팔… 돌주먹……."

그렇지 않아도 벌겋게 부어 있는 팔을 그 돌주먹으로 때렸으니…….

부현은 부러진 팔을 받쳐 든 채 제자리를 맴돌며 어쩔 줄 모르고 있었는데 그의 고통 따위는 아랑곳없다는 듯 은강 공주는 나연에게 감탄의 눈길을 보낼 뿐이었다.

"언니 주먹은 정말 대단하다. 너무 멋져."

"그, 그러냐? 하하, 나는 이럴 때마다 쥐구멍으로 들어가고 싶은 심정인데."

"아냐, 나는 언니처럼 힘센 여자가 좋더라."

"힘센… 여자? 어째 어감이 좀 그렇다?"

"그게 어때서? 너무 멋지지 않아?"

"왠지 남자 같아지는 느낌이……."

두 사람이 이런 대화를 나누고 있는데 바깥에서 걱정스러운 듯한 중년 여인의 목소리가 들려왔다.

"공주마마, 괜찮으시옵니까?"

은강 공주 혼자 있어야 할 방 안에서 사내의 비명 소리가 들려오자 궁녀들이 걱정하는 모양이었다.

"난 괜찮으니 신경 쓰지 마."

은강 공주가 귀찮아하는 투로 대꾸하자 궁녀의 목소리가 다시 들려왔다.

"사내의 비명이 들린 것 같사옵기에……."

"걱정 말래도 자꾸 귀찮게 하네? 지금 친구들과 얘기하는 중이란 말야."

"친구라니요? 마마는 분명 혼자 계시지 않았사옵니까?"

"글쎄, 신경 쓰지 말라고 했잖아! 나 성질 내는 거 보고 싶어서 그래?"

"아, 알겠사옵니다."

은강이 언성을 조금 높이자 금방 찌그러지는 것으로 보아 그동안 궁녀들을 어떻게 다루어왔는지 보지 않아도 알 일이었다. 하지만 궁녀들이 아무리 은강의 말을 잘 듣는다고 하더라도 나연의 입장에서는 문밖을 지키고 있는 그녀들의 존재가 껄끄러울 수밖에 없었다.

"그런데 은강아."

"응?"

"우리 정말 괜찮은 걸까? 아침에는 병사들이 우리를 죽이려고 화살까지 쏘았었는데 궁녀들이 가서 이르기라도 하면…….”

“내가 있는 이상 아무도 못 건드릴 테니까 염려 붙들어 매.”

“하지만 그들은 우리를 요괴 부리는 사람으로 알고 있거든. 그러니 너와 함께 있는 걸 발견하면 너를 살린답시고 당장 죽이려들 게 뻔해.”

“내가 오라버니께 잘 말씀드려 줄게. 언니와 부현이는 산신령님을 모시는 사람들인데 병사들이 지레 겁을 먹고 난리를 부린 거라고 말이야. 그럼 오라버니는 겁쟁이 병사들을 오히려 벌주실걸?”

“그럴까?”

“그렇대도.”

“그러면 좋겠지만…….”

“그런데 아까 부현이가 한 말이 무슨 뜻이야? 계란 프라이라고 했던가?”

허부작!

잊었다 싶었던 질문이 갑자기 튀어나오자 나연은 너무 놀란 나머지 넘어질 뻔하였다.

“아, 아직도 그 말을 기억하고 있었냐?”

“말이 희한하잖아. 계란 프라이, 계란 프라이…….”

마치 머리 속에 꼭꼭 새겨두기라도 하겠다는 듯 은강은 같은 말을 계속해서 되뇌었다.

‘그냥 잊어버리는 게 좋은데…….’

나연은 속으로 이렇게 바랐지만 그렇게 될 리 없다는 것 또한 잘 알고 있었다.

“어서 말해 줘, 그게 무슨 말인지.”

은강이 다시 한 번 재촉하자 나연도 더 이상 입을 다물 재간이 없었다.

"그건 말이지……."

말끝을 길게 늘이며 잠시 염두를 굴리던 나연은 '될 대로 돼라' 하는 심정으로 말을 이었다.

"아주 멋지다는 말이야."

"정말?"

"그래, 우리 시대에서는 아주 멋진 사람을 보면 계란 프라이, 계란프라이 그러거든."

"그럼 언니도 계란 프라이네?"

"으, 응?"

"그렇잖아? 멋진 주먹을 가진 언니야말로 계란 프라이 아니겠어?"

"그, 그래."

나연은 맥 빠진 목소리로 대꾸하며 부현을 흘겨보았다.

'너 때문에 나까지 계란 프라이가 됐잖아, 이 웬수야.'

이제야 통증이 조금 가라앉은 표정으로 앉아 있던 부현은 슬그머니 눈길을 돌렸다.

'내가 없는 말 했나? 16살짜리 가슴이 크면 얼마나 크다고… 계란 프라이라고 하는 게 당연하지. 그리고 누나 가슴은 뭐 대단한가? 조금 큰 계란 프라이 수준이면서. 그나마 노른자 터진 프라이 아닌 게 다행이지 뭐.'

두 사람의 속마음을 알 길 없는 은강은 계란 프라이라는 말에 고무되어 한동안 즐거워하더니 뭔가 이상한 생각이 난 듯 고개를 갸웃했다.

"그런데… 아까 부현이는 내 가슴이 계란 프라이라고 하지 않았어?"

'하여튼 기억력도 좋아요.'

"그, 그랬던가?"

부현과 나연은 은강의 입에서 가슴이라는 말이 나오자 약간 긴장하는 모습이었다.

"가슴이 계란 프라이라면 칭찬한 것은 분명한데 왠지 기분이 꺼림칙하네?"

"그야 네가 워낙 예쁘니까 저도 모르게 한 말일 거야. 희롱할 생각이 있었던 것은 아닐 테니 네가 너그럽게 이해해라."

나연이 얼른 나서서 해명을 하였지만 은강의 생각은 그런 게 아닌 것 같았다.

"물론 희롱할 생각으로 칭찬하지는 않았겠지. 그런데……."

은강은 부현의 코앞으로 얼굴을 슬그머니 들이밀었다.

"너……."

"왜… 그러는데?"

"혹시 말이야?"

"무섭게 이러지 말고 그냥 말로 해."

왠지 불길한 생각이 든 부현이 뒤로 조금 물러앉자 은강은 얼굴을 더욱 바짝 들이대며 은근한 말투로 물었다.

"내 가슴에 관심있냐?"

무슨 말이 나올까 잔뜩 긴장하고 있던 부현이 눈썹을 축 늘어뜨리자 나연도 고개를 떨구었다.

'자기 가슴 얘기를 이렇게 자연스럽게 하는 여자는 얘밖에 없을 거야.'

부현과 나연의 공통적인 생각이었다.

키는 그다지 크지 않지만 보통 사람 두 배는 될 만한 넓은 어깨를 가졌고 단단한 근육으로 뭉쳐진 팔은 무릎까지 길게 뻗어 있다. 얼굴은 광대뼈가 툭 불거져 사나워 보이고 두 눈은 호랑이의 그것처럼 무서운 안광이 줄기줄기 뻗어 나와 보는 이의 오금을 저리게 한다.

이것이 동북아 대륙을 호령하는 19세 청년 광개토대왕의 위용이었다.

"아침에 사라진 자들에 대한 종적은 아직도 오리무중인가?"

시립해 있는 대신들과 장수들을 왕좌에서 굽어보고 있는 광개토대왕의 음성은 그리 크지 않았지만 항거할 수 없는 위엄이 서려 있어 신료들의 허리를 저절로 숙여지게 만들었다.

"그 자리에 있던 병사들의 말에 의하면 발위사자(拔位使者) 박달리(朴獺狸)를 요사스러운 방법으로 패퇴시킨 그들은 궁수들이 화살을 쏘아대자 허공에 어둠의 공간을 만들어 그 안으로 사라졌다고 합니다. 병사들이 잘못 본 것이 아니라면 그건 요괴가 분명합니다. 그러니 그런 자들을 궁 내에서 찾는 것은 무리인 듯싶습니다."

대왕의 오른편 앞줄에 서서 보고를 올리고 있는 자는 전반적인 국정(國政) 및 병권(兵權)을 관장하고 있는 태대형(太大兄) 우충문(羽忠文)이었다.

반백의 머리에 육순을 앞두고 있는 그는 훌륭한 무장이기도 하지만 문(文)에 있어서도 뛰어난 능력이 있어 광개토대왕이 특히 신임하는 신하였다.

"그럼 그들이 어디에 있을 것이라 생각하시오?"

"사악한 요괴들이니 어둡고 음습한 지하에 똬리를 틀고 있지 않을까 사료됩니다."

"음… 지하라…… 태대형은 이 사건을 어찌 처리했으면 좋겠소?"

"지금은 소문이 퍼져 나가는 것을 막는 것이 급선무입니다. 예로부터 괴이한 사건은 국가적 위기를 예고하는 징조였사옵니다. 한데 궁중에서 이런 괴변이 일어났으니 이 사실이 알려지면 민심이 크게 동요할 것은 불을 보듯 자명한 일입니다."

"태대형의 말에도 일리가 있소. 하지만 나는 우리 고구려 백성이 이 정도 사건으로 크게 흔들릴 만큼 약하다고 생각하지 않소. 그러니 굳이 숨기기 위해 쉬쉬할 필요는 없소. 그보다는 오히려 드러내 놓고 알려서 누구든 그자들을 발견하면 알려올 수 있도록 하시오. 그래야 그들을 빨리 잡을 수 있지 않겠소?"

어떤 난관이 오든 피해가기 보다는 정면 돌파를 좋아하는 대왕의 성격을 잘 알고 있는 우충문이었기에 더 이상 반론을 재기하지 않고 조용히 고개를 수그렸다.

"폐하의 분부대로 거행하겠사옵니다."

"한데 그들이 허공 속으로 사라지는 재주를 지녔다면 우리도 뭔가 특별한 대책이 필요하지 않겠소?"

"그렇사옵니다. 아무래도 일반 병사들의 활과 창으로는 그들을 잡기 어렵다고 사료되어 그 방면에 특별한 재능을 지닌 두 명의 기인을 청해오라고 일러두었습니다."

"그래, 어떤 기인들이오?"

"한 명은 도술에 있어 천하제일로 알려진 운학 도인(雲鶴道人)이고 다른 한 명은 귀신도 벤다는 검술의 달인 섬검자(閃劍子)이옵니다. 운학 도인은 혼백과도 능히 대화가 가능하며 나뭇가지 몇 개로 지기(地氣)의 흐름을 바꿔 허상과 실상을 자유롭게 조정하는 진법(陣法)의 대가이기도 합니다. 또한 섬검자는 검 한 자루로 천하를 주유하기 시작한 이래 단 한 번도 적수를 만나본 적이 없다는 무공의 신인(神人)입니다."

"운학 도인과 섬검자라면 짐도 들은 적이 있소이다. 하지만 두 분 다 속세의 일에 나서기를 좋아하지 않는다고 들었는데……."

"그들이 공명을 좇지는 않으나 나라의 어려움을 보고도 모르는 척할 사람들 또한 아니옵니다."

"물론 그들이 도와주기만 한다면 더없이 든든하겠지만 워낙 거처가 일정치 않은 기인들이라 만나기가 힘들다고 하던데……."

"마침 성내에 두 기인 모두 들어와 있다는 풍문이 있으니 잘하면 오늘 중에라도 찾을 수 있을 것이옵니다."

"그거 다행이구려. 이번 사건이 아니더라도 두 기인은 언제고 한 번

뵙고 싶었던 분들이니 꼭 초빙토록 하시오.”

“최선을 다하겠사옵니다.”

대왕과 우충문의 대화가 거의 매듭 지어질 즈음이었다. 시종 하나가 조심스럽고 부지런한 발걸음으로 다가오더니 대왕을 모시는 시종장에게 뭔가 귀엣말을 하였다. 말을 듣는 동안 시종장의 표정이 곤혹스럽게 변하는 것으로 보아 뭔가 귀찮은 일이 벌어졌음이 분명했다. 이윽고 시종이 물러가자 시종장은 광개토대왕의 곁으로 조용히 다가왔다.

그의 접근을 눈치 챈 대왕이 고개를 돌리며 무슨 일이냐는 눈빛을 던지자 시종장은 매우 송구스러운 표정으로 고개를 조아리며 나지막이 속삭였다.

“은강 공주께서…….”

얘기를 다 듣기도 전에 대왕의 표정이 잔뜩 일그러졌다.

“그 아이가 또 무슨 일을 저질렀기에?”

“그것이 아니옵고 욕실에 들어가 계시온데… 그것이…….”

“뭔데 빨리 말을 못하고 그러느냐?”

“황공하옵게도 언제 들어갔는지도 모를 친구 분 두 명과 함께 계신다고 하옵니다.”

“친구? 그게 뭐 어떻다는 건가?”

시종장은 차마 말을 못하겠는지 한동안 우물쭈물하더니 광개토대왕이 갑갑증을 참지 못하고 소리를 버럭 지르려고 할 즈음에야 어쩔 수 없이 입을 열었다.

“그중 하나가 사내인 듯하다는 전갈이옵기에…….”

“사내? 그거야 무슨 상관인가? 그 나이에 사내를 사귀는 것은 자연스러운… 가만, 뭐라고? 욕실에서 사내놈과 같이 있단 말이냐?”

자기도 모르게 흥분하여 소리를 버럭 지르던 대왕은 신료들의 눈길이 자신에게 집중되었음을 뒤늦게 깨닫고 얼굴을 붉게 물들였다.

'이 녀석이 끝내 왕실 망신을 시킬 모양이구나. 아무리 사내를 사내로 보지 않는 성격이라지만 장소는 구분할 줄 알아야지.'

남몰래 한숨을 내쉰 대왕은 신료회의를 일찍 파하고는 자리에서 일어났다.

"앞장서거라. 짐이 직접 가보겠다."

"폐하께서 직접 말씀이옵니까?"

시종장은 대왕의 심기가 불편해질까 못내 걱정스러운 모양이었다. 철없는 행동을 하기로 유명한 은강 공주가 무슨 일을 벌여놨을지 모를 일이니 말이다.

"어서 앞장서거라."

"알겠사옵니다."

시종장은 고개를 잔뜩 숙인 채 종종걸음으로 길을 인도하기 시작했다. 그를 앞세워 대왕이 거동하자 시종들이 그 뒤를 줄줄이 따랐다.

뭐가 불안한지 부현은 초조한 표정으로 탁자 주변을 오가고 있었다.

"야! 그만 좀 서성대라! 니가 그러니까 나까지 정신 사납잖아?"

은강 공주가 핀잔을 주자 부현은 그때를 기다렸다는 듯 따발총처럼 쏘아대기 시작했다.

"그러게 우리 좀 내보내 달라고 했잖아. 왠지 불안하단 말야. 여기 이러고 있다가 병사들에게 잡혀가서 또다시 고문을 당할 것 같은 불길한 생각이 자꾸 든다고. 그러기 전에 궁 밖으로 나갈 수 있게 좀 도와줘라, 응?"

“글쎄 걱정 말라니까 그러네. 내 말 한마디면 대왕 오라버니도 껌뻑 죽어요.”

“그런데 내 마음이 왜 이렇게 불안하냐고. 지금 당장이라도 뭔 일이 벌어질 것만 같단 말야. 누나는 그렇지 않수?”

부현이 묻자 나연도 고개를 끄덕였다.

“나도 조금 불안한 건 사실이야. 하지만 은강이 말대로 대왕님의 친동생과 친구가 됐는데 설마 큰일이야 있겠니?”

대답을 하던 나연은 뭔가 이상하다는 듯 고개를 갸우뚱하며 부현에게 되물었다.

“그런데 부러진 손목은 괜찮은 거야? 부기가 다 빠졌네?”

“응, 아까보다 많이 좋아진 것 같아. 통증도 거의 가라앉고.”

“그거 다행이다. 오래 아프면 어쩌나 걱정했었는데. 그런데 부러진 손목이 혼자서 좋아져? 통증도 거의 없고? 아까 내가 다시 건드리고 한 시간밖에 안 지났는데?”

“그러게?”

나연의 말을 듣고 보니 정말 이상했다. 자그마한 타박상만 입어도 며칠씩 가는 게 사람의 몸인데 골절상이 아무런 치료도 없이 한 시간 만에 좋아졌다는 것은 말이 되지 않았다.

제 몸이면서 자신도 이상한 듯 부현은 조심스럽게 부러진 팔목 부근을 만져 보았다. 아직 묵직한 통증이 남아 있기는 했지만 거의 나은 것이 분명했다.

“정말 이상한 일이네?”

부현은 부러진 팔을 살며시 흔들어보았다. 그래도 아무렇지 않자 조금 세게 흔들어보았다. 역시 마찬가지로 괜찮았다.

"어떻게 이런 일이……."

신기한 눈으로 자신의 손목을 내려다보던 부현은 문득 한 가지 생각이 떠올랐다.

'혹시 내공이 본격적으로 가동되기 시작한 건가? 무협 소설에 보면 영약을 먹고 내공이 생겨난 주인공이 다 죽다가 살아나는 장면이 종종 나오던데……. 그래, 1,600년 내공이 드디어 꿈틀거리기 시작한 거야.'

이렇게 단정한 부현은 양손을 허리춤에 붙이며 엉거주춤한 기마 자세를 취했다. 기마 자세라고 하기엔 조금 뭐한 폼이기는 했지만 말이다.

'다시 한 번 시도해 보는 거야. 그래서 장풍만 쓸 줄 알게 되면 세상에 겁날 게 하나도 없다 이거야. 멀리 떨어져서 바람으로 때리는데 제깟 것들이 어쩌겠어? 억울해도 그냥 맞아야지. 아니면 지들도 장풍을 배우든가.'

득의양양해서 자세를 잡고 있자니 배꼽 밑에 따뜻한 기운이 느껴지는 것도 같았다. 하단전이라고 부르는 바로 그곳이 말이다.

'좋아, 한번 해보자.'

부현은 오른손에 힘을 잔뜩 주었다. 그리고 힘껏 앞으로 뻗어냈다.

"장—푸—웅!"

휘잉~

바람이 불었다. 장풍이 아니라 썰렁한 바람이.

"언니, 쟤 가끔 저래?"

"가끔이 아니라 자주 그래."

"저게 뭐 하는 건데?"

“장풍.”

“장풍? 호호… 호호호호! 쟤 정말 웃긴다. 무림인 중에서도 고수들 만 쓸 수 있다는 장풍을 지가 해보겠다는 거야? 저 연약한 체구로?”

‘스타일 완전히 구겨지네.’

“야, 정신 차려라, 전부현. 그게 그렇게 쉬운 일이냐? 나도 무술을 배우고 싶어서 오라버니 몰래 왕궁무고에서 검법 책 한 권을 빼내서 연습한 지 오 년이 다 돼가는 사람이야. 그래도 그런 헛꿈은 꾸지 않는 데 아무것도 안 한 네가 무슨 재주로 장풍을 쏘겠다고 난리냐? 괜히 여러 사람 웃기지 말고 조용히 있어.”

은강이 놀리거나 말거나 부현은 다시 한 번 자세를 잡더니 힘차게 오른손을 내뻗었다. 하지만 결과는 마찬가지였다.

‘젠장, 뭐가 잘못된 거지? 부러진 팔이 이렇게 빨리 아무는 것으로 봐서는 내공이 꿈틀거리고 있는 건 확실한데…….’

“얘가 그만두래도 자꾸 사람 웃기고 있네?”

“거 노력하고 있는 사람 기 좀 죽이지 마라.”

부현이 불만스러운 얼굴로 투덜거릴 때였다.

“대왕 폐하 납시오!”

시종들의 고하는 소리가 문밖에서 크게 들려왔다. 순간 세 사람의 몸이 동시에 굳어졌다. 부현과 나연이야 쫓기고 있는 입장이니 놀라는 게 당연했지만 은강 공주까지 놀라는 것은 약간 이상한 일이었다.

“이를 어째? 대왕 폐하 오라버니가 욕실로 찾아오는 일은 한 번도 없었는데?”

은강이 안절부절못하고 있는데 바깥쪽에서 잔뜩 노한 광개토대왕의 목소리가 들려왔다.

“열어라!”

“예, 폐하!”

문 앞을 지키고 있던 궁녀의 대답 소리와 함께 문이 활짝 열렸다. 그러자 은강은 얼른 한쪽 무릎을 꿇으며 예를 갖추었다.

“은강이 폐하를 뵈옵니다.”

나연도 역사 드라마에서 본 가락이 있는지라 얼른 무릎을 꿇었다.

“대왕 폐하를 뵈옵니다.”

그런데 부현은…….

“만세, 만세, 만만세!”

기껏 흉내 낸다는 것이 이따위 소리나 하고 있으니…….

광개토대왕의 인상이 잔뜩 일그러졌다.

“은강!”

“네, 오라버니.”

“네 뒤에 있는 저 둘은 뭐 하는 작자들이냐?”

“치, 친구…….”

“뭐야?”

대왕이 버럭 소리치자 은강은 움찔 놀라 고개를 수그렸다.

“정말이에요, 오라버니. 이들은 제 친구예요.”

“친구면 사내놈을 욕실로 끌어들여도 된다는 게냐?”

상황의 심각함을 모르는 것인지 말을 못 알아듣는 것인지 은강 공주는 기어들어 가는 목소리로 변명을 늘어놓았다.

“오라버니가 남자 친구를 좀 사귀어보라고 말씀하셨잖아요. 그래서…….”

대왕의 눈에서 불길이 확 일었다.

"사내에게 관심을 가지라고 한 말이지 누가 욕실에서 사내놈과 놀아
나라고 하였더냐?"

은강은 더욱 기어들어 가는 목소리로 중얼거렸다.

"놀지는 않았어요. 욕조 안에서 잠깐 얘기하다가 탁자로 나와서 좀
더 얘기했을 뿐인데……."

"뭐야? 욕조 안에서 얘기를 나눠?"

대왕은 기가 막혀서 말도 나오지 않는다는 표정이었다. 다 큰 처녀
총각이 욕조 안에 함께 있었다는 얘기를 아무렇지도 않게 하는 어동생
앞에서 무슨 할 말이 있겠는가?

대왕은 한숨을 내쉬고는 목소리를 조금 낮추어 다시 물어보았다.

"한 가지만 물어보자. 욕조 안에 있을 때 옷은 입고 있었느냐?"

은강은 고개를 슬며시 들며 대왕을 힐끔 올려다보았다.

"친구들은 옷을 입고 나타났어요."

"너는?"

"목욕 중이었으니 당연히……."

'옷을 벗고 있었지요' 라는 말이 남아 있었지만 대왕은 더 들을 것도
없다는 듯 크게 소리쳤다.

"됐다! 그만둬라!"

그리고는 뒤따라온 무장들에게 명령했다.

"저 두 명을 당장 끌어다 옥에 가두어라! 겁도 없이 공주의 욕조에
들어가다니, 단단히 혼을 내주리라!"

명을 받은 무장들이 우르르 달려들자 부현과 나연은 기겁하여 소리
쳤다.

"오라버니가 너만 보면 껌뻑 죽는다고 큰소리치더니 이게 어떻게 된

거냐?"

"은강아, 우리는 아무 죄 없다고 말 좀 해줘."

부현과 나연이 하얗게 질려 구원을 요청하자 은강이 얼른 무장들을 제지하며 소리쳤다.

"욕실에 들어온 것은 이들의 잘못이 아니에요. 산신령과 선녀가 조화를 부리는 바람에 어쩔 수 없이 오게 된 거란 말이에요."

"무엇이라? 산신령과 선녀의 조화?"

은강은 부현과 나연이 욕조 안에 갑자기 나타났던 상황에 대해 설명해 주었다.

"그렇다면 혹시 이들이 바로 요괴를 부린다는……."

"요괴가 아니에요!"

은강이 항변해 보았지만 대왕은 들을 것도 없다는 듯 시종들에게 명하였다.

"가서 발위사자 박달리를 불러오라!"

"예, 폐하!"

시종이 박달리를 부르러 간 사이 무장들은 부현과 나연이 혹시라도 술수를 부리지 못하도록 목에 검을 겨눈 채 삼엄한 감시를 펼쳤다.

잠시 후 박달리가 도착하자 대왕이 물었다.

"저들이 바로 침전 뒤뜰에 침입했었다는 그들이 맞느냐?"

"그렇사옵니다, 폐하!"

박달리는 대답하느라 읍한 자세 그대로 나연과 부현을 향해 눈길을 슬며시 돌렸다.

'나를 지지고 잘도 도망가더니 드디어 잡혔군. 내 손에 다시 넘어오기만 해봐라. 고통이 어떤 건지 확실하게 체험시켜 주마.'

이빨을 살짝 드러내며 미소 짓는 모습이 얼마나 섬뜩하던지 부현은 등골에 소름이 절로 돋아날 지경이었다.

대왕이 물었다.

"너희가 오늘 아침 형옥에서 사라진 그 요물이 분명하더냐?"

"저희는 요물이 아니에요."

"박달리는 너희가 이상한 요괴를 부린다고 하던데 그 말이 거짓이란 말이냐?"

"게으름뱅이 노인과 덜떨어진 요정 하나를 데리고 다니는 건 분명하지만 그들이나 우리 누구도 요괴는 아니에요. 요괴란 것은 사람을 해치는 요상한 괴물을 말하는 거잖아요. 그런데 우리는 누구도 해친 일이 없다고요."

"그럼 박달리에게 번개를 던졌다는 요괴는 무엇이냐?"

"그건… 저 아저씨가 먼저 칼을 휘둘렀기 때문에 벌어진 일이에요."

부현은 박달리가 다짜고짜 고문을 가하던 일부터 전기 지짐을 당할 때까지의 상황을 대왕에게 설명해 주었다. 그의 말을 다 듣고 난 대왕이 박달리에게 물었다.

"이 말이 모두 사실이냐?"

"그렇습니다."

박달리가 순순히 수긍하자 부현의 입가에는 득의의 미소가 피어났다.

'무자비하게 고문한 사실이 드러났으니 넌 이제 끝났어. 삭탈관직(削奪官職)은 기본이고 귀향 가서 평생 썩게 될 거다. 옛날 소설을 보면 탐관오리는 다 그렇게 되니까.'

하지만 대왕의 입에서 흘러나온 소리는 부현의 예상과 완전히 달랐다.

“생전 처음 보는 요괴를 두려워하지 않고 맞선 용기가 가상하구나.”

‘어? 이게 아닌데?’

“발위사자 박달리! 그대에게 대형(大兄)의 지위를 하사하겠노라!”

“황공하옵니다, 폐하!”

13품으로 이루어진 고구려의 관등제도 중 발위사자는 8품, 대형은 7품이니 박달리는 1계급 특진의 영예를 안은 셈이었다. 그것도 대왕께 직접 하사받았으니 이보다 더 영예로운 일은 없을 터였다. 그러나 부현의 입장에서는 이보다 불공평한 일이 없었다. 고문받은 것도 억울해 죽겠는데 원수 같은 박달리가 승진까지 했으니 말이다.

‘고문한 놈이나 그걸 잘했다고 상 주는 놈이나… 그래, 니들끼리 다 해처먹어라.’

속으로 투덜거리고 있는 부현에게 광개토대왕의 날카로운 눈빛이 날아왔다.

‘힉! 설마 내 마음을 읽은 건 아니겠지?’

대왕의 눈빛은 여느 사람들과 달랐다. 무서움을 넘어 오금을 저리게 만드는 힘이 담겨 있었다.

“요괴를 부리는 것이 사실로 드러났는데도 너희의 죄를 시인하지 못하겠느냐?”

“우리가 무슨 죄를 지었다고…….”

“누구의 사주를 받고 궁성에 침입했는지 썩 자백하지 못할까!”

“침입한 게 아니라 어떻게 하다 보니 여기에 떨어진 거예요.”

“이노옴! 주리를 틀어야 바른 말을 할 모양이구나!”

“또 고문을?”

“여봐라! 형틀을 대기하여라!”

상황이 점점 험악해지자 그동안 입을 다물고 있던 은강 공주가 나섰다.

"오라버니, 이들은 정말로 나쁜 사람이 아니에요."

"너도 박달리의 말을 듣지 않았느냐?"

"이들이 데리고 다니는 것은 요괴가 아니에요. 저도 보았다고요."

"네가 봤다고?"

"그래요. 전혀 위험하지 않았어요. 그중 한 명은 귀엽기까지 하던걸요?"

"거짓이 아님을 맹세할 수 있느냐?"

"물론이지요. 오라버니도 직접 보시면 좋아하실 거예요."

"좋다. 보고 나서 결정하는 것도 나쁘지는 않겠지. 단 그들이 조금이라도 위험해 보인다면 저들의 목숨은 없는 것으로 알거라."

"알겠어요."

은강의 의견을 수용한 대왕은 부현과 나연에게 명하였다.

"너희가 데리고 다니는 요괴를 불러내도록 하여라."

나연은 얼른 '시간의 돌'을 꺼냈다.

"노몽, 힘들겠지만 깨몽과 함께 다시 한 번만 나와줘요. 대왕님이 보고 싶어하서요."

말이 떨어지자 시간의 돌에서 노몽의 머리가 불쑥 솟아났다.

"또 왜 부르는겨?"

자다 일어난 듯 머리만 내민 노몽의 얼굴엔 졸음이 가득했는데 돌속에서 사람 머리가 불쑥 솟아 나왔으니 모두가 얼마나 놀랐겠는가?

"헉! 진짜 요괴다."

"망측하게도 생겼군."

호위 무사들이 경악성과 함께 술렁거리기 시작하자 대왕도 적잖게 놀란 듯한 표정이었다.

"몸통은 없고 머리만 있는 요괴라니 해괴하기 그지없구나."

분위기가 이렇게 돌아가고 있음에도 노몽은 몸통을 빼낼 생각이 없는 듯했다.

"자다 말고 나왔으니까 할 말 있으면 빨리 허여."

"대왕님이 보고 싶어하신다니까요!"

"대왕?"

노몽은 눈알을 굴려 대왕을 힐끔 쳐다보고는 귀찮다는 듯 대꾸했다.

"우린 구경거리가 아니니 이런 일로 부르지 말라고 했지?"

"하지만 대왕님은 좀 특별한 분이시잖아요."

"그야 너희 인간들 얘기고 우리가 보기엔 다 똑같아."

"하지만……."

"일없으니 그만둬. 난 다시 들어갈 거여."

노몽이 다시 들어가려고 하자 그동안 가만히 지켜보던 부현이 참지 못하고 으르렁거렸다.

"미리 경고하는데 그냥 들어가면 끓는 기름 속에 돌을 던져 넣고 사흘 동안 튀겨 버릴 줄 알아요."

이 협박은 확실히 힘을 발휘했다.

"이 녀석은 말을 해도 꼭……."

노몽은 부현을 흘겨보고는 '시간의 돌' 안에서 몸을 빼냈다.

"귀찮아 죽겠네."

그가 나오자 깨몽도 곧바로 따라 나왔다.

"깨몽?"

그러자 호위 무사들은 더욱 동요하기 시작했다.

"저 괴물은 또 뭐야?"

"물컹물컹해 보이는 게 정말 요괴처럼 생겼는걸?"

여론이 좋지 않은 쪽으로 흐르고 있음을 느낀 은강이 얼른 끼어들었다.

"너무 이상하게 생각하지 말아요. 저 할아버지는 신령님이고 그 옆은 선녀니까요."

하지만 그녀의 말에 귀 기울일 사람은 아무도 없었다. 도무지 위엄이라고는 찾아볼 수 없는 노몽과 아무리 좋게 생각해도 달걀 귀신 이상으로 봐줄 수 없는 깨몽을 신령과 선녀라니 누가 믿겠는가?

하지만 단 한 사람, 광개토대왕만큼은 생각이 조금 다른 모양이었다.

"확실히 해괴하게는 생겼구나. 하지만 인간의 말에 순순히 따르는 것을 보니 나쁜 요괴 같지는 않구나."

대왕이 이렇게 말하자 부현과 나연의 얼굴엔 화색이 돌았지만 그들을 못된 요괴로 보고한 바 있는 박달리는 크게 당황하는 표정이었다.

"폐하, 그들은……."

"되었다. 그대의 판단이 잘못됐다는 소리는 아니니 걱정 말라. 나는 다만 저들에게 호기심이 들었을 뿐이다."

박달리는 할 말이 많은 모양이었지만 입을 다물고 뒤로 물러났다.

"저들과 조용히 얘기를 나누고 싶으니 자리를 마련하라."

그때 시종장이 다가와 대왕에게 나직이 고하였다.

"운학 도인과 섬검자를 찾으러 갔던 신료들이 소식을 가지고 온 모양이옵니다."

"그 두 기인을 모셔왔다고 하더냐?"

"성에 들어와 있는 사람은 두 기인이 아니옵고 그 제자들이었다고 하더이다."

"그래서 그들과 함께 왔다고 하더냐?"

"그렇사옵니다."

"그거 잘되었구나. 저들과 대화하는 자리에 그들도 참석시키도록 하거라. 운학 도인의 제자라면 저들이 요괴인지 아닌지 한눈에 알 수 있겠지."

"알겠사옵니다, 폐하!"

대왕이 신하들을 대동하고 욕실을 나서자 부현과 나연은 안도의 숨을 내쉬었다. 하지만 노몽은 여전히 권태로운 표정이었다.

"우리는 이제 들어가서 쉬어도 되는 거여?"

"대왕님이 조용히 대화를 좀 나누자고 하신 말 잊었어요?"

부현이 인상을 잔뜩 긁으며 쏘아붙이자 노몽은 허리를 두드리며 죽는 시늉을 하였다.

"에구구, 삭신이야. 젊은것들은 노인의 고통을 몰라. 그저 저희들 몸뚱이 멀쩡한 것만 생각하지."

"잔소리 말고 따라오세요. 대왕님의 오해만 풀리면 제발 불러달라고 해도 부르지 않을 테니까."

"제발 좀 그랬으면 좋겠구먼. 이거야 도무지 쉴 시간이 없으니 원."

노몽이 비척거리는 걸음으로 먼저 움직이기 시작했다.

"뭘 한 게 있다고 저렇게 엄살인지……."

부현이 툴툴거리며 그 뒤를 따르자 깨몽, 나연, 은강도 함께 움직였다.

왕의 손님을 대접하는 어전(御殿)의 접객당(接客堂).

끝이 보이지 않을 정도로 긴 탁자 끝에 대왕이 앉아 있고 그 옆으로 은강을 비롯한 부현 일행이 나란히 앉아 있었다.

지난밤부터 내리 굶은 부현은 따끈한 김이 모락모락 올라오는 음식을 앞에 두고 침만 꿀꺽꿀꺽 삼키고 있었다. 마음 같아서는 당장이라도 깨끗하게 해치우고 싶었지만 아직 대왕이 수저를 들지 않았는데 먼저 손을 대면 혼날 것 같아서 참고 있는 중이었다.

곰이 조각되어 있는 두툼한 청동 그릇에서는 맛깔스러운 찌개가 보글보글 끓어오르고 노릇하게 구워진 닭이며 돼지고기가 특유의 향기로 부현의 코를 자극하고 있었다. 하지만 무엇보다도 부현의 시선을 사로잡는 것은 커다란 은 쟁반에 담겨 있는 소갈비였다. 자르지 않은 통갈비에 잣, 밤, 대추, 은행 등을 푸짐하게 넣고 쪄낸 그것은 보는 것만으로도 입 안이 꽉 차는 느낌이 들게 했다.

'정말 맛있겠다. 저렇게 큰 갈비는 처음이야. 그저 한입 콱 물고 쭉 찢어 먹으면……'

그때 문밖에서 시종의 목소리가 들려왔다.

"전하, 운학 도인의 제자 역리상(易理想)과 섬검자의 제자 바람이 도착했사옵니다.

"들이거라."

대왕의 명이 떨어지자 문이 열리며 두 사람이 안으로 들어섰다. 둘 모두 훤칠한 용모를 지닌 20세가량의 청년이었는데 풍기는 분위기는 상극에 가까웠다.

양지와 음지라고나 할까? 역리상은 발목까지 내려오는 장포를 걸치고 섭선을 든 도사 고유의 행색임에도 불구하고 근엄함보다는 가벼움을 내포한 반면 바람은 간단한 청의 무복 차림이었는데도 어딘지 모르게 무게감이 느껴졌다.

"천이만안(千耳萬眼) 역리상이 대고구려 제국 대왕 폐하를 알현하옵니다."

"바람입니다."

인사말 한마디에서도 두 사람의 성격이 명확히 드러났다.

"자리에 앉으라."

두 사람이 자리를 잡자 대왕은 은강 등과 서로 인사를 나누게 했다. 그 뒤에 노몽과 깨몽을 소개하려는데 역리상이 먼저 말문을 열었다.

"대왕 폐하, 혹시 빈도를 부르신 이유가 저 둘 때문이 아니오니까?"

"역시 도술을 배운 사람이라 한눈에 알아보는군. 그래, 그대가 생각하기에는 저 둘이 어떤가? 신료들은 저들을 요괴라 하고 짐의 누이동생과 그 친구들은 아니라고 하던데……."

역리상은 눈을 가늘게 뜨며 노몽과 깨몽을 뚫어지게 바라보았다.

6장 두 기인의 제자

멀리 압록수(鴨綠水)가 내려다보이는 천유산(天幽山) 중턱.

아담한 초옥(草屋) 한 채가 자리해 있는데 그 처마 밑에는 운학거(雲鶴居)라 쓰인 빛 바랜 편액이 위태롭게 달려 있다.

이 초옥의 주인인 운학 도인은 나무 그늘에 놓인 평상에 앉아 압록수를 내려다보고 있었다. 산을 휘감아 굽이치는 새파란 물줄기가 시원스럽건만 무에 그리 답답한지 운학 도인의 입에서는 한숨이 끊이지 않는다.

"휴우우… 상이 녀석의 궤를 뽑아보니 대길(大吉)과 대흉(大凶)이 교차하는 운이던데 잘 헤쳐 나갈 수 있을런지……."

역리상은 운학 도인의 제자이자 자식과도 같은 존재였다. 운학 도인은 자신의 운명에 제자 복이 없음을 알고 있었기에 팔십이 넘도록 제자를 거두지 않았었다. 그런데 속세 유람을 하던 중 외딴집에서 아기의 울음소리가 들려와서 가보니 부모는 도적의 칼에 죽고 갓난아이가 혼자 울고 있었다. 그러니 어찌하겠는가? 그날 이후 운학 도인은 팔자에도 없는 아비 노릇을 하며 아이를 키워야만 했다.

그렇게 인연을 맺은 역리상은 어려서부터 도술에 자질을 보여 운학 도인을 기쁘게 해주었다. 그러나 재능이 많으면 근면함이 부족하게 되는 것이 세상이 이치 아니던가? 역리상도 마찬가지여서 훌륭한 재능을 잔꾀 부리는 데만 사용하여 20살이 넘도록 제대로 할 줄 아는 도술이 하나도 없었다.

이렇듯 아직은 배울 것이 더 많은 역리상이건만 속세에 대한 조급증을 버리지 못하고 한 달 전에 운학 도인 몰래 하산해 버린 것이다.

"녀석은 성격이 경박하고 제 능력을 과대평가하는 버릇이 있어서 제 꾀에 제가 넘어가기 십상이지. 그 짧은 생각으로 세상을 헤쳐 나가다 보면 크고 작은 고비를 무수히 넘겨야 할 게야."

마치 누군가와 대화를 나누듯 중얼거리던 운학 도인의 노안에 자조적인 미소가 걸렸다.

"허헛! 백 년에 이른 수양이 겨우 이 정도였던가? 녀석과의 인연이 특별하다고는 하지만 억조창생 중 하나에 불과한 걸 이토록 집착하고 있다니……."

운학 도인은 자리를 툭툭 털고 일어섰다.

"무불선경(無不仙經)과 노부가 손수 그려둔 부적을 가지고 있으니 알아서 처신하겠지."

무불선경은 운학 도인의 심득을 적어놓은 비급이었다. 운학 도인은 원래 이런 비급을 남기지 않을 생각이었지만 역리상과 맺은 인연을 천리(天理)라 여겨 그를 위해 적어두었던 것이다.

비록 역리상이 사부의 허락도 없이 비급과 부적을 훔쳐 도주했지만 운학 도인은 그다지 섭섭해하지 않았다. 어차피 그에게 주기 위해 마련해 두었던 것이기 때문이다. 운학 도인은 역리상의 경박함이 화를 부르지 않을까 그것이 염려스러울 따름이었다.

"인생이란 가끔 돌아가는 것이 빠를 때도 있느니… 아이야, 네 깨달음이 부디 늦지 않기를 바랄 뿐이다."

운학 도인은 멀리 국내성이 있는 방향으로 걱정스러운 눈길을 드리웠다.

*　　　*　　　*

노몽과 깨몽을 한동안 바라보던 역리상은 천천히 고개를 끄덕이며 대왕에게 고했다.

"사악한 기운이 전혀 느껴지지 않는 걸 보니 요괴는 아니옵니다."

"그렇다면 신령님과 선녀가 맞단 말인가?"

"아니옵니다. 사악하지도 않지만 신령스럽지도 않은 중간적인 존재이옵니다."

"중간적인 존재라면?"

"우리 인간들처럼 희로애락(喜怒哀樂)을 느끼는 영적 존재라고 하면 맞을 것 같사옵니다."

"그러니까 한마디로 얘기하면 영적인 존재이기는 한데 우리 인간과 비슷한 심성을 지녔다는 얘긴가?"

"바로 그렇사옵니다."

"그렇다면 믿을 만하겠군. 아주 특수한 경우를 제외한다면 우리 인간은 선한 심성을 타고나게 마련이니까."

대왕은 시원스럽게 대답하는 역리상이 마음에 드는 눈치였다.

"저들을 한눈에 알아보는 걸 보니 운학 도인께서 제자 하나는 잘 거두신 것 같구나."

"황공하옵니다. 빈도는 이제 겨우 걸음마를 뗀 것에 불과할 따름이옵니다. 사부님의 진전을 이제 겨우 8할 정도 전수받았을 뿐인걸요."

겸손인지 자랑인지 모를 말을 하고 있는 역리상의 입가에는 보일 듯 말 듯한 미소가 어려 있었다. 하지만 고개를 숙이고 있어서 누구의 눈에도 보이지 않았다.

"그렇게 젊은 나이에 벌써 8할이나 전수받았다니 대단한 기재로구나."

'대왕께 인정을 받다니… 드디어 내 인생에도 햇살이 드는구나.'

역리상은 기쁨을 속으로 감춘 채 다시 한 번 허리 숙여 인사를 올렸다.

"미력하나마 나라에 보탬이 된다면 무얼 더 바라겠사옵니까?"

"호오, 국가를 위해 헌신할 생각까지 하고 있었단 말인가? 도사들은 대체로 속세와 멀리하는 습성이 있어서 짐이 도움을 받고 싶어도 초빙하기가 힘들었는데 그대는 짐의 곁에서 도움을 줄 수 있겠는가?"

'이게 웬 횡재냐?'

역리상은 좋아 죽을 지경이었다. 그러나 이럴 때일수록 처신을 잘해야 한다는 사실을 알고 있었기에 잠시 고민하는 흉내를 내며 시간을 끌다가 대답하였다.

"폐하께서 원하신다면 언제까지나 곁에서 모실 준비는 되어 있지만 빈도의 능력이 모자라 누가 되지나 않을까 걱정되옵니다."

"운학 도인의 제자인데 능력에 무슨 문제가 있겠는가?"

"하오나 아직 검증된 바가 없으니 빈도에게 과분한 책무를 맡기신다면 주변에서 염려의 목소리가 나오지 않겠사옵니까?"

어찌 보면 겸손의 말 같았지만 조금만 새겨 들으면 치밀한 계산이 깔려 있음을 알 수 있는 내용이었다. 대왕은 아직 어떠한 직책도 얘기한 바가 없는데 스스로 과분한 책무를 논하고 있으니 이것이야말로 높은 직책을 하사하도록 유도하는 고도의 술수였다. 그런데 꾀가 많은 사람은 종종 제 꾀에 넘어가는 법이어서…….

"음, 그도 그렇군. 괜히 짐의 욕심을 앞세워 조정에 분란을 일으킬 필요는 없겠어."

'어라? 내 생각은 이게 아니었는데?'

"그대의 뜻을 존중해 당분간 직책을 하사하지는 않겠다. 그대에게 충분한 시간을 줄 테니 대소 신료들에게 충분히 능력을 보여주어라. 그런 뒤에 능력에 걸맞는 직무를 부여하겠다."

'그냥 가만히 있을걸. 그럼 사부님 명성을 생각해서라도 중책을 맡겼을 텐데… 괜히 주둥이를 놀렸다가 본전도 못 찾았네.'

역리상은 남모르게 한숨을 지으며 어깨를 움츠렸다.

"폐하의 뜻에 따르겠사옵니다."

"그대가 곁에 있어준다니 마음이 한결 든든해지는군."

대왕과 역리상이 긴 대화를 나누고 있는 사이에도 부현의 관심은 오로지 음식에만 있었다.

'이러다가 맛난 음식 다 식겠네. 도대체 언제 먹으려고 계속 얘기들만 하고 있는 거야? 나는 배가 고파 죽겠는데.'

부현은 침을 꿀꺽 삼키며 대왕을 쳐다보았다. 그러나 대왕의 시선은 바람에게 향하고 있었다.

"그대의 이름은 바람이라고?"

"그렇습니다."

"특이한 이름이군. 성은 무엇인가?"

"없습니다."

깊이 가라앉은 눈빛은 대왕을 직시하고 있었고 물음에 대한 답은 일체의 군더더기가 없다. 어찌 보면 대왕을 무시하는 태도처럼 보였지만 대왕은 전혀 개의치 않았다.

"천하제일검이라 일컫는 섬검자의 제자가 성도 없단 말인가?"

"근본없음에 기인한 일이니 사부님의 명성과는 관계없는 일입니다."

근본이 없다 함은 부모를 모른다는 의미이니 고아라는 말이었다.

"음… 짐이 괜한 질문을 던졌구나. 그래, 사부의 진전은 얼마나 이었는가?"

"가르침은 받았으되 깨닫지 못했으니 아직은 쇠붙이 휘두르는 정도입니다."

"겸손이 지나치군."

"사부님을 보신다면 제 말이 결코 겸손이 아님을 알 수 있을 겁니다."

"그대와 섬검자 사이에는 어떤 차이가 있기에 그런 말을 하는가?"

"저는 눈에 보이는 것만 벨 수 있지만 사부님은 그 이면에 담긴 이치를 베십니다."

부현과 나연은 물론이고 은강과 역리상조차도 바람의 말을 이해하지 못해서 고개를 갸웃거리고 있는데 대왕만큼은 무슨 말인지 이해한다는 듯 고개를 끄덕였다.

'매우 훌륭한 재목이군. 지나치게 차갑다는 것이 흠이기는 하지만.'

바람에게선 겨울 향기가 풍겼다. 그의 곁에 가까이 다가가면 무엇이든 얼려 버릴 것만 같은 겨울의 향기가.

"그런데 어째서 더 배우지 않고 하산했는가?"

바람의 눈에 고뇌의 빛이 언뜻 스쳐 갔다.

"사부님을 찾기 위함입니다."

"그게 무슨 말인가? 섬검자가 실종되기라도 했단 말인가?"

"반년 후에 돌아오신다는 말씀을 남기고 떠나신 지 일 년이 넘었습니다만 아직 소식이 없습니다."

"어디를 가신다고 했는가?"

"진(秦)나라의 수도 장안(長安)에 다녀오신다고 하셨습니다."

"장안이라면 먼 길이긴 하지만 일 년이 넘도록 돌아오지 않는 것은 분명 이상한 일이군. 제자로서 사부의 안위가 걱정되는 것은 당연한 일이겠지. 하지만 그대 혼자 무슨 수로 사부를 찾겠는가? 그보다는 사부가 돌아오길 기다리며 짐의 곁에 머무는 것이 좋지 않겠는가? 그렇게 한다면 저쪽 땅을 오가는 상인들에게 짐이 명을 내려 섬검자의 소식을 알아오도록 하겠네. 상인들은 소식이 빠르니 그대 혼자 찾아헤매는 것보다 훨씬 빠를 것이다."

대왕은 바람을 곁에 두고 싶은 욕심에 이런 제안하였지만 바람은 일언지하에 거절했다.

"제 이름이 바람인 것은 한곳에 머물지 못하기 때문입니다."

"하지만 그대는 사부 밑에서 오랜 세월을 보내지 않았는가?"

"그것은 그분이 저를 머물게 할 수 있는 유일한 분이시기 때문입니다."

바람은 아무렇지도 않게 얘기하고 있었지만 이것은 대단히 위험한 발언이었다. 듣기에 따라서는 대왕이 사부보다 못하다는 뜻으로 이해할 수도 있으니 말이다. 그러나 대왕은 그렇게 옹졸한 군주가 아니었다.

"그대의 뜻이 확고하니 더 이상 붙잡지는 않겠다. 그런데 사부는 어째서 그 먼 길을 가셨는지 말해 줄 수 있겠는가?"

"우리의 옛 땅에 세 가지의 천부인(天符印)이 잠들어 있는데 그곳을 가리키는 비도(秘圖)가 출현했다고 하셨습니다."

"뭐야? 천부인이 잠들어 있는 비도가 출현했다고 했는가?"

무엇 때문인지 대왕은 대단히 흥분한 표정으로 되물었다.

"그렇습니다. 검술 이외에는 배운 바가 적어 천부인이 무엇인지는 알지 못하겠으나 그렇게 말씀하신 것만은 분명합니다."

"그 말이 사실이라면……."

대왕의 표정이 매우 심각하게 굳어 들어갔다.

'천부인은 환웅천왕(桓雄天王)께서 신물로 삼으신 이후 단군왕검(檀君王儉) 시대까지 전래되었지만 47대 단군(檀君)이신 고열가단군(古列加檀君)께서 제위를 버리신 이후부터 행방이 묘연해졌다고 전해 들었다. 그리고 오랜 세월이 흐르면서 세인들의 기억에서 완전히 잊혀져 이제는 왕실에만 전해 내려오는 전설이 되었는데 수백 년이 지난 지금 비도가 출현했다니… 만약 그것이 사실이라면 무슨 수를 써서라도 찾아야만 한다. 그렇게만 할 수 있다면 배달족의 대통을 잇는 고구려의 위상은 한층 빛날 것이며 고토를 회복하는 데 있어 더없이 상서로운 조짐이 될 테니까.'

광개토대왕은 배달족이 원래 중원의 주인이었다는 왕실의 역사를 공부하면서 언젠가는 옛 땅을 되찾고야 말겠다는 웅지를 어려서부터 키워왔었다. 그 때문에 제위에 오른 이후 군대를 더욱 강하게 조련시켰다. 그 덕에 고구려의 군대는 이제 어느 나라 군대와 싸워도 지지 않을 강군으로 거듭났고 대왕은 그들과 함께 올해부터 국토 확장을 시작할 계획이었다.

우선 여름 장마가 끝나는 시기를 택해 백제를 먼저 공략해서 무력화시킨 뒤 북쪽 국경을 위협하는 거란을 평정하는 것이 올해의 목표였다. 그런 연후 선비(鮮卑)족의 모용(慕容)씨가 세운 연나라를 공격하는 것이 내년의 목표였다.

이런 상황에 비도가 출현했으니 어찌 욕심이 생기지 않겠는가?

그런데 이상한 것은 노몽의 눈빛이 갑자기 변했다는 사실이다. 모두가 바람의 말에만 신경을 쏟고 있었기에 눈치 채지 못했지만 그의 눈빛은 흐릿하게 풀어져 있던 평상시의 눈빛이 아니었다. 아니, 오히려 대왕의 눈빛보다 더욱 강렬하게 빛나고 있었다. 그러나 노몽의 표정 변화에 관심을 갖는 사람은 아무도 없었다.

"그대의 사부가 정녕 천부인을 찾기 위해 중원으로 들어갔다면 더 이상 개인적인 문제가 아니다. 그것은 우리 배달족의 상징이나 다름없는 신물이기 때문이다."

대왕은 신념에 찬 눈으로 바람을 바라보며 말을 이었다.

"천부인은 반드시 찾아야 한다. 그러자면 그대의 사부를 먼저 찾아야 하겠지."

"저는 나라의 역사에 대해 공부한 적이 없어서 천부인이 무엇인지 알지 못합니다. 하지만 사부님을 뵙게 되면 폐하의 뜻을 전하고 꼭 찾아서 함께 돌아오겠습니다."

바람의 말을 듣고 있던 나연이 이해할 수 없다는 표정으로 말했다.

"어떻게 고구려의 백성이 천부인을 모를 수가 있지요? 일반 백성들에게는 역사를 가르치지 않나요?"

사뭇 따지고 드는 어조였는데도 대왕은 불쾌함보다 놀라움을 나타냈다.

"천부인에 대해서 아느냐?"

"당연하지요. 물론 정확한 사료가 후대까지 전해지지 않아 천부인이 북, 거울, 검의 형태일 것이라고 막연하게 추측할 뿐이지만 그것이 존재했었다는 사실은 알고 있어요."

"사료가 후대까지 전해지지 않았다니, 그건 또 무슨 말이냐?"

"아참, 아직 저희에 대해서 말씀드리지 않았던가요?"

나연은 자신들이 미래의 이 땅에 살고 있는 후손들이며 깨몽의 힘을 빌어 이곳에 오게 되었다는 사실을 간략하게 설명해 주었다. 하지만 박달리가 그랬던 것처럼 대왕 또한 믿지 못하겠는 눈치였다.

"그 말을 내게 믿으라는 소리냐?"

"물론 믿기 힘드시겠지만 이건 엄연한 사실이에요."

하지만 나연이 아무리 진실을 주장해도 이 사실을 받아들일 사람은 없는 것 같았다.

'어떻게 하면 믿게 한다지?'

잠시 고민하던 나연은 좋은 생각이 떠오른 듯 자신만만한 미소를 머금으며 대왕에게 물었다.

"대왕 폐하께서는 혹시 올 여름에 백제를 공략하실 계획이 없으신가요?"

그녀가 광개토대왕에 대해 배운 바에 의하면 올 7월에 백제를 공격하여 10여 개의 성을 함락시키게 되어 있기에 하는 소리였다. 그러니

현 시점에서 보면 점쟁이처럼 대왕의 속내를 읽고 있는 것으로 비칠 수밖에 없었고 대왕은 당연히 크게 놀랐다.

"그것은 짐과 몇몇 장수들만 알고 있는 비밀인데 네가 어찌 알고 있느냐?"

"역사 시간에 배웠으니까요. 폐하에게는 앞으로 일어날 일이지만 제 입장에서는 이미 지난 과거거든요. 그러니 잘 알 수밖에 없죠. 올 여름에 폐하가 백제를 침공하면 아마 10개의 성을 빼앗으시게 될 거예요. 그리고 가을에는 거란을 정벌해서 1만 호의 민가를 귀속시키게 되실 것이고요."

대왕의 놀라움은 더욱 커졌다.

"대체 너는 누구냐? 혹시 도술을 공부했느냐?"

"그게 아니라 미래에서 왔다니까요. 대왕님도 과거에 있었던 일에 대해서는 잘 알고 계시지요? 저도 마찬가지예요. 먼 미래에서 왔기 때문에 고구려에서 일어날 일에 대해 잘 알고 있는 거예요."

"으음… 아무래도 믿을 수가 없다. 미래라는 것은 아직 일어나지 않은 일을 말함이다. 그런데 어떻게 존재한다는 것이냐?"

"그건 저도 설명드리기가 힘들어요. 하지만 분명한 것은 미래 세계가 존재한다는 사실이에요."

나연은 대왕을 이해시키기 위해 앞으로 일어날 일에 대해 좀 더 구체적으로 말해 주었다. 그리고 고구려의 멸망과 신라의 통일을 포함해 후대에 일어날 우리 나라 역사에 대해 개괄적으로 설명해 주었다.

그녀의 말을 듣고 있던 대왕은 머리가 혼란스러워 참을 수가 없었다.

"그만 하거라. 네가 무슨 말을 해도 짐은 믿을 수가 없다."

대왕은 역리상에게 눈길을 돌렸다.

"그대는 도술을 공부했으니 알 수 있지 않겠는가? 말해 보라. 과연 미래 세계란 것이 존재할 수 있는가?"

역리상은 코웃음을 쳤다.

"말도 되지 않는 생각입니다. 폐하의 말씀대로 미래는 현재에 의해서 결정되는 것인데 어떻게 물질로 존재할 수 있겠습니까? 미래란 그저 우리의 머리 속에서 희망으로 존재할 뿐입니다."

"흥! 당신은 도사라면서 아는 게 너무 없군요? 당신이 틀렸어요. 우리는 분명히 미래에서 왔으니까."

나연이 반박하자 역리상은 비웃음 가득한 얼굴로 반문했다.

"그럼 증거를 대보시지? 미래에서 왔다면 지금은 없는 뭔가가 있었을 것 아닌가?"

"미래에서 가져온 물건이라면 나한테 좋은 게 하나 있는데……."

역리상의 말을 받은 것은 부현이었다. 그는 주머니를 뒤적이더니 자그마한 물건 하나를 꺼내 들었다. 그것은 현대에서는 아주 흔한 일회용 가스 라이터였다.

치익!

부현이 부싯돌을 돌려 불을 켜자 나연은 '쬐그만 것이 벌써 담배를 피우나 봐?' 하는 의혹의 눈길을 던졌고 대왕을 비롯한 고구려 시대의 사람들은 눈이 휘둥그레졌다.

"그게 뭐 하는 물건인가?"

대왕이 묻자 부현은 라이터 불을 끄며 자랑스럽게 대답했다.

"이건 라이터라는 물건으로 불을 켤 때 쓰는 도구지요. 이것만 있으면 아주 쉽게 불을 켤 수 있어요."

"짐에게 가져와 보라."

"이거 되게 비싼 건데……."

현대에서는 3백 원이면 살 수 있는 물건이지만 지금 자신이 와 있는 고구려에서는 어디서도 구할 수 없는 물건이란 걸 알고 있었기에 부현은 괜히 뜸을 들여보았다.

"황금이라면 얼마든지 주겠다. 그 물건을 이리 가지고 오라."

'황금? 땡잡았네? 이럴 줄 알았으면 몇 개 더 가지고 올걸.'

부현은 아쉬운 마음을 속으로 삭이며 대왕에게 라이터를 건네주었다.

대왕은 신기한 눈으로 라이터를 이리저리 살펴보다가 부현이 한 것처럼 불을 한번 켜보았다.

치익!

단번에 불이 붙어 오르자 대왕의 신기함은 극에 달했다.

"이렇게 쉽게 불이 만들어지다니… 이것만 있으면 불씨를 따로 보관할 필요도 없겠구나."

그때를 놓치지 않고 나연이 말했다.

"미래에서는 아주 흔한 물건이에요. 우리가 얼떨결에 오는 바람에 많은 것을 가져오지 못해서 그렇지 지금은 상상할 수도 없는 물건들이 미래에는 아주 많이 있어요. 어때요, 이제 우리가 미래에서 왔다는 사실을 믿으시겠지요?"

대왕의 얼굴엔 어느 정도 믿는 마음이 드러났다. 그러자 자신에게 쏠렸던 관심이 부현과 나연에게 돌려지는 것에 샘이 난 역리상이 제동을 걸고 나섰다.

"폐하, 사술에 현혹되지 마옵소서. 불 정도는 사부님도 아주 쉽게 만들어 내옵니다. 그런 도구조차도 필요없이 말입니다."

"아무것도 없이 어떻게 불을 만들어낸단 말인가?"

"대자연은 무엇이든 양과 음으로 나뉘게 마련입니다. 그중 양의 기운을 한곳에 집중시키면 불은 자연히 생기게 마련이옵니다."

"그거 정말 신기한 일이로군. 도사들의 법력이 극에 이르면 화(火), 풍(風), 수(水)를 자유자재로 부린다는 얘기는 들어보았지만 아직 한 번도 본 적은 없다. 짐 앞에서 그대가 한번 시범을 보여보라."

"에?"

관심을 끌기 위해 떠들어대기는 했지만 사실은 자신도 그 이치에 대해서는 전혀 모르고 있는 역리상이었다. 그저 사부에게 한 번 들은 풍월을 읊어본 것뿐이었으니 말이다.

'그냥 한번 해본 소린데……. 사부님에게 훔쳐 온 부적을 이용하면 좋겠지만 아직 한 번도 사용해 본 적이 없어서 자칫 실수하면 불이 생기지 않거나 엉뚱한 곳에서 불이 일어날 수 있어서 함부로 사용하면 안 되는데…….'

"뭐 하는가? 어서 한번 해보지 않고?"

"저… 그것이… 그러니까……."

"그대는 아직 불을 부릴 수 없는가?"

"그, 그런 것이 아니옵고……."

역리상은 초조한 표정으로 눈알을 빠르게 굴렸다.

'에구, 그저 요놈의 입이 방정이지. 괜한 말을 해가지고 밑천만 다 드러나게 생겼네. 이 위기를 어떻게 벗어난다지? 까딱하면 대왕에게 얻은 신임도 물거품이 되고 말 텐데…….'

"대체 무엇이 문제인가?"

대왕이 다시 재촉하자 단내가 나도록 잔머리를 굴리던 역리상은 되는대로 둘러대기 시작했다.

"사부님께 모든 도술을 배우기는 하였으나 빈도의 수양이 아직 부족하여 불을 정확히 다루기는 힘드옵니다. 양기를 모을 수는 있지만 그 힘을 조절할 수 없으니 자칫하면 궁궐 전체가 불바다가 될 수도 있습지요."

"무어라? 그대의 도력이 그리도 강하단 말인가?"

"사부님의 말씀에 따르면 빈도는 타고난 기질이 너무 강해 도력을 잘못 사용하면 큰 화를 부를 수도 있다고 하셨습니다."

대왕은 매우 놀라고 있었지만 역리상은 남모르게 울상 짓고 있었다.

'내가 도대체 무슨 말을 하고 있는 거야? 이러다가 바깥에 나가서 해보라고 하면 어쩌려고……. 할 수 없지. 그렇게 되면 불안한 대로 사부님의 부적을 사용할 수밖에.'

그러나 다행스럽게도 대왕은 더 이상 그를 시험하려 들지 않았다.

"짐의 호기심을 채우자고 궁궐을 불사를 수는 없는 노릇이지."

이렇게 되자 역리상은 한숨 돌리게 되었지만 대왕의 관심을 어렵게 끌었던 부현과 나연은 맥이 빠지고 말았다.

'저 자식이 왜 자꾸 딴지를 걸지? 순 사기꾼처럼 생겨 가지고…….'

오기가 발동한 부현은 주머니를 다시 뒤져 보았다.

'그래, 이게 있었지?'

부현은 음흉한 미소를 지으며 주머니에서 엄지손가락만한 플라스틱 병 하나를 꺼내 들었다.

"제가 신기한 물건 하나를 더 보여 드리지요, 대왕 폐하."

그가 꺼낸 것은 순간 접착제였는데 그것을 본 나연의 눈길이 요상하게 변했다.

"너, 본드도 하냐?"

그녀가 의심스러운 표정으로 나지막이 묻자 부현은 끄느름한 눈으로 나연을 흘겨보았다.

"순간 접착제로 본드하는 놈 봤수?"

"그거로는 안 되는 거야?"

"되는지 안 되는지는 몰라도 돈이 많이 들잖아요, 돈이! 순간 접착제 하나에 얼만데……. 그리고 내가 본드나 하는 멍청이처럼 보여요? 그 구역질나는 냄새를 맡게?"

"그, 그럼 왜 그런 걸 가지고 다니냐?"

"조금만 기다려 봐요, 이걸로 뭘 하는지 보여줄 테니까."

조그만 소리로 속삭이고 있던 부현은 사람들의 따가운 시선이 자신들에게 집중되어 있음을 뒤늦게 깨닫고는 머쓱하게 웃으며 자리에서 일어났다.

"이게 무엇인가 하면 도사님들의 도력을 측정하는 물건입니다."

비틀!

도력을 측정한다는 말에 역리상은 하마터면 넘어질 뻔하였다. 하지만 나머지 사람들은 아주 흥미로운 표정이었다.

"그 말이 사실이냐?"

"엄청난 능력은 가지고 있지만 보여줄 수는 없다고 말하는 경우에 쓰이는 물건이에요. 지금 저 도사 같은 경우요."

부현은 능글맞은 미소를 지으며 역리상을 바라보았다.

'내 취미가 딴지 거는 놈 발목 부러뜨리기라는 걸 몰랐을 거다. 너, 오늘 잘 걸렸어.'

부현은 접착제를 들고 역리상에게 한 걸음 다가갔다.

"당장 보여 드리겠습니다, 대왕 폐하."

"무, 무슨 짓을 하려는 거야?"

놀라서 일어난 역리상이 뒤로 주춤 물러서자 부현은 더욱 능글맞은 미소를 흘렸다.

"우리는 미래에서 온 사람이 아니라고 강력하게 말하더니 뭘 그렇게 두려워하시나 그래?"

"그렇기는 하지만……."

"잠깐이면 되니 이리 와봐요."

"그래, 그 아이의 말대로 한번 해보거라. 저 물건으로 도력이 측정된다면 그대의 능력을 따로 보여줄 필요도 없을 것 아니냐?"

대왕까지 거들고 나오니 역리상은 더 이상 거부할 명목이 없었다.

"알겠사옵니다."

부현이 접착제 뚜껑을 열며 말했다.

"이 실험을 하려면 먼저 눈을 감아야 합니다."

"내가?"

"그럼 내가 감고 해요?"

"아, 알았어."

역리상은 왠지 불안해서 눈을 감는 척하며 실눈을 살짝 뜨고 있었다. 그러나 이런 잔머리에서는 부현이 한 수 위였다.

"다 보이니까 얼른 감아요. 도력도 높다면서 꼭 실눈을 떠야 보이나? 도사들은 앉아서도 천 리 밖을 본다고 하더구만."

'너구리 같은 자식.'

정곡을 찔린 역리상은 어쩔 수 없이 눈을 꼭 감았다.

'흐흐… 고생 좀 해봐라, 이 사기꾼 도사 놈아!

부현은 얼른 달려들어 역리상의 눈까풀과 입술에 접착제를 바르고는 손으로 꽉 눌러 붙여 버렸다. 재빠르고도 능숙한 동작으로 보아 그동안 이런 장난을 얼마나 했는지 알 만한 일이었다.

그런데 순간 접착제라는 것은 독성이 강해서 눈에 조금이라도 들어 갔다가는 실명할 수도 있는 위험물이다. 게다가 접착 면을 순간적으로 녹여서 붙이는 성질이 있어서 피부에 닿으면 살이 타 들어가는 통증을 느끼게 한다. 그런 것을 눈까풀과 입술처럼 연약한 피부에 발라 버렸으니 그 고통은 당해보지 않은 사람은 알 리가 없다.

"우우우……."

역리상은 두 손으로 얼굴을 잡았다 놓기를 반복하며 어쩔 줄 모르고 있었다. 눈까풀과 입술은 타 들어가는 듯한데 이것이 찰싹 달라붙어서 떨어지지를 않으니 그 고통과 두려움이 오죽하겠는가?

그 모습을 보고 있던 대왕이 크게 놀라 소리쳤다.

"대체 무슨 짓을 했기에 저리도 괴로워하며 말조차 못하는 것이냐?"

대왕의 얼굴에 은은한 노기가 일고 있음에도 부현은 전혀 주눅 들지 않고 능글맞게 말했다.

"이게 다 도력을 측정하기 위한 과정이니 너무 걱정 마세요."

"도력이 어떻게 측정된다는 것인지 설명해 보라!"

"잠깐만요. 아직 조금 더 남았으니 마저 하고 말씀드리지요."

'뭐야? 이 뜨거운 걸 또 바른다고?'

역리상은 겁에 질려 뒷걸음치며 손을 내저었다.

'도대체 나와 무슨 원한이 있다고 이러는 거냐? 제발 그만둬!'

이렇게 말하고 싶었지만 입술이 떨어지지 않으니 어쩌겠는가?

"도력이 높으면 별문제없을 테니 너무 겁내지 마세요, 도사님."

부현은 여전히 느물거리며 내젓고 있는 역리상의 손바닥에 접착제를 뿌리고는 두 손을 합해 버렸다. 역리상은 순식간에 의사 소통을 할 수 있는 모든 기능을 잃은 셈이었다.

"우우우우……."

역리상이 발버둥 쳐보았지만 아무 소용도 없었다. 억지로 입을 열려고도 해보았지만 살이 떨어져 나가는 듯한 고통 때문에 곧 포기해야 했다.

'이럴 줄 알았으면 사부님께 좀 더 배우고 하산할 것을…….'

뒤늦게 후회해 봐야 달라질 것은 없었다.

부현은 안절부절못하고 있는 역리상 앞에 턱 버티고 서서 제법 그럴듯한 목소리로 읊어댔다.

"자, 이제 다 됐으니 눈부터 한번 떠보세요."

'그럴 수 있으면 내가 벌써 했지, 이 나쁜 놈아!'

"이런, 눈을 못 뜨시는군요? 그럼 입을 한번 떼어보실래요?"

'눈이 안 되는데 입이라고 되겠냐?'

"쯧쯧, 입도 안 되는 모양이네? 손도 마찬가진가요?"

'놀리지 말고 네가 얼른 떼어줘, 이 망할 자식아!'

"아이고, 이거 큰일이군. 혹시 귀도 안 되나요?"

'그래, 다 안 돼! 다 안 된다고!'

"쩝, 도력이 높다고 하더니 다 거짓말이었군요?"

'썩을 놈, 대왕님 면전에서 나를 깔아뭉개다니… 나중에 이 빚은 꼭 갚아주마.'

역리상은 붙었던 곳이 다 떨어지기만 하면 자신이 할 수 있는 최고의 도술로 부현을 혼내주리라 다짐하고 있었다. 그런데…….

"이거 곤란하게 됐는걸? 도력으로 떼지 못하면 달리 뗄 방법이 없는데……."

뜨악!

'그럼 나보고 평생 이렇게 살란 말야?'

역리상은 지금 당장 손이 떨어지고 앞만 보이면 부현을 죽도록 패주고 싶은 심정이었다.

"도력이 모자라면 평생 저렇게 살아야 한단 말이냐?"

입이 붙어버린 역리상 대신 물은 것은 대왕이었다.

"그럴 리야 있겠습니까? 며칠 지나다 보면 자연스럽게 떨어질 겁니다. 물론 지금이라도 약간의 고통을 감수하면 뗄 수 있고요."

부현의 설명에 대왕은 일단 안도하였다. 하지만 곧 의구심 어린 눈으로 부현을 바라보았다.

"그런데 저것이 정말 도력을 측정하는 물건이 맞는 것이냐?"

신체의 일부를 붙이는 것으로 도력을 측정한다는 사실이 대왕은 영 못미더운 모양이었지만 부현은 천연덕스럽게 대답했다.

"저는 누구처럼 거짓말이나 하지는 않습니다. 이것은 분명 도력을 측정하는 물건으로 보통 사람들은 저렇게 찰싹 붙어서 떨어지지 않습니다. 억지로 떼려고 하면 살점이 떨어져 나가게 되지요. 그리고 약간의 도력이 있다면 붙어도 상처없이 금방 떨어지고 도력이 세면 애당초 붙지를 않습니다."

되는 대로 주워섬기고 있는 부현의 말을 듣고 있는 나연은 기가 막힌다는 얼굴이었다.

'참 잘도 둘러댄다. 하지만 일리가 있는 것도 같아. 저 사람이 정말 대단한 도사라면 부현이의 잔머리에 이렇게 쉽게 당하지는 않았을 테니까. 부현이 말대로 입만 까진 사이비 도사일 가능성이 아주 농후해.'

대왕의 생각도 나연과 크게 다르지 않았다.

‘역리상이라는 자는 아무래도 능력보다 입이 빠른 자 같구나. 그리고 저 두 명의 말이 쉽게 믿어지지는 않지만 왠지 맞을 것 같은 예감이 드는군.’

부현과 나연에 대해 어느 정도 믿음이 생기자 대왕은 곧 노몽과 깨몽에게 생각이 미쳤다.

“그대의 이름이 노몽이라고 했던가?”

노몽은 그동안 부현이나 나연을 대하던 불성실한 태도와는 달리 제법 진지한 표정으로 대화에 응했다.

“그렇소이다.”

“아까 듣기로는 그대들이 저 두 사람을 이곳으로 데리고 왔다고 하던데, 무슨 일로 온 것인가? 저들의 말대로 1,600년 이상을 거슬러 왔다면 분명 이유가 있을 터인데?”

노몽은 대왕의 질문에 선뜻 대답을 못하고 부현과 나연을 힐끔거렸다. 뭔지 몰라도 켕기는 구석이 있는 게 확실했다.

“말하기 힘든 사연인가?”

대왕이 다시 묻자 노몽은 할 수 없다는 듯 입을 열었다.

“사실은 우리의 본모습을 되찾기 위해 온 것이외다.”

“원래는 그 모습이 아니란 말인가?”

“우리 시간의 요정들은 원래 젊은 남녀의 모습을 하고 있어야 맞소이다. 그런데 전대 시간의 조정자를 잘못 선택하는 바람에 미래를 관장하는 나는 이렇게 늙어버렸고 과거를 관장하는 깨몽은 퇴화를 거듭해 알에 가까운 모습으로 변한 것이외다.”

“짐은 이해하기가 힘들다. 좀 더 자세히 설명해 보라.”

“우리는 지구를…….”

설명하던 노몽은 고구려 시대에 지구라는 개념이 없다는 사실을 떠올리고는 얼른 말을 바꾸어야 했다.

"에… 그러니까 우리는 인간 세상의 시간을 관장하는 요정으로 500년에 한 번씩 인세에 나타나 시간의 조정자를 선택하고 그들의 의견을 수렴해 과거를 조율할 수 있는 기회를 부여하는 임무를 맡고 있소. 그런데 부현과 나연이 살고 있는 시대로부터 300년 전에 선택한 조정자가 과욕을 부리는 바람에 우리가 이렇게 변한 것이오."

대왕은 이상하다는 표정을 지었다.

"500년에 한 번씩 시간의 조정자를 선택하도록 되어 있다면서 이번에는 어째서 300년 만에 선택한 것인가?"

"200년을 더 기다릴 여유가 없었기 때문이외다. 이 상태로 몇 년만 더 지난다면 나는 정신이 더욱 혼미해져서 이런 설명조차 못하게 될 것이고 깨몽은 점점 퇴화해서 듣는 것조차 못하게 될 것이오. 그래서 어쩔 수 없이 순리를 깨고 300년 만에 시간의 조정자를 택하게 되었소."

"만약 그대들이 없어진다면 우리가 사는 세상은 어떻게 되는 것인가?"

"시간의 흐름에 혼란이 생겨 천하가 소멸하게 될 것이오."

"솔직히 믿기 힘든 말이지만 만에 하나라도 그대의 말이 사실이라면 억조창생이 모두 소멸하게 되는 것이니 어떻게든 그대들을 도와야 하겠군. 짐이 어떻게 해주면 도움이 되겠는가?"

"우리는 비밀의 샘을 찾아야 하외다."

"비밀의 샘?"

"어떤 병이든 치유할 수 있는 기적의 물이 솟아나는 샘이외다."

치유라는 말에 대왕은 귀가 솔깃한 표정이었다.

“하면 인간의 병도 치유할 수 있는가?”

“물론이외다. 하지만 누구든 한 가지 병밖에 치유할 수 없으며 영생은 기원할 수 없소이다.”

“짐은 진시황처럼 영생 따위를 갈망할 생각은 없다. 다만 은강에게 못된 병이 하나 있어 그것을 치유했으면 하는 바람뿐이다. 어떤가? 은강도 함께 데리고 가지 않겠는가?”

“그런 이유라면 얼마든지 환영이외다. 하지만……..”

“무슨 문제라도 있는가?”

“그것은 만 년에 한 번 아주 짧은 순간 나타났다가 사라져서 시간을 맞추기가 쉽지 않소이다.”

“그때가 언제인가?”

“앞으로 정확히 일 년 후외다.”

“시간은 충분하군.”

“아니외다. 비밀의 샘이 어디에 생겨날지 아무도 알지 못하기 때문에 일 년이란 시간도 그리 넉넉하지 않소이다.”

“그렇다면 어째서 이 시대를 택했는가? 더 오래전으로 갔으면 시간이 충분했을 텐데?”

“그곳의 위치를 알려면 천부인이 있어야 하기 때문이외다.”

천부인이란 말은 대왕에게 비상한 관심을 끌어내기에 충분했다.

“천부인이라고?”

“그렇소이다. 천부인이 출현하는 시기가 바로 지금이니 다른 시대로 가도 소용없는 일이었소.”

“비밀의 샘과 천부인이 대체 어떤 연관이 있는가?”

“천부인은 샘의 위치를 알려주는 신물이외다.”

"음… 아직까지도 그대를 전폭적으로 신뢰하기는 힘들지만 어쩐지 그대는 우리 배달족과 깊은 인연이 있는 듯한 생각이 든다. 좋다. 천부인은 우리에게도 꼭 필요한 물건이니 전력을 다해 돕도록 하겠다. 무엇이 필요한가?"

노몽은 잠시 시간을 두었다가 대답했다.

"저 앞에 있는 두 사람과 함께 움직일 수 있도록 해주면 고맙겠소이다."

노몽이 가리킨 사람은 역리상과 바람이었다.

"대륙은 지금 하루도 끊이지 않는 전란으로 민심이 대단히 흉흉하다고 들었는데 저 두 사람만으로 되겠는가?"

"여러 사람이 움직여 봐야 이목만 끌 뿐이외다. 바람이라는 청년은 무예가 출중해 보이니 일행을 잘 보호해 줄 테고 역리상이라는 녀석은 말이 앞서는 단점을 지니고는 있지만 지닌 바 재능이 큰 것 같으니 경우에 따라서 큰 소용이 될 것이외다."

'저런 우라질 영감쟁이가 있나? 어째서 바람은 청년이라고 부르면서 내게는 녀석이라는 거야?'

역리상은 속이 끓었지만 입을 열 수 없으니 반박할 재간이 없었다.

'젠장… 이게 다 부현이라는 놈 때문이야. 내가 정상으로 돌아가기만 하면 그냥……'

그는 속으로 이를 갈았다.

"미래에서 왔다는 두 사람도 함께 갈 것인가?"

대왕이 묻자 노몽은 마음에 안 드는 눈초리로 부현을 쳐다보며 어쩔 수 없다는 표정으로 고개를 끄덕였다.

"저들은 시간의 조정자이니 자신들의 시대로 돌아가기 전까지는 우리와 함께 다닐 수밖에 없소이다."

"그렇다면 아무래도 호위가 좀 더 필요할 것 같군. 바람 혼자서 그대들 모두를 지켜줄 수는 없는 노릇 안닌가?"

"그럴 필요 없소이다. 미래에서 온 두 사람에게는 1,600년에 해당하는 내공이 잠재되어 있으니 그것만 잘 일깨운다면 누구도 당하지 못할 고수가 될 것이외다."

"1,600년의 내공?"

대왕은 크게 놀란 눈으로 부현과 나연을 쳐다보았다.

"그 말이 사실이라면 국가에 꼭 필요한 인물이로다."

"하지만 저들은 그 힘을 어떻게 써야 하는지 알고 있지 못하니 대왕께서 도와주셔야 할 것이외다."

"물론 도와야지. 전에도 없었고 후에도 없을 대무인이 우리 고구려에서 탄생하게 생겼으니 말이야. 하하하!"

미래에서 온 두 사람을 바라보며 크게 웃음을 터뜨리는 대왕의 눈에는 설렘의 빛이 가득했다. 대륙으로 뻗어 나가는 고구려를 상상하며.

그런데 부현은 대왕과는 조금 다른 쪽에 관심이 있는 듯했다.

'그런데 저 음식은 언제나 먹을 수 있는 거지? 밉살맞은 사이비 도사 놈도 혼내주었고 대왕의 관심도 끌었으니 이제는 아우성치는 민생고를 해결할 차례인 것 같은데……'

어느새 음식은 싸늘하게 식어 있었지만 아직도 무지하게 맛있어 보였다. 누구든 하루를 꼬박 굶으면 찬밥 더운밥 가리지 않는 법이니까.

하지만 모두들 들떠 있어서 누구 하나 음식을 거들떠보는 사람이 없었다. 이대로 있다가는 음식 맛도 못 보고 상을 물리게 되지나 않을까 은근히 걱정이 된 부현은 아까부터 점찍어 두었던 통갈비 쪽으로 손을 슬금

슬금 움직여 갔다. 그리고 드디어 갈비 한 대를 움켜잡는 순간이었다.

"시종장은 이들을 왕실무고로 인도하여 원하는 비급은 무엇이든 내 주도록 하여라!"

"알겠사옵니다, 폐하!"

부현의 배고픈 사정은 아랑곳하지 않은 채 분위기는 어느새 '식사 끝!' 쪽으로 흘러가고 있었다.

'뭐야? 결국 냄새만 맡다가 가는 거야?'

부현이 한 손에 갈비를 움켜쥔 채 아쉬운 눈으로 주변 사람들을 두리번거리자 대왕이 소리쳤다.

"그대는 뭐 하고 있는가? 어서 시종장을 따르라!"

'이런 우라질, 갈비 한 대 뜯고 가면 왕실무고가 사라지기라도 한대?'

속으로 투덜거려 보았지만 달라질 것은 아무것도 없었다. 그들의 관심은 온통 다른 곳에 있었으니까.

'더러워서… 그래, 안 먹는다. 안 먹으면 될 거 아냐!'

부현은 갈비를 쟁반 위에 도로 던져 놓으며 입술을 잔뜩 내밀었다. 하지만 일행의 뒤를 따르기 시작한 지 얼마 되지 않아 부현은 주변 눈치를 보며 손가락을 빨고 있었다. 갈비의 양념이 묻은 그 손가락을.

'젠장, 더럽게 맛있네.'

왕실무고에 들어선 부현과 나연은 그저 입만 쩍 벌리고 있었다. 무공비급이 많아야 얼마나 되겠는가 싶었는데 막상 들어와 보니 이건 서가의 끝이 보이지 않을 지경이었다.

'고구려 사람들이 호전적이었다는 건 알지만 이건 너무 심한 거 아닌가? 싸움박질에 관한 책이 왜 이렇게 많아?'

일행을 인도하고 있는 시종장은 길게 늘어선 서가를 지나 제왕부란 편액이 걸려 있는 별실로 그들을 안내했다.

"128,400권이나 되는 왕실무고의 서적 중 서열 백 위 안에 드는 무공만 모아둔 곳이 바로 이 제왕부입니다. 왕실무고의 모든 서적을 보시기에는 시간이 너무 많이 소비될 테니 우선 이곳부터 둘러보시지요. 폐하의 특명이 계셨으니 원하시는 것은 무엇이든 내드리겠습니다. 바람과 역리상 두 분도 필요한 비급이 있으면 골라도 좋다는 폐하의 명이 계셨습니다."

시종장이 자신의 말을 마친 뒤 한쪽으로 조용히 물러서자 부현이 제일 먼저 서가를 뒤적이기 시작했다.

"여기 있는 것이 말로만 듣던 무공비급이란 말이지? 그것도 무지무지하게 강한."

부현은 당장 고수라도 될 것처럼 잔뜩 들떠 있었다. 하지만 그것은 그리 오래가지 못했다. 책을 아무리 들춰 보아도 도무지 읽을 재간이 없었기 때문이다.

"이런 젠장, 모두 한문뿐이잖아? 이걸 무슨 재주로 읽어?"

"그럼 고구려 시대에 한글이라도 있을 줄 알았니?"

나연이 한심하다는 듯 한마디 하며 서가에서 책 한 권을 뽑아 들었다. 폭풍권(暴風拳)이라 쓰여진 책이었다.

"그러는 누나는 한문 읽을 수 있어요?"

부현이 끄느름한 눈길로 묻자 나연이 톡 쏘아붙였다.

"내가 너냐?"

"그 책 제목이 뭔데요?"

"봐라, 폭풍권이라고 쓰여 있잖아. 고등학생이 어떻게 이런 기초적인 한자도 모르냐?"

"한자 많이 알아서 좋겠수."

"당연하지. 아는 게 곧 힘이니까. 어쨌든 나는 이 무공으로 정했으니까 너도 빨리 골라봐. 한자 모르면 내가 읽어줄 테니까."

"딱 맞네."

"뭐가?"

"누나와 잘 어울리는 무공이라고요."

“어쩐지 말에 뼈가 있는 것 같다?”

“뼈랄 것까지야 뭐… 무식하게 주먹을 휘둘러 대는 모습이 잘 어울릴 것 같아서 해본 말이죠.”

나연의 주먹이 불끈 쥐어졌다.

“너, 방금 한 말 후회 안 할 자신 있냐?”

“하하… 농담이었어요, 농담. 뭐 그런 것 가지고 주먹을……”

“그래, 오늘은 좋은 날이니까 한 번 참는다. 하지만 그런 말 한 번만 더 하면 알지?”

“물론 알지요. 내가 그 주먹에 몇 번이나 당했는데……”

“흰소리 그만 하고 책이나 골라봐.”

“뭘 알아야 고르든 말든 하죠.”

“어떤 무공을 배우고 싶은데?”

“장풍을 한번 쏴보는 것이 꿈이니까 그걸로 하죠.”

“장법이라… 어디에 있나 한번 볼까?”

서가를 더듬어 나가던 나연은 어렵지 않게 책 한 권을 골라냈다.

“찾았다.”

“어디, 나도 좀 봐요.”

“사신투영장(四神投影掌)이라고 쓰여 있는데?”

“무슨 이름이 그래요? 누나의 폭풍권에 비하면 형편없잖아요.”

“이름이 좀 약하긴 하다. 그치?”

도대체 무공의 이름이 왜 그리 중요하다는 건지… 두 사람이 쓸데없는 곳에 신경을 쏟고 있으려니 그동안 입을 꽉 다물고 있던 바람이 나서며 한마디 했다.

“사신투영장은 천하제일장법이고 폭풍권 또한 천하 최강의 권법이오.”

철없는 두 사람의 대화에 일침을 가한 바람의 얼굴에는 서늘한 기운이 감돌았다.

‘눈빛 한번 되게 무섭네.’

‘저 사람 눈빛이 어째 광개토대왕과 닮은 것 같아.’

부현과 나연이 입을 다물고 있자 은강 공주가 대신 나섰다.

“나연 언니와 부현이 무공에 대해서 모르고 한 말이니 너무 나무라지 말아요. 그보다 바람도 이 기회에 마음에 드는 비급을 하나 고르는 게 좋지 않겠어요?”

“아직 사부님의 검법도 다 깨우치지 못한 처지에 다른 무공이 무슨 소용이겠습니까?”

바람이 거절하자 은강 공주의 눈길이 이번에는 역리상에게 향했다.

“도사께서는… 푸훗!”

은강은 말을 하다 말고 웃음을 터뜨렸다. 들러붙은 살을 억지로 떼어내기는 했지만 피부가 벌겋게 벗겨진데다가 접착제의 독기가 스며 눈두덩과 입술이 퉁퉁 부어 있는 모습이 우스꽝스러웠기 때문이다.

‘부현이란 녀석 때문에 꼴이 말이 아니군.’

역리상은 얼굴을 붉게 물들이며 고개를 숙였다. 생각 같아서는 철천지원수 부현에게 당장이라도 복수하고 싶었지만 그에게 1,600년 내공이 내재되어 있다는 말을 들은 뒤였는지라 감히 어쩌지 못하고 있었다. 괜히 잘못 건드렸다가는 뼈도 못 추릴 게 분명하니 말이다.

‘내가 무슨 수를 내서라도 널 누를 무공을 배우고야 말 테다. 이 수모를 열 배로 갚아주기 위해서라도…….’

역리상은 속으로 다짐하며 서가를 힐끔힐끔 쳐다보았다. 하지만 아무리 살펴보아도 1,600년이나 되는 내공의 격차를 초월할 수 있는 무공이 있을 리 만무했다. 그 대신 그의 눈에 쏙 들어오는 책 제목이 하나 있었다.'

제령신술(制靈神術).

'귀신을 마음대로 부릴 수 있는 비급인가? 그건 사부님도 좀처럼 하지 않으시려는 고급 도술인데… 가만, 아무리 무공이 높아도 귀신은 어쩌지 못하는 거잖아? 그렇다면……'

무슨 생각이 들었는지 역리상은 제령신술을 뽑아 들며 음흉한 눈길로 부현을 훔쳐보았다.

'내가 이것만 다 배우면 넌 끝이야. 밤마다 귀신에게 시달리느라 한숨도 못 자게 해줄 테니까.'

역리상은 누가 제목을 볼세라 비급을 반으로 접은 뒤 시종장에게만 살짝 보여주고는 얼른 품속에 감추었다.

"모두 고르셨으면 이제 그만 나가시지요."

역리상이 비밀스럽게 비급을 챙기는 것을 마지막으로 일행은 무고를 빠져나왔다. 이어서 각자 머물 방을 배정받기 위해 일행은 시종장을 따라 걷기 시작했다. 궁중의 긴 복도를 따라 얼마나 걸었을까, 아직 시간의 돌로 들어가지 못한 채 일행을 따라다니고 있던 노몽이 불만스러운 어조로 말했다.

"우리는 특별히 할 일도 없는데 왜 계속 따라다녀야 하는 거여?"

"아참, 깜빡 잊고 있었네? 노몽 할아버지와 깨몽은 굳이 나와 있을 필요가 없지요?"

나연이 대꾸하며 주머니에서 시간의 돌을 꺼내려 하자 부현이 제지
시켰다.

"잠깐만!"

"왜?"

부현은 나연의 물음에 대답하지 않은 채 끄느름한 눈길로 노몽을 바
라보았다.

"이봐요, 영감님."

말투로 보아 그다지 좋은 말이 나올 것 같지 않은 분위기였다.

"대왕님과 말하는 걸 들어보니 순전히 자기들 문제 때문에 여기로
왔다면서요?"

"내, 내가 그런 말을 했었나?"

정곡을 찔리자 노몽은 대꾸할 말을 찾지 못하고 허둥거렸고 부현은
그 틈을 놓치지 않고 집요하게 물고 늘어졌다.

"그러면서 우리가 죽을 위기에 처했는데도 귀찮다는 둥 삭신이 쑤신
다는 둥 핑계만 대요?"

"그건 그러니까… 뭔가 얻으려면 위험과 정면으로 맞설 줄도 알아
야 하고… 우리가 살아야 인류도 생존할 수 있는 일이니까……."

횡설수설하는 노몽에게 부현이 소리를 꽥 질렀다.

"위험에 정면으로 맞서려면 영감님이나 그럴 것이지 왜 우리를 끌어
들이냐고요!"

"그야 너희들이 시간의 조정자로 선택됐으니까 그런 것이지."

"누구 마음대로요?"

"너무 그러지 말어. 너희가 시간의 조정자로 선택된 덕분에 아직 죽
지 않고 살아 있는 것이니까."

“뭐라고요?”

“동맥을 끊으려 했는데 날 없는 칼이 걸리고, 수면제 먹으려 했더니 약사는 소화제를 주고, 차도로 뛰어들었더니 연속 펑크가 나고, 목매 죽으려 하는데 몇 시간이 지나도 죽어지지 않고… 이런 일이 우연히 일어날 수 있다고 생각허여?”

노몽의 설명이 이어지는 동안 부현의 이마에는 깊은 주름살이 푹푹 패이고 있었다.

“그러니까 우리가 자살하려고 해도 죽지 않았던 것이 영감님의 농간이었다 이 말입니까?”

그동안 듣고만 있던 나연도 손가락 관절을 우두둑 꺾으며 한마디 거들었다.

“세 시간 동안이나 목매달려 있는 고통… 그게 얼마나 힘든 건지 노몽도 한번 느껴볼래요?”

분위기가 험악해지자 노몽은 뒤로 한 걸음 물러섰다.

“이러지들 말어. 나, 나는 인류를 위해서 어쩔 수 없이…….”

“인류고 나발이고 왜 나한테 물어보지도 않고 영감님 맘대로 내 인생을 주물러요?”

“자기 삭신 쑤시는 것밖에 모르는 할아버지가 인류를 위해서라고요? 그 말을 믿느니 오노 자식이 1등할 마음이 없었다는 말을 믿겠네.”

부현과 나연의 분노가 좀처럼 사그러들 기미를 보이지 않자 노몽은 에라 모르겠다 하는 심정으로 깨몽을 데리고 시간의 돌 안으로 뛰어들어 가버렸다.

“지금은 피곤하니까 나중에 얘기허여.”

“거짓말쟁이 영감, 어딜 도망쳐요!”

“어서 나오지 못해요!”

부현과 나연이 씩씩대며 소리쳐 보았지만 시간의 돌 안으로 숨어버린 노몽은 나올 기미를 전혀 보이지 않았다.

“순 사기꾼 같으니라고.”

“정말 감쪽같이 속았지 뭐야?”

“툭하면 숨어버리기나 하고 말이야. 누나, 그 돌을 확 깨버려요.”

“그건 좀 심하지 않냐?”

“우리가 필요할 땐 불러도 잘 나오지도 않고 숨을 때나 쓰는 돌인데 뭐 어때요?”

“그래도 노몽과 깨몽 덕분에 고구려에 와서 귀빈 대접받고 있잖아. 우리가 살던 시대에서는 있으나마나 한 존재였는데.”

“그건 그래. 1,600년 내공도 얻었고.”

“우릴 속인 게 조금 괘씸하기는 하지만 그냥 눈감아주자.”

“생각 좀 해보고요. 그런데… 우리는 시간의 조정자로 선택받아서 죽고 싶어도 못 죽은 거라고 노몽 영감이 아까 말하지 않았어요?”

“그랬지.”

“그럼 우리는 금강불괴나 마찬가지란 말인가?”

“죽고 싶어도 죽지 못한다는 말은 누군가 죽이려 해도 죽일 수 없다는 얘기니까… 그런 셈이네?”

“하하하! 1,600년 내공에 금강불괴의 몸까지 가졌으니 우린 이제 불사신이 된 거라고요, 불사신!”

부현이 잔뜩 들떠서 떠들어대고 있는데 시간의 돌 속에서 노몽이 머리를 불쑥 내밀었다.

“괜히 헛물켜지 말어. 현대에서는 보호가 됐지만 시간을 이동해 버린 지금은 보통 사람과 똑같아졌으니까 까딱 잘못하면 죽을 수도 있어. 그리고 1,600년 내공은 거저 사용할 수 있는 게 아니여. 죽도록 노력해야 자신의 것으로 만들 수 있는 거라구."

노몽은 빠르게 말을 하고는 돌 안으로 다시 쏙 들어가 버렸다.

"정말 좋아할래야 좋아할 수가 없어요. 어쩜 저렇게 얄미운 말만 골라서 하는지…… 괜히 좋다가 말았네."

투덜거리고 있던 부현은 뒤통수가 근질거리는 느낌을 받고 뒤를 돌아보았다. 모든 사람들의 시선이 자신과 나연에게 집중되어 있었다.

"도대체 언제까지 여기서 떠들고 있을 거야? 너와 언니 때문에 모두가 움직이지 못하고 있잖아."

"하하… 그, 그랬냐?"

머쓱해진 부현과 나연이 조용히 찌그러지자 일행은 다시 시종장을 따라 움직이기 시작했다.

다음날 이른 아침.

부현 일행은 말을 몰아 안무문(安武門:국내성의 서문)을 빠져나오고 있었다. 잠시도 지체하지 말라는 대왕의 성화에 못 이겨 일찌감치 출발한 것이다. 목적지는 진나라의 수도 장안이었다.

부현은 무공 배울 시간을 단 며칠이라도 달라고 사정하여 보았지만 은강의 병을 하루라도 빨리 고치고 싶었던 대왕은 그의 청을 수락하지 않았다. 사실 무공 연마보다는 궁중의 화려한 생활을 만끽해 보려던 부현의 생각은 그렇게 물거품이 되고 말았다.

반면에 역리상은 남몰래 대왕에게 불려가 특별 임무를 부여받는 행운을 얻을 수 있었다.

"그대가 공주의 병에 대해 잘 알고 있으니 비밀의 샘을 찾아 반드시 고치게 하여라. 그리만 하면 큰 포상을 내리리라."

이렇게 말하며 대왕은 친왕패까지 하사하였다. 친왕패는 곧 대왕과 같아 누구든 그 앞에 복종해야 하는 신물이었다. 공명을 바라는 역리 상에게는 커다란 행운이 아닐 수 없었다.

그러나 뭐니 뭐니 해도 가장 신난 사람은 은강이었다. 궁성을 벗어난다는 것이, 그리고 오라비의 간섭에서 자유로워진다는 것이 마냥 즐거운 듯 은강은 연신 벙글거리고 있었다. 거추장스럽기만 한 궁중 예복을 벗어 던지고 간편한 바지를 입으니 날 것 같았고 등에 검 한 자루를 메고 말을 몰아가니 세상에 거칠 게 없을 것 같았다.

"끼야호!"

은강은 벅차오르는 가슴을 진정시킬 수 없는 듯 말을 힘차게 달려나갔다. 성문 밖으로 곧게 뻗어 있는 대로 위를 한동안 달려나가던 그녀는 저만치에서 말머리를 돌리더니 일행에게로 다시 달려왔다.

"뭐 해요? 신나게 한번 달려보자고요."

그녀가 재촉하자 나연이 걱정스럽다는 표정으로 뒤를 가리켰다.

"쟤가 저러고 있는데 어떻게 달리겠니? 당분간은 속도를 낼 수 없을 것 같아."

나연의 손짓에 따라 눈길을 돌리던 은강의 표정이 잔뜩 일그러졌다.

저만치 떨어진 뒤에서 부현이 잔뜩 겁먹은 표정으로 말에 매달려 오고 있었기 때문이다.

"나는 마차가 좋단 말야, 마차가. 그 좋은 교통 수단을 놔두고 왜 꼭 말을 타야 한다는 거야?"

말을 타보기는커녕 실물로 구경조차 해보지 못한 그였으니 말등에서 떨어지지 않고 붙어 있는 것만도 다행이었다. 처음 말에 오를 때도 그는 혼자 하지 못해 주변 사람들이 태워주어야 했다. 그리고 말에 오른 뒤에는 지금처럼 납작 엎드린 채 일어나지도 못하고 있었다. 몸을 일으켰다가는 금방이라도 떨어져 죽기라도 한다는 듯이.

"사내자식이 저렇게 겁이 많아서 어디에 써먹을까?"

은강이 나무라자 나연이 부현의 역성을 들어주었다.

"고구려는 기마 민족이니까 남녀노소를 불문하고 말타기를 기본적으로 배우지만 우리가 살던 시대에서는 기마술을 배우지 않아서 말을 잘 못 타거든."

"언니는 그래도 잘 타고 있잖아."

"나는 대학 선배들과 함께 승마 클럽에 가입해서 몇 달 배웠거든."

대학이니 승마 클럽이니 하는 말은 은강에게 생소한 용어였지만 모르는 말이 나올 때마다 물어보기도 귀찮았으므로 그들은 대충 의미만 통하면 나름대로 이해하고 넘어갔다.

"나참, 말이 얼마나 중요한데 기마술도 안 배우고 살아간대? 먼 거리를 이동하거나 전쟁을 할 때는 말이 필수적으로 필요한데 말이야."

은강의 말은 자신이 살아가는 시대적 상식을 벗어나지 못하는 오류를 범하고 있었지만 나연은 굳이 설명해 주려들지 않았다. 시대 차이가 워낙 커서 설명을 하려면 한도 끝도 없었기 때문이다.

"그 나름대로 살아가는 거지 뭐. 그보다 쟤 좀 어떻게 해야 하지 않겠니? 저렇게 말을 무서워하면 배우는 것이 몹시 더딜 텐데……."

"나에게 방법이 있어."

　은강은 부현에게 천천히 다가갔다. 그리고 납작 엎드려 있는 부현 옆에서 나란히 말을 몰아갔다. 그런데 이상한 것은 부현이 타고 있는 말이 옆으로 슬금슬금 피한다는 사실이었다. 뭐가 그렇게 두려운지 은강이 가까이 다가가면 부현의 말은 그만큼 옆으로 비켜났다. 그렇게 계속하다 보니 부현의 말은 어느새 길 가장자리로 몰려 더 이상 옆으로 피할 곳이 없게 되었다.

　“말도 주인 닮았나? 왜 이렇게 겁이 많아?”

　옆에서 은강의 목소리가 들려오자 부현이 불안한 시선으로 올려다보았다.

　“너, 거기서 뭐 하냐?”

　“너에게 말 타는 법 좀 가르쳐 주려고 왔다.”

　“어떻게 하려고?”

　“좀 빨리 가게 해주려고.”

　은강은 말을 다그칠 때 쓰는 짧은 가죽 채찍을 번쩍 들어 올렸다. 그러자 부현이 기절할 듯 놀라서 소리쳤다.

　“야! 제발 그러지 마! 이렇게 매달려 있는 것도 힘들단 말야!”

　은강이 한심하다는 표정으로 말했다.

　“넘어지지 않고 걸음마 배우는 아기 봤냐? 물에 안 들어가고 자맥질 배우는 사람 봤어?”

　“그게 이거랑 무슨 상관이야?”

　“말도 마찬가지야. 말 타는 법은 떨어져 가면서 배우는 거라고.”

　“걱정 마, 나는 떨어지지 않아도 배울 수 있으니까.”

　“그래? 그럼 혼자 잘해봐.”

　은강이 의외로 순순하게 나오자 부현은 오히려 불안한 마음이 들었다.

‘이상하네? 이렇게 순순히 물러날 인간이 아닌데? 더구나 내가 어제 대왕 앞에서 약 올린 일도 있고······.’

그때 은강은 자신이 타고 있는 말의 귀에 대고 뭐라고 속삭이고 있었다.

‘뭐 하는 짓이야?’

부현이 고개를 갸웃거리고 있을 때였다.

“알았지, 벼락? 그렇게 하는 거야?”

은강이 몸을 바로 세우며 이렇게 소리치자 벼락이라 불린 그녀의 말은 허연 이를 드러내며 푸히힝 하고 울었다. 마치 대답이라도 하듯이 말이다.

‘어째 분위기가 이상한걸?’

걱정스러운 눈길을 던지고 있는 부현에게로 벼락이 고개를 휙 돌렸다. 그런데 그 눈빛이 얼마나 날카롭던지 부현은 등골이 오싹할 지경이었다.

‘무슨 말 눈빛이 저래? 꼭 사자 같잖아?’

푸르륵!

부현의 모습이 같잖다는 듯 벼락은 가볍게 투레질을 하더니 그가 타고 있는 말에게로 시선을 돌렸다. 그러자 부현의 말은 부르르 경련을 일으키며 안절부절못하였다. 공주가 다가올 때 슬금슬금 피했던 것도 벼락의 기세에 눌린 행동이었음이 분명했다.

“너, 저리 좀 가라. 니 말 때문에 내 말이 무서워하잖아.”

부현이 말해 보았지만 은강은 듣지 못한 척 딴청을 피웠고 대신 벼락이 알아서 한 걸음 떨어졌다.

“이 녀석이 내 말을 알아듣는 모양이네?”

부현이 신기해하며 조심스럽게 말을 몰아 나갈 때였다. 가만히 서

있던 벼락은 부현의 말이 자기 앞을 지나려 하자 앞발을 번쩍 치켜들
어 엉덩이를 내리찍었다.

키히히힝!

그렇지 않아도 잔뜩 주눅 들어 있던 부현의 말은 경기를 일으키며
내달리기 시작했다.

"으아아아! 왜 이러는 거야? 서! 서란 말야, 이 잡종마야!"

부현은 위태롭게 매달린 채 고래고래 고함을 질러댔다.

"저렇게 잘 타면서 왜 엄살을 부려?"

은강은 짓궂은 미소를 지으며 멀어져 가는 부현의 뒤를 좇아 말을
달려나갔다.

"굼벵이가 움직이기 시작했으니 우리도 신나게 달려보자고요!"

나머지 일행은 고개를 내저으며 그녀의 뒤를 따랐고 저만치 앞에서
는 부현의 애처로운 비명이 연신 터져 나오고 있었다.

"누가 내 말 좀 멈춰줘요~오!"

대륙으로 향하는 첫걸음은 부현의 절규로 시작되었다.

어느덧 정오가 가까워지는 시각이었다.

국내성을 떠나온 일행은 벌써 백 리가량이나 이동해 있었는데 그동
안 말에서 얼마나 굴러 떨어졌는지 부현의 몰골은 말이 아니었다.

"아이구, 팔다리, 허리, 어깨야!"

눈두덩과 입술이 잔뜩 깨지고 부어올라 도무지 원래의 모습을 알아볼
수 없는 얼굴로 변한 부현이 원망 가득한 시선으로 은강을 노려보았다.

"나랑 무슨 원수를 졌다고 이렇게 못살게 구는 거야?"

"내가 뭘?"

"내가 말에서 몇 번이나 떨어졌는지 알아?"

"스무 번쯤 되지 아마?"

"그래 놓고도 아무 잘못 없다고 뻔뻔을 떨어?"

"그야 내가 그런 게 아니잖아? 너도 알다시피 나는 아무 짓도 안 했다고."

부현은 속이 부글부글 끓어올랐다. 은강의 말대로 그녀는 아무 짓도 하지 않았다. 다만 벼락이 그녀 대신 못된 짓을 도맡아했을 뿐이었다.

처음 말이 달리기 시작했을 때 부현은 말등에 바짝 붙어 얼마간은 견딜 수 있었다. 하지만 어느 정도 시간이 흐르자 손에 힘이 빠지며 결국 바닥으로 굴러 떨어지고 말았다. 달리는 말에서 떨어지는 게 영화에서 볼 때는 별것 아닌 것 같았는데 직접 당하고 보니 이건 장난이 아니었다.

팔꿈치와 무릎이 까진 것은 기본이고 몸 여기저기에 무수한 상처와 멍 자국이 생겨났다. 하지만 이 정도는 얼굴에 비하면 아무것도 아니었다. 정말 괴로운 것은 얼굴로 흙바닥을 문대며 미끄러질 때의 고통이다. 온몸의 체중이 앞으로 쏠려 목은 부러질 것 같은데 몸은 멈추지 않고 한참이나 밀려 나간다. 그러고 나면 얼굴 한쪽은 껍질이 홀떡 벗겨지고 입속에는 흙이 한 주먹이다.

단 한 번의 낙마로 이렇게 확실히 망가졌는데 부현이 다시 말을 타려고 했겠는가? 그는 절대로 말에 탈 생각이 없었다. 그런데 벼락이라는 못된 망아지가 그의 허리춤을 덥석 물어 말에 태우고는 무서운 눈으로 부현이 탄 말을 노려보는 것이었다. 그러자 부현의 말은 경기를 일으키며 다시 달리기 시작했다.

이번에도 부현은 얼마 가지 못해 말에서 떨어졌고 벼락은 그가 정신을 차리기도 전에 다시 물어 태운 뒤 눈에 힘을 주었다. 당연히 부연의 말은 경기를 일으키며 또 달렸다.

이런 과정을 스무 번 넘게 반복했으니 부현의 몸이 온전할 턱이 있겠는가.

"두고 봐라. 내가 언젠가는 저 말새끼를 잡아먹고 말 테니까."

부현은 분한 표정으로 저주의 말을 퍼붓고는 고개를 돌렸다. 그런데 웬일인지 뒤통수가 사정없이 따끔거리지 않겠는가? 슬그머니 고개를 돌려보니 벼락이 살기 어린 눈으로 그를 노려보고 있었다.

꺼으흥!

기이한 울음까지 토해내며 말이다.

"쟤, 왜 저러냐?"

부현이 은근히 겁나는 표정으로 묻자 은강이 고삐를 조여 벼락을 진정시키며 대답했다.

"넌 지금 큰 실수 한 거야. 벼락은 보통 말이 아니거든. 사람의 말을 다 알아듣는 건 기본이고 웬만한 무사는 꼬리 하나로 가볍게 처리할 만큼 싸움 실력이 뛰어나단 말이야. 그리고 무엇보다 중요한 건 얘가 망아지 때부터 사자와 함께 자라서 자기를 사자로 알고 있다는 거야. 그만큼 용맹스럽지."

"말이 좀 되는 소리를 해라. 사자가 어떻게 말을 키우냐? 그리고 고구려 주변에는 사자가 살지도 않잖아."

"물론 사자가 사는 지역에서 일어난 일이지. 얘는 먼 서쪽 나라에서 태어났고 작년에 그쪽에서 온 대상(隊商)에게서 구입했거든. 뭐, 나도 사자가 망아지를 잡아먹지 않고 키웠다는 사실을 믿기는 힘들지만 사실이 그런 걸 어떡하겠어? 너도 며칠 함께하다 보면 차차 알게 될 거야."

아무래도 은강이 거짓말하는 것 같지는 않았다. 부현은 아직도 무섭게 노려보고 있는 벼락의 눈치를 살피며 은강에게 물었다.

"걔 혹시 기억력도 좋냐?"

"말이라고 하냐?"

'큰일 났네. 저 자식 노려보는 눈빛이 영 예사롭지 않은데 두고두고 앙갚음하는 거 아냐?'

"앞으로 조심하는 게 좋을 거야. 지금은 내가 고삐를 잡고 있어서 괜찮지만 얘는 자기가 당한 일을 절대로 잊는 성격이 아니거든."

그렇지 않아도 자기가 한 말 때문에 뒤가 은근히 켕기는 부현이었는데 은강의 말에 더욱 겁을 집어먹었다.

"걔가 복수라도 할 거란 말이냐?"

"당연하지. 얘가 얼마나 음흉하고 포악스러운데."

푸르륵!

벼락까지 맞장구치듯 윗입술을 뒤집으며 허연 이빨을 드러내자 부현은 울상이 되었다.

"내가 하루 종일 당한 게 얼만데 겨우 말 한마디 때문에 복수를 해?"

"당하다니? 우린 네가 말을 잘 탈 수 있도록 도와준 거야."

"그게 못살게 군 거지 도와준 거냐?"

"어쨌든 넌 이제 말을 잘 타게 됐잖아? 내가 아니었다면 어디 가서 한나절 만에 말 타는 법을 배우겠어?"

은강의 말은 사실이었다. 수없이 고생한 덕에 이제는 떨어지지 않고 말을 달릴 수 있을 정도는 되었으니 말이다.

"아무리 그래도 너희가 심하게 한 것은 사실이잖아."

"그렇게 하지 않았으면 우리는 아직도 국내성 주변을 맴돌고 있을 거다. 너 편하게 말 배우라고 나머지 사람이 사나흘씩 갑갑증을 참고 있어야 옳았단 말야? 지가 겁쟁이인 것은 생각하지도 않고……."

은강이 기세 좋게 쏘아붙이자 부현은 꿀 먹은 벙어리가 된 반면 그에게 수모를 당한 바 있던 역리상은 고소해 죽겠다는 표정이었다.

그때 나연이 화제를 돌려 궁지에 몰린 부현을 구해주었다.

"꽤 오래 달려왔으니 여기서 잠깐 쉬어가면 안 될까?"

말들도 지쳐 있고 모두 시장기를 느끼고 있었던 터라 반대하는 사람은 없었다.

마침 멀지 않은 곳에 맑은 물이 흐르는 작은 골짜기가 있어서 일행은 그곳에 자리를 잡았다. 일행은 그늘진 바위에 걸터앉고 말들은 끈을 길게 묶어 마음껏 풀을 뜯게 하였다. 그런데 유독 벼락만은 묶여 있지 않았다. 부현은 녀석이 풀려 있다는 사실이 매우 불안했다.

"저렇게 풀어놨다가 도망이라도 가면 어쩌려고 그러냐?"

부현이 슬그머니 돌려서 말하자 은강이 힐끔 쳐다보며 대꾸했다.

"걱정 마, 날 놔두고 갈 벼락이 아니니까. 게다가 너에게 복수할 일도 남아 있는데 쟤가 떠날 것 같아? 다른 건 몰라도 복수가 완수되기 전에는 절대로 떠나지 않을 거야."

"야, 내가 벼락한테 꼭 당해야 속이 시원하겠냐?"

"그래."

"말을 해도 꼭……."

"나는 원래 제멋대로인데다가 성질까지 더러워서 그러니 조금 섭섭하더라도 네가 그냥 이해해라."

"내가 대왕 폐하께 한 말 때문에 이러는 거냐?"

"아냐. 네가 틀린 말 한 것도 아닌데 뭐. 내 성격 더러운 거야 만천하가 다 알아주는 일이거든."

은강의 말투는 여전히 꼬여 있었다.

"에이, 지난 일 가지고 왜 그러냐? 마음 풀어라."

"글쎄, 그 일 때문에 이러는 거 아니래도. 그리고 두 사람 목숨을 구하기 위해 애써줬는데 배신당한 것 같아서 화가 난 것은 더 더욱 아니야. 그저 모든 게 다 내 더러운 성질 탓이지."

옆에서 구경만 하기가 안됐던지 나연이 거들고 나섰다.

"은강이 마음 풀어라. 어제 부현이 말이 심했던 건 사실이지만 첫날부터 삐끗거리면 앞으로 너무 힘들지 않겠니?"

"그래, 은강아, 내가 사과할게."

부현이까지 적극적으로 나오자 은강의 마음도 약간씩 풀어지기 시작했다.

"좋아, 지난 일은 잊기로 하지. 부현이도 오늘 고생 많이 한 건 사실이니까."

"그래, 고맙다, 은강아. 앞으로는 절대로 네 흉보지 않을게."

"하지만……."

은강은 부현에게 측은한 눈길을 던졌다.

"나는 이제 괜찮은데 네가 문제다."

"뭐가?"

"벼락 말이야. 걔는 한 번 당한 일은 절대로 잊는 법이 없거든."

"네가 말려주면 되잖아."

"낮에는 내가 말려줄 수 있다 쳐도 밤에는 어쩔 수가 없는데……."

"밤?"

"벼락은 잠이 별로 없거든."

"미치겠네. 그럼 잘 때도 불안에 떨어야 한다는 거야?'

“벼락이 포기하지 않는 이상…….”

두 사람이 대화를 나누는 동안 나연은 고개를 갸웃거리며 말들이 모여 있는 쪽을 바라보고 있었다.

“벼락이 왜 저래? 뭐가 있나?”

그녀의 말에 모두가 시선을 돌려 보니 풀을 뜯고 있던 말들은 뭔가에 놀라 뒤로 물러서는 중이었고 벼락은 납작 엎드린 채 그곳으로 살금살금 기어가고 있었다. 그렇게 얼마를 가던 벼락은 번개처럼 몸을 날리더니 무엇인가를 앞발로 찍어눌렀다.

도대체 왜 그러나 하고 바라보던 나연은 벼락의 앞발에 눌려 있는 것을 발견하고는 기절할 듯 비명을 질렀다.

“까아아악! 배, 배, 배, 뱀을 잡았어!”

놀라기는 나머지 사람들도 마찬가지였다. 말이 사자처럼 기어가서 사냥을 한다는 것은 금시초문이었으니 말이다. 하지만 은강은 너무 많이 봐와서 아무렇지도 않다는 표정이었다.

키히히힝!

벼락은 허연 이빨을 드러내며 눈꼬리를 늘어뜨렸다. 주인에게 ‘나 잘했지요?’ 라고 말하며 웃고 있는 것 같았다.

‘도대체 뭐야? 무슨 말이 뱀을 잡고 웃기까지 하냔 말야!’

녀석에게 원한을 산 부현은 더욱 걱정스러워질 수밖에 없었다. 그런데…….

찌이익! 우적우적!

벼락은 발굽에 머리가 눌려 몸통을 사방으로 뒤틀어대고 있는 뱀을 한입에 물어 찢더니 맛나게 씹어 먹지 않겠는가? 입 밖으로 나온 뱀 꼬리가 콧구멍으로 기어들어 가고 있는데도 개의치 않고 질겅질겅 씹어

먹는 벼락의 모습은 엽기 그 자체였다.

'난 몰라. 저런 괴물을 잡아먹겠다고 협박했으니……'

걸려도 단단히 걸렸다는 생각을 지울 수 없는 부현이었다.

꺼억!

순식간에 뱀 한 마리를 처리한 벼락은 사람들 쪽을 향해 커다랗게 트림을 하더니 주변을 두리번거리기 시작했다. 코를 벌름거리며 냄새를 맡는 것으로 보아 '먹을 거 더 없나?' 하는 눈치였다. 그러고 보니 다른 말들이 풀을 뜯는 동안에도 벼락은 풀을 전혀 입에 대지 않고 있었다.

"쟤 혹시 고기만 먹냐?"

부현이 묻자 은강은 당연한 것 아니냐는 표정으로 대꾸했다.

"사자가 풀 먹는 거 봤냐?"

"그래도 벼락은 말이잖아. 말은 풀을 뜯어야 정상이라고. 초식동물이 육식을 한다는 건 천리를 역행하는 극악무도한 짓이야."

"물론 충격이 좀 크기는 하겠지만 네가 그냥 받아들이도록 노력해라. 쟤는 자기가 사자인 줄 알고 있다고 말했잖아. 습관이 그렇게 굳은 걸 어쩌겠냐?"

부현은 품속에 간직하고 있던 사신투영장 비급을 얼른 꺼내며 나연에게 부탁하였다.

"누나, 나 이거 익히게 해석 좀 해줘요."

"그래, 천천히 읽어줄 테니까 잘 기억해 둬."

나연은 작은 소리로 사신투영장의 첫 초식을 읽어주기 시작했다. 원래부터 공부와는 담을 쌓은 부현이었으니 웬만하면 서너 줄을 읽기도 전에 딴청을 피우거나 졸아야 정상이었지만 지금은 달랐다. 무슨 얘긴지 잘 알아듣지 못하면서도 무서운 집중력으로 머리에 새겨 나가고 있었다. 역시 생명의 위협은 사람을 바꾸는 가장 효과적인 방법인가 보다.

부현이 무공 초식을 외우는 동안 육포와 말린 과일 등으로 간단한 식사를 마친 일행은 다시 여정에 올랐다.

부현은 이동하는 중에도 나연이 읽어주었던 사신투영장의 첫 초식을 잊지 않기 위해 계속해서 되뇌었다.

첫 초식의 이름은 현무장(玄武掌)이었다.

'이 초식을 오성만 익히면 손바닥에서 검은 기운이 뭉클뭉클 솟아나온다 이거지? 팔성에 이르면 검은 기운이 현무의 모습을 형성하고 십성이 넘으면 현무가 자유자재로 허공을 날아다니며 상대를 아작낸다니… 생각만 해도 짜릿한걸? 어서 배워야지. 그런데 현무가 뭐지?

궁금증이 생긴 부현은 나연에게 물어보았다.

"누나, 현무가 뭐예요?"

"너 혹시 고구려 고분 벽화에 나오는 사신도에 대해서 안 배웠니?"

나연은 기가 막히다는 표정이었다.

"사신이면 저승사자 같은 건가요?"

"죽을 사가 아니라 넉 사야, 넉 사! 동 청룡, 서 백호, 남 주작, 북 현무! 이런 말도 못 들어봤어?"

부현은 머리를 긁적거렸다.

"들어보기는 한 것 같은데……."

"자꾸 얘기해 봐야 입만 아플 것 같으니까 관두자. 현무는 그냥 거북이와 비슷한 형상이라는 정도만 알아둬."

"거북이?"

부현의 머리 속으로 어항에서 키우는 민물 거북의 모습이 빠르게 스치고 지나갔다.

'그거 되게 조그맣던데 과연 위력이 있을까?'

의구심이 들기는 했지만 부현은 비급에 나온 대로 천천히 동작을 취해보았다. 아침까지만 해도 말 위에 제대로 앉아 있지도 못하던 그였건만 지금은 움직이는 말 위에서 무공 연습을 하고 있는 것이다. 말에게 물려 죽을 수는 없다는 일념 하나로…….

이렇게 일행은 서쪽으로 서쪽으로 이동해 갔다.

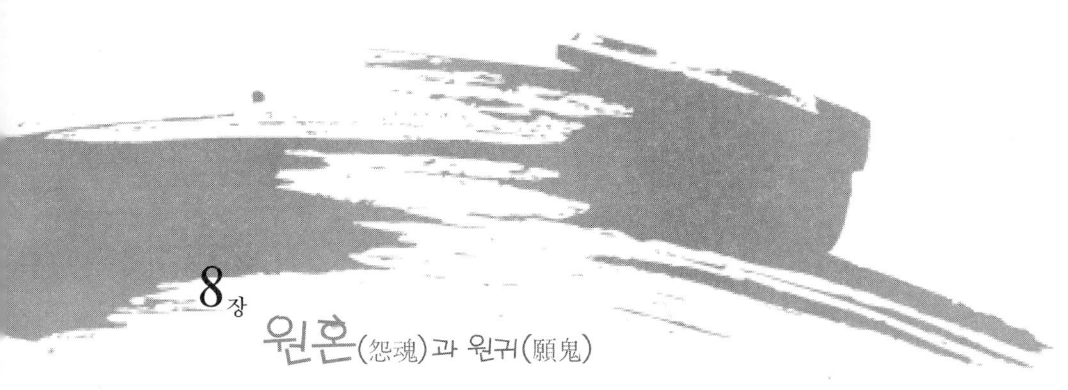

8장
원혼(怨魂)과 원귀(願鬼)

어느덧 하루 해가 기울어 서녘에 붉은 노을이 드리울 즈음 일행은 압록강의 지류인 혼강 부근에 도착하였다. 그다지 큰 강은 아니었지만 말을 타고 건널 수 있는 개울 수준도 아니어서 일행은 일박을 한 뒤에 강을 건너기로 결정을 보았다.

마침 인근에는 마을이 형성되어 있고 마을 입구에는 객점이 하나 있어서 노숙은 면할 수 있었다.

객점에 여장을 푼 일행은 저녁 식사를 마친 뒤 마당으로 나와 바람을 쐬고 있었다.

땅거미가 서서히 드리우고 있는 시각이라 들을 나갔던 주민들이 마을로 돌아오고 있었다.

평상에 걸터앉아 마을 주민들을 바라보고 있던 바람은 뭔가 이상하다는 듯 낮은 목소리로 중얼거렸다.

"어쩐지 서두르고 있다는 느낌이 드는군."

그러자 은강도 고개를 끄덕였다.

"맞아요. 사람들 얼굴도 한결같이 굳어 있고……."

"뭔가에 쫓기고 있는 사람들 같습니다."

"이 부근에는 험한 산이 없어서 맹수가 출몰할 리도 없고 도성이 가까워 도적 떼도 없을 텐데 뭐에 쫓긴다는 말이지요?"

"확실히 알 수는 없지만 저들에게선 공포의 기운이 느껴집니다."

"저도 어렴풋이 느껴지는데 대체 무엇을 두려워하는 것일까요?"

"글쎄요……."

두 사람이 석연치 않은 표정으로 대화를 나누고 있을 때였다.

"설모야!"

점원이 사방을 두리번거리며 마당을 가로질러 왔다.

"누굴 찾는 거야?"

은강이 묻자 점원은 인사를 꾸벅 하며 대답했다.

"제가 키우는 강아지를 찾고 있는데 혹시 못 보셨습니까? 저녁 먹을 시간인데 보이지 않네요."

강아지라면 저녁 식사 중에 은강도 본 적이 있었다. 너무 귀엽게 생겨서 고기를 한 점 던져 주기도 했으니 말이다.

"털이 하얗고 귀 끝만 까만 강아지 말야?"

"네, 맞습니다."

"그 녀석이라면 내가 아까 수육 한 점을 줬더니 물고 사라졌는데. 제 집에서 그걸 먹고 있는 것 아닐까?"

"개집은 벌써 뒤져 봤는걸요?"

"그래? 그럼 어딜 갔지?"

“어두워지기 전에 찾아야 할 텐데 큰일이네.”

점원은 걱정스러운 얼굴로 다시 강아지 이름을 부르기 시작했다.

“설모야, 어디 있니? 어서 나와라. 저녁 먹어야지!”

점원이 강아지를 부르며 건물 뒤편으로 사라져 갈 즈음 은강은 불길한 생각이 덜컥 들었다.

“가만, 아까부터 벼락도 안 보이던데 이 녀석이 혹시……?”

은강은 사방을 휘둘러보았다. 그러나 벼락의 모습은 어디에도 보이지 않았다.

“벼락! 너, 어디 있는 거야? 어서 이리 나와!”

은강이 소리쳐 부르자 뒤뜰에서 말 울음소리가 들리는 듯하더니 벼락이 건물을 돌아 달려나왔다.

푸히히힝!

은강 앞에 도착한 벼락의 입에는 시뻘건 피가 잔뜩 묻어 있었다. 게다가 아쉬운 듯한 표정으로 입맛까지 쩍쩍 다시고 있는 것으로 보아 뭔가 잡아먹은 것이 분명했다. 한 마리로는 양이 덜 찰 만한 그 무엇을 말이다.

“이놈의 자식, 네가 결국은…….”

은강은 인상을 무섭게 일그러뜨리더니 벼락의 양 볼을 주먹으로 연달아 후려갈겼다.

“못된 녀석! 뭐 먹을 게 없어서 그 어린 강아지를 잡아먹어?”

그렇게 몇 대 때리는 것으로는 양에 안 차는 듯 은강은 검을 쑥 뽑아 들었다.

“배를 확 갈라서 강아지를 다시 꺼내고 말 테다.”

키힝?

벼락은 놀란 눈을 부릅뜨며 고개를 빠르게 저었다. 싫다는 것인지 자기는 범인이 아니라고 부인하는 것인지는 몰랐지만 은강의 말뜻을 알아들은 것만은 분명했다.

"네 못된 버릇을 내가 이미 다 알고 있는데 어디서 거짓말을 해?"

키히힝! 푸르르르륵!

은강이 믿어주지 않자 벼락은 더욱 다급한 표정으로 고개를 저었다. 그래도 은강은 용서할 생각이 없는 듯 검을 높이 쳐들었다. 그리고 확 내려치려 할 때였다.

왈! 왈왈왈!

어디서 나타났는지 갑자기 설모가 튀어나오며 짖는 것이었다. 이렇게 되자 머쓱해진 것은 이제 은강이었다. 괜한 누명을 씌워서 벼락을 죽일 뻔하였으니 말이다.

푸릉! 푸르릉!

벼락은 거 보라는 듯 고개를 치켜세우고는 투레질을 해댔다.

"미, 미안."

은강이 진심으로 벼락에게 사과하려고 하는데 뒤뜰에서 비명에 가까운 점원의 외침이 터져 나왔다.

"주인 아저씨, 돼지 새끼 한 마리가 사라졌어요!"

곧 이어 주인이 뒤뜰로 부지런히 달려가는가 싶더니 점원과 대화하는 소리가 두런두런 들려왔다.

"늑대에게 잡아먹힌 것 같아요."

"이런, 뼈만 남기고 깨끗하게 발라 먹었구나."

"늑대가 마을까지 내려오는 일은 좀처럼 없는데… 울타리를 더 높여야 할까 봐요."

"아무래도 그래야겠구나. 내일 저 손님들이 가고 나면 울타리를 손 봐야겠다."

대화를 가만히 듣고 있던 은강이 무서운 눈길로 벼락을 쏘아보았다.

"니가 한 짓이지?"

벼락은 뜨끔한 표정이 되어 얼른 고개를 돌렸다. 그러자 은강이 무시무시한 표정으로 벼락의 목에 검을 들이대며 소리쳤다.

"경고하는데, 이런 짓 한 번만 더 하면 니 내장을 먹게 될 테니 알아서 해! 알았냐? 내가 한 번 한다면 하는 성질인 거 너도 잘 알지?"

푸르르! 푸륵!

벼락은 귀를 축 늘여뜨린 채 고개를 끄덕이고는 마구간으로 터벅터벅 걸어갔다.

"아무리 고기를 좋아해도 그렇지 무슨 말새끼가 돼지를 잡아먹느냔 말야?"

벼락의 뒷모습을 보며 혼잣말로 중얼거리고 있는 은강에게 부현이 걱정스럽게 물었다.

"쟤 묶어놓는 게 좋지 않겠냐?"

"왜, 겁나냐?"

"틈만 나면 뭐든 잡아먹는 놈인데 그럼 겁 안 나게 생겼어?"

"그러게 왜 말을 함부로 해?"

"저렇게 험악한 놈인지 몰랐지."

"어쨌든 묶어놓는 건 안 돼."

"대체 왜 안 된다는 거야? 너는 이 상황이 재미있는지 몰라도 나한테는 목숨이 걸린 일이란 말이야."

"네 심정은 나도 알겠는데 쟤는 묶어놓으면 발광을 해서 안 돼. 그리고 한 번 돌아버리면 내 말도 안 들어. 그럴 때 너를 공격하면 어떻게 할래? 괜히 저놈 성질 건드리는 것보다 니가 조심하는 편이 더 안전할 거야. 설마 죽이기야 하겠니? 밉든 곱든 주인의 친구인데.”

“돌겠네, 정말. 벼락 녀석은 갈수록 흉악해지는데 사신투영장은 빨리 익혀지지 않으니…….”

부현은 답답한 심정으로 마당을 오락가락하더니 문득 바람에게로 눈길을 돌렸다.

“저… 바람… 형님…….”

하루 종일 같이 움직이기는 하였지만 바람과 직접적으로 대화를 나누는 것은 이번이 처음이었기에 부현은 매우 어색하게 말문을 열었다.

“왜 그러시오?”

서로에 관해 아는 것이 없는 처지에 대뜸 형님이라고 부르는 것이 의외였던지 어지간해서는 표정을 바꾸는 일이 없던 바람의 얼굴에도 어색한 기운이 드러났다.

부현은 바람의 눈치를 살피며 조심스럽게 입을 열었다.

“저와 같이 자면 안 될까요?”

바람이라면 벼락의 횡포로부터 자신을 지켜줄 수 있으리라 생각하는 모양이었다.

“그래도 되겠지요?”

부현이 다시 묻자 바람은 희미한 미소를 지으며 고개를 끄덕였다.

“그럽시다.”

그의 승낙이 떨어지자 부현도 이제는 안심이 되는 듯 환한 웃음을 지었다.

“하하! 고맙습니다. 그리고 바람 형님이 저보다 한참 위이신 것 같으니 말씀 놓으세요.”

“호형호제할 만큼 서로에 대해 알게 되면 그렇게 합시다.”

“지금부터 그렇게 해도 괜찮은데…….”

부현이 약간 머쓱한 표정으로 중얼거리고 있는데 이번에는 은강이 손뼉을 탁 치며 말했다.

“그거 괜찮겠다. 같이 자면 재미있을 것 같아.”

“너, 너도 우리랑 같이 자겠다고?”

부현이 화들짝 놀라며 소리쳤다.

“뭐 볼 게 있다고 너랑 같이 자냐? 나는 언니랑 같이 잘 거야. 그래도 괜찮지, 언니?”

“안… 될 거야 없겠지.”

나연은 왠지 꺼림칙한 생각이 들었지만 딱히 거절할 이유가 없었기에 고개를 끄덕였다. 그러자 은강은 팔딱팔딱 뛰며 좋아했다.

“나는 어려서부터 혼자서만 잤는데 언니랑 같이 잔다고 생각하니 너무 좋아.”

한 뼘 남았던 석양마저 사라진 대지 위로는 커다란 땅거미가 드리우고 있었다.

두 명씩 조를 이룬 나머지 일행과 달리 방 하나를 혼자서 쓰고 있는 역리상은 밤이 이슥해지자 왕실무고에서 얻은 제령신술을 펼쳐 들었다.

“전부현 이 자식! 어디 혼 좀 나봐라. 아주 무시무시한 혼령을 소환해서 밤새 시달리도록 해줄 테니까.”

침상에 정좌한 채 첫 장을 넘기니 붉은 주사로 그려진 부적과 주술이 적혀 있었는데 사용법이 아주 간단해 보였다.

"흐흐… 귀신을 불러내는 게 이렇게 쉽다니……."

역리상은 눈을 감고 주술을 외우기 시작했다.

"시방정계(十方精界) 백령복명(百靈復命)……."

그가 스무 자 남짓한 주술을 모두 읽었을 때였다.

휘이잉~

창문과 방문이 모두 닫혀 있건만 어디선가 바람이 불어 들어오는 듯했다. 동시에 으스스한 한기가 느껴졌다.

'귀신은 음기의 결정체여서 한여름에 나타나도 한기가 느껴진다고 하더니 사실이었군. 그런데 너무 끔찍하게 생긴 귀신이 나타났으면 어떻게 한다지? 나도 귀신을 직접 보는 것은 이번이 처음인데…….'

역리상은 기대 반 두려움 반의 심정으로 슬며시 눈을 떠 보았다. 그런데 이게 웬일인가? 상상도 못할 미녀가 눈앞에 서 있었다. 도저히 말로는 형용할 수 없는 환상적인 아름다움을 풍기고 있는 여인이었다. 얼굴은 말해 무엇 하겠는가? 군살 한 점 없이 매끈하게 쭉 빠진 몸매만으로도 사내의 본능을 기립시키기에 충분한데 말이다. 게다가 그녀의 피부는 스스로 빛을 뿜어내고 있는 듯 은은한 광채마저 어려 있었다.

그러나 그 무엇보다도 중요한 것은 그녀가 실오라기 하나 걸치지 않은 알몸이라는 사실이었다.

'으흐흐… 이게 웬 횡재냐. 귀신을 불렀는데 선녀가 하강하다니…….'

역리상은 헤벌쭉 웃으며 자리에서 일어났다.

"낭자……."

생긋!

역리상이 입을 여는 순간 여인이 웃어주었다. 보는 것만으로도 까무러칠 것 같은 짜릿한 미소였다.

―하은(河銀)이라고 해요. 당신이 날 불렀나요?

"그, 그렇소."

―왜죠?

"그건… 혼내줄 사람이 한 명 있어서 아무나 오라……."

역리상은 말을 하다 말고 황급히 입을 다물었다. 근처에 있는 영령 중 아무나 오라고 신호를 보냈는데 마침 당신이 온 것이라고 말할 수는 없었기 때문이다. 그런데 여인의 반응이 의외였다.

―그래요? 혼내줄 사람이 누구죠?

"낭자처럼 아름다운 혼백이 할 일이 아닌데……."

―괜찮아요. 나는 누군가의 부탁을 들어주는 것을 매우 즐기는 편이니까요.

"하지만 낭자가 무슨 방법으로……."

―보면 모르겠어요? 어떤 사내든 나를 보면 원하게 되어 있어요.

"그럼 혼내준다는 게……."

―맞아요. 그 사람과 자주는 것이죠. 하룻밤을 황홀하게 해준 뒤에 다시는 나타나지 않으면 그 사람이 무척 괴로워하지 않겠어요?

"안 돼요!"

역리상은 자기도 모르게 소리를 지르고 말았다. 이 아름다운 여인을 부현의 품에 안겨줄 수는 없는 일이었기 때문이다.

―어머? 나는 당신의 소원을 들어주려는 것인데 왜 화를 내죠?

"미, 미안하오. 하지만……."

할 말을 궁리하느라 잠시 머리를 굴리던 역리상은 얼굴을 벌겋게 물들이며 기어들어 가는 목소리로 물었다.

"혹시… 그 환상적인 하룻밤을 나와 보내주면 안 되겠소?"

─당신과? 혼내줘야 할 사람은 어떻게 하고요?

"상관없소. 그 녀석은 다른 방법으로 혼내주면 되니까."

─그러면…….

하은이 고민하는 표정을 짓자 역리상은 그녀가 거절할까 봐 속이 바짝바짝 타 들어갔다.

'제발 승낙해 줘요, 아름다운 낭자. 비록 영혼일지라도 당신 같은 여인과 하룻밤을 보낼 수만 있다면…….'

그의 애타는 마음을 읽은 것일까? 하은은 곧 고개를 끄덕이며 생긋 웃어주었다.

─당신 뜻대로 하지요.

"저, 정말이오?"

─내가 왜 거짓말을 하겠어요?

"고맙소!"

역리상은 너무나 감격해서 눈물이 왈칵 쏟아질 지경이었다.

'내게 이런 행운이 찾아올 줄이야! 신령님, 칠성님, 옥황상제님, 두루두루 고맙습니다.'

역리상은 하은의 마음이 바뀌기라도 할까 봐 그녀를 서둘러 침상으로 끌어들였다.

"그렇게 서 있지 말고 이리로 올라오시오, 하은 낭자."

─그럴까요?

하은은 사양하지 않고 그가 인도하는 대로 침상에 올라 그의 품에 폭 안기었다. 영혼임에도 불구하고 그녀에게서는 실제 사람과 같은 촉감이 느껴졌다. 뿐만 아니라 풋풋한 체향까지 전해왔다.

'으흐흐… 미치겠다. 복수고 나발이고 다 때려치우고 오늘 밤은 그 냥 미쳐 보는 거야.'

역리상은 앞뒤 가릴 것 없이 그녀의 품에 얼굴을 묻었다.

은강과 나연은 별실에 마련된 목욕통에 들어가 따뜻한 물에 몸을 담 그고 있었다. 나연은 간단히 세수나 하고 자자고 했지만 은강이 하루 도 목욕을 안 하면 살 수 없다고 고집을 부려 은 반 냥이나 주고 준비 시킨 것이었다.

"따뜻한 물에 담그고 있으니 좋기는 하다."

나연이 행복한 표정을 짓고 있자 은강이 그것 보라는 듯 받아쳤다.

"거봐, 목욕하니까 좋지?"

"나도 물론 매일 이러고 싶어. 하지만 여비를 아껴야 하잖아. 얼마 나 걸릴지 모르는 여정인데……."

"걱정 마. 오라버니가 준 황금 백 냥 외에도 내가 따로 준비해 온 보 옥들이 잔뜩 있어. 그러니 목욕 정도는 매일 해도 상관없지 않겠어?"

"그래, 여비는 네가 알아서 해라. 나야 어차피 이 시대의 화폐 가치 도 정립이 안 되는 상황이니까."

"그건 그렇고, 언니 몸 정말 예쁘다."

"으, 응?"

"가슴도 그렇고 허리 굴곡도 그렇고……. 하지만 무엇보다 마음에 드는 건 넓은 어깨야."

"넓은 어깨? 그거 칭찬이냐?"

"당연하지. 언니를 보고 있으면 얼마나 마음 든든한데."

“아무리 그래도 그건…….”

나연이 어떻게 생각하든 은강은 그녀의 어깨가 부럽다는 듯 가만히 어루만졌다.

“아유, 이 어깨 좀 봐.”

“그만 해.”

“왜?”

“여자에게 어깨 넓다는 건 칭찬이 아니잖아.”

“나는 좋기만 한걸? 한 번만 더 만져 보자.”

“그만 하라니까!”

“헤헤… 가슴도…….”

“야!”

“에이, 한 번 만져 본다고 닳는 것도 아닌데 뭘 그래?”

“기분이 이상하잖아!”

“우리끼린데 어때?”

꼬집!

“아얏!”

“미안, 미안!”

“그러게 하지 말… 히익! 얘가 어디를…….”

수증기 자욱한 별실에선 두 여자의 실랑이가 계속될 것 같았다.

부현은 졸린 것을 억지로 참아가며 현무장의 운용법을 암송하고 있었다. 곁에 바람이 있으니 오늘 밤이야 안전하겠지만 만약 노숙이라도 하게 되는 날에는 벼락의 마수를 피해 나무로 기어올라 가서 자야 할 판이니 그에게 가장 절실한 것은 벼락을 이길 만한 무공이었다.

그런데 아무리 암송하고 또 해도 현무장의 이치를 깨달을 수가 없었다. 나연이 말해 준 방법은 몸속에 내재한 기운을 느낀 후에 일러준 경락의 순서에 따라 운용하라는 것이었는데 도대체 무슨 기운을 느끼라는 것이며 그 경락들이 어디에 있는 것인지 알 길이 없으니 백 번을 암송해도 소용없는 일이었다. 그러나 무엇보다도 심각한 문제는 부현이 이런 사실조차 모르고 있다는 점이었다. 그는 그저 나연이 해석해 준 내용을 계속 암송하면 현무장이 저절로 익혀질 것이라 생각하고 있었으니 말이다.

"젠장, 도대체 얼마나 외워야 장풍을 쏠 수 있는 거야?"

현무장의 운용 구결을 대여섯 번 암송해도 아무런 변화가 생기지 않자 부현은 짜증스럽게 투덜대며 침상에 벌렁 누웠다.

"숨어 있는 내공이 아무리 많으면 뭐 하냐고? 당장 말 하나 이기지 못해 도망 다녀야 하는 처지니 말이야."

부현이 계속 투덜거리자 한쪽에 조용히 앉아 명상을 하고 있던 바람이 눈을 뜨며 말했다.

"무공은 글자를 외운다고 되는 게 아니오."

"예?"

"지금은 무공 구결을 외우는 것보다 몸 안에 내재된 기운을 느끼는 것이 더욱 중요하오. 장공은 내공을 운용할 줄 안 뒤에야 펼칠 수 있는 것이니 말이오."

'그래, 바람 형님은 무공의 달인이라고 했지? 내가 왜 그걸 이제야 깨달았지? 나연 누나보다 바람 형님에게 부탁했으면 훨씬 더 일찍 배울 수 있었을 텐데 말이야.'

생각이 여기에 미친 부현은 바람에게 매달리다시피 달라붙어 애원

했다.

"형님, 나를 제자로 삼아줘요."

"그건……."

"제발……."

"안 되오."

"그러지 말고 다시 한 번만 생각해 봐요. 뭐든지 시키는 대로 다 할 게요."

"나도 아직 배우는 중이거늘 어떻게 제자를 삼겠소?"

"사람 하나 살리는 셈 치고 그렇게 해줘요."

"굳이 제자가 아니더라도 무공 입문은 도와줄 수 있으니 괜한 고집 피우지 말고 물러나시오."

"가르쳐 준다는 말 정말이에요?"

"물론이오."

"그럼 당장 시작해요."

부현은 가부좌를 틀고 앉으며 바람을 졸랐다. 이제 정식으로 무공에 입문하는 것이다.

같은 시각.

역리상의 방에서는 은밀한 신음 소리가 흘러나오고 있었다.

"하아, 하아……."

역리상은 뽀얀 하은의 나체 위에 축 늘어진 채 거친 숨결을 토해내고 있었다. 금방 일을 끝낸 듯 그의 몸은 온통 땀으로 젖어 있었는데 무엇 때문인지 그의 눈이 축축히 젖어 있었다.

'총각 딱지를 뗄 날이 이렇게 빨리 찾아올 줄이야…….'

아마도 감격의 눈물인 것 같았다.

"하은 낭자, 사랑하오!"

역리상은 감격에 젖어 하은을 꼭 끌어안았다.

─아이, 숨 막혀요.

하은은 예쁜 투정으로 역리상을 살짝 밀어내며 말을 이었다.

─밤이 아직 많이 남았는데 그러고만 있을 건가요?

"그 말은……."

하은은 자극적인 미소로 대답을 대신했다. 이럴 때는 머리보다 몸이 먼저 그 의미를 알아차리기 마련이다.

불끈!

역리상은 나른해졌던 몸에 다시 힘이 용솟음치는 것을 느꼈다.

"낭자……."

그가 또다시 하은의 몸을 탐닉하기 시작하자 그녀도 적극적인 행동으로 그를 받아들였다.

인간과 혼령, 결코 하나가 될 수 없는 관계이건만 방 안은 정사의 열기로 다시 뜨겁게 달아올랐다.

그렇게 차 한 잔 마실 시간이 흘렀을까? 역리상은 두 번째 쾌락을 맛보며 그녀의 어깨 너머로 고개를 파묻었다.

"흐으으으……."

몸 안의 기운이 온통 쏟아져 나가는 듯 첫 번째 경험과는 비교도 되지 않는 피로감이 몰려와 역리상은 깜빡 잠이 들 뻔하였다. 그런데,

─동이 트려면 아직 멀었는데 당신은 벌써 잠이 들려 하는군요.

하은이 슬픈 목소리로 속삭여 왔다.

"아, 아니오. 난 잠자려던 게 아니라……."

역리상이 번뜩 정신을 차리며 변명하려 하자 하은이 다시 말했다.

―그 말이 사실이라면 증거를 보여줘요.

"증거? 알았소."

대답하는 그의 목소리가 왠지 힘없이 느껴졌다. 하지만 하은이 부드러운 손가락으로 그의 몸을 살짝 더듬자 어디서 생겨났는지 역리상은 다시 힘이 솟구치는 것을 느꼈다.

"하은……."

이제 낭자라는 호칭도 생략한 채 역리상은 다시 그녀에게 몰입해 들어갔다.

그렇게 또 시간이 흘러 역리상은 마지막 과정을 거쳐야 했고 이번에는 더욱 심한 피로감이 전신을 엄습해 왔다.

'으흐흐흐… 이게 좋은 것인 줄만 알았더니 아주 사람 잡는 작업이구만. 아이구, 어지러워라.'

핑글핑글 도는 정신을 어떻게든 추스르기 위해 호흡을 고르고 있던 역리상은 뭔가 보드라운 감촉이 그곳에 전해지는 것을 느끼고는 화다닥 놀라 옆을 보았다. 하은이 묘한 미소를 지은 채 바라보고 있었다.

"또?"

울상 짓고 있는 표정과 달리 하은의 손길을 탄 그의 몸은 벌써 채비를 갖추고 있었다.

'그래, 좋아! 죽기 아니면 까무러치기지 뭐.'

역리상은 숭고한 작업(?)을 위해 무거운 몸을 다시 일으켜야 했다. 그 이후로도 쉬지 않고 계속된 봉사가 몇 회나 거듭되었을까?

역리상은 손가락도 움직이기 힘들 정도로 탈진하여 침상에 축 늘어지고 말았다.

‘이러다 죽는 거 아닌지 몰라…….’

정신이 아뜩아뜩해지고 귀에서는 이상한 소리가 울렸다.

‘이젠 여자고 뭐고 다 싫어. 제발이지, 그만 가줬으면…….’

역리상이 내심 이런 생각을 하고 있을 때였다. 그의 속마음을 읽기라도 한 듯 하은이 자리에서 일어났다.

“가시려오?”

퀭한 눈으로 묻는 역리상에 반해 하은은 혈색 좋은 얼굴로 대답했다.

―그러려고 해요.

‘이제 살았다!’

역리상은 너무 반가워 소리를 지를 뻔하였다.

―잊지 못할 밤이었어요, 도사님.

“하하, 조심해서 가시오.”

그야말로 피골이 상접한 몰골로 인사를 하는 역리상의 모습이 애처로워 보였다.

―그럼 내일 또 봐요.

“내일 또?”

역리상이 뜨악한 표정을 짓자 하은의 표정이 금방 샐쭉 토라졌다.

―왜요? 내가 오는 게 반갑지 않은가요?

“그건 아니지만… 계속 이러다간…….”

―정기가 벌써 다 고갈됐나요?

“정기 문제가 아니오. 누구라도 그 일을 열 번이나 하면…….”

―됐어요. 도사라서 뭔가 있나 했더니 순 엉터리군요? 겨우 하룻밤 지내고 손을 들다니… 당신 같은 약골은 나도 필요없어요. 그러니 앞

으로 다시는 부르지 말아요.

"하, 하은 낭자!"

매몰차게 쏘아붙이는 하은의 행동에 놀란 역리상이 다급히 불러보았지만 그녀는 대꾸도 하지 않고 몸을 돌렸다. 그런데 벽을 투과해 사라지는 하은의 엉덩이에 꼬리가 달려 있지 않겠는가? 그것도 아홉 개나 되는 여우 꼬리가…….

"저것은?!"

역리상이 놀라 눈을 휘둥그렇게 뜨고 있자니 벽으로 반쯤 스며들었던 하은이 뒤를 돌아보는데 얼굴마저 어느새 여우의 모습으로 변해가고 있었다.

—호호홋! 꼬리를 보고서야 내 정체를 알아차리다니, 당신은 정말 형편없는 도사로군. 어쨌든 고마웠어. 오랜만에 인간의 정기를 듬뿍 섭취할 수 있게 해줘서 말이야.

"이 요망한……!"

괘씸한 생각에 몸을 벌떡 일으키며 소리치던 역리상은 휘청하더니 침상에 도로 쓰러지고 말았다.

—호호호! 정기가 바닥났으니 한동안 요양해야 할걸? 대단하지는 않았지만 그래도 도력이 제법 되는 것 같았으니 며칠 푹 쉬고 나면 괜찮아질 거야. 그때 다시 부르라고. 그러면 득달같이 달려와서 정기를 섭취해 줄 테니까.

구미호 하은은 이렇게 약을 올리고는 벽을 통과해 사라져 버렸다.

방에 홀로 남게 된 역리상은 한동안 멍한 표정을 짓고 있더니 급기야 베개에 얼굴을 묻고 울기 시작했다.

"나는 정말 첫경험이었단 말야! 그런데 왜 하필이면 짐승이냔 말야!

으허헝! 스물두 해를 지켜온 순결을 짐승에게 강간당하다니……."

한참 울고 있던 역리상은 무서운 눈을 부릅뜨며 비급을 노려보았다.

"이 우라질 놈의 책, 제령신술이라고? 웃기지 말아라! 구미호 같은 요귀나 불러내는 책이 무슨 제령신술이야!"

분에 못 이긴 역리상은 하은을 불러낸 주문이 적힌 지면을 북 찢어냈다. 그것으로 성에 차지 않아 통째로 찢어버리려는데 커다랗게 쓰인 글자 하나가 눈에 들어왔다.

지(止).

그치란 얘기였다.

"이게 뭐야?"

궁금증이 일어 들여다보니 지면의 절반을 채우고 있는 지(止) 자 밑으로 작게 쓰여진 글자들이 보였다.

앞장을 넘겨서 이 글을 보는 것이라면 그대는 기본적으로 현명한 자이다. 하지만 화가 나서 앞장을 찢은 것이라면 어리석은 자이다.

"뭐라고? 내가 왜 어리석어?"

혼을 부르는 것은 이승과 저승의 서로 다른 세계를 연결시키는 일이다. 그런 만큼 위험성이 상존하며 세상을 혼란에 빠뜨릴 가능성이 있는 것, 한데 첫 장에 쓰여진 글만 보고 혼령을 불러냈으니 어찌 경박하다 하지 않을 수 있겠는가?

비급의 저자는 마치 역리상이 어떻게 생각할 것인지를 알고 있었던 듯 책망조로 쓰여 있었다.

앞장은 그대 같은 자를 위해 준비해 놓은 안배이다. 겁없이 혼령을 부르면 어떤 일이 벌어지는지 알려주기 위해서였다. 그대가 주술을 외웠을 때 나타난 것은 분명 원귀(願鬼)였을 것이다. 원한에 사무친 원귀(怨鬼)와 달리 원귀(願鬼)는 무엇인가 간절히 원하는 혼령들이다. 따라서 인간이 아닌 짐승령의 경우가 대부분이다. 또한 그 원귀(願鬼)들은 그대가 평상시에 가장 염원하던 것과 동일한 것을 원하는 요귀였을 것이다. 그대의 머리 속이 배고픔으로 가득 찼다면 아귀(餓鬼)가, 살심이 가득 찼다면 살귀(殺鬼)가, 색심으로 가득 찼다면 색귀(色鬼)가 나타났으리라.

결국 역리상이 고이 지켜오던 순결을 빼앗기게 된 것은 자업자득이란 얘기였다. 그것도 짐승, 인간 가리지 않는 색심으로 가득했었단 말이었으니…….

경고하노니, 혼령을 경솔히 불러내지 말라. 사적인 일로 그들을 불러낸다면 반드시 대가를 치르게 될 것이다.

"젠장, 그렇다면 배워도 아무 소용 없다는 얘기 아냐?"

하지만 합당한 이유가 있어 그들을 불러낸다면 제령신술의 영험함이 혼령들로 하여금 그대의 뜻에 기꺼이 따르게 해줄 것이다.

"어? 이러면 얘기가 또 달라지네?"

오래전에 쓰여진 글 몇 자로 살아 있는 자의 마음을 좌지우지하고 있는 제령신서였다.

역리상은 새로운 마음가짐으로 책장을 넘겼다. 그러자 각종 혼령을 부르는 방법과 그들을 부리는 방법 등에 대한 주술들이 주해와 함께 나타나기 시작했다.

"됐어! 이것만 배우면 되는 거야. 내가 여우에게 강간당한 것도 따지고 보면 부현이 녀석 때문이야. 내가 반드시 이 웬수를 갚아주마. 기다려라, 전부현!"

역리상이 굳게 다짐하며 비급을 읽어 내려가기 시작할 때였다.

─흐어어어어!

어디선가 원귀(冤鬼)의 호곡성이 들려왔다. 저절로 등골이 오싹해지고 머리칼이 곤두설 정도로 강한 영기가 느껴지는 호곡성이었다.

"대체 얼마나 큰 원한이 사무친 귀신이기에……."

역리상은 비칠거리는 몸을 어렵게 일으키며 창밖을 바라보았다.

9장 마을의 비밀

—흐… 어어어어…….

마치 땅속 깊은 곳에서 울려 나오는 듯 습기를 가득 머금은 그 울음 소리에 부현과 바람도 잠에서 깨어났다.

"이, 이게 무슨 소리죠?"

"어째 좋은 느낌이 들지는 않는군. 상당히 강한 기운이야."

바람은 혼잣말처럼 중얼거리며 탁자에 올려놓았던 검을 잡고 일어 섰다. 그러자 부현이 겁에 잔뜩 질려서 소리쳤다.

"어딜 가려고요?"

"무슨 일인지 알아봐야겠다."

저녁부터 밤 늦게까지 무공을 지도하며 친숙해진 까닭에 바람은 부 현에게 말을 편히 하였다.

"가, 같이 가요, 형님."

부현은 방에 혼자 남을 용기가 없었기에 부리나케 바람의 뒤를 쫓아 나갔다.

은강과 나연도 울음소리에 놀라 옷을 걸치고 복도에 나와 있었다.

"그 소리 들었어요?"

"응, 도대체 어디서 나는 소리지?"

부현과 나연이 얘기를 나누고 있으려니 울음소리가 다시 들려왔다.

―흐어어어어…….

"알 수 없는 괴음이 계속 들려오는데 주인은 왜 나와보지 않는지 이상하군."

바람이 의심스러운 표정을 지으며 주인 식구가 자고 있을 바깥채를 바라보았다. 등불이 꺼져 있고 조용한 것으로 보아 자고 있는 것 같았다.

"울음소리에서 느껴지는 기운이 심상치 않으니 내가 가서 알아보고 오겠소."

바람이 나가려 하자 은강이 화들짝 놀라며 말렸다.

"이상한 괴물이라도 나오면 어쩌려고 그래요? 그냥 여기에 있어요."

"요괴라면 없애 버리겠소."

"어딘지도 모르잖아요."

"울음소리를 따라가 보면 알 수 있을 것이오."

만류를 마다한 채 바람이 마당으로 나서자 객점 주인이 방문을 열고 뛰어나왔다.

"무사님이 가서서 해결될 일이 아니니 가지 마십시오. 잘못 건드렸다간 무사님은 물론 마을 사람들까지 더욱 큰 화를 입게 될 겁니다요."

뭔가 알고 있는 듯한 주인의 말에 바람은 걸음을 멈추었다.

“무슨 일인지 자세히 말해 보시오.”

외지인에게 밝히기 쉽지 않은 일인 듯 주인은 한동안 망설이다가 어쩔 수 없다는 표정으로 입을 열었다.

“저 호곡성은 요괴가 아니라 원혼이 내는 것입니다요. 그러니 도력이 높은 도사라면 모를까 무사님의 칼로는 해결할 수가 없는 일입지요.”

두 사람의 대화에 호기심이 생긴 나머지 일행도 밖으로 달려나왔다.

“그런데 마을 사람들이 화를 입는다는 것은 무슨 말이오?”

바람이 다시 물었다.

“원혼이라는 말 그대로 저희 마을에 원한을 품고 있는 혼령입니다요. 그는 21살 먹은 청년이었는데 십 년 전 억울하게 죽었습죠. 그래서 이맘 때만 되면 나타나서 비슷한 또래의 청년들을 불러가지요.”

“그럼 오늘 밤에 이 마을 청년들이 죽게 될 것이란 말이오?”

“해마다 당할 수는 없는 일이라 몇 년 전부터는 청년들을 멀리 도피시키고 있습지요. 원혼이 출현하는 한 달 정도만 피해있으면 괜찮으니까요. 혹시 무사님도 그 또래라면 조심하셔야 합니다. 원혼이 무사님을 이 마을 사람으로 오해할지도 모를 일이니 말입니다.”

“내 걱정은 마시오. 그보다 무슨 원한을 쌓았기에 이런 일이 벌어지는 것인지 말해 줄 수 있소?”

“휴우~”

주인이 한숨만 내쉴 뿐 대답을 않자 바람이 다시 말했다. 그때 일행 뒤에서 다 죽어가는 목소리가 흘러나왔다.

“도사라면… 여기 있으니… 말해 보시오.”

역리상이었다. 피골이 상접한 그의 몰골을 본 일행은 까무러칠 듯 놀랐다.

"히익! 저게 누구래?"

"엄마야!"

"무슨 일이오, 역 형!"

저마다 한마디씩 내뱉는 일행을 보며 역리상은 억지웃음을 지어 보였다.

"구미호의 혼령과 싸우느라……."

차마 짐승의 혼령과 그 짓을 하느라 그랬다고 말할 수는 없었기에 역리상은 거짓말을 할 수밖에 없었다.

"힘이 좀 들기는 했지만 혼쭐을 내주었으니 다시는 나타나지 않을 것이오."

역리상의 말대로 싸움이 벌어졌다면 맞은편 방에 묵고 있던 자신들이 어째서 아무런 소리도 듣지 못했는지 일행은 의문이 생겼지만 아무것도 모르는 객점 주인은 탄성을 터뜨렸다.

"구미호의 혼과 대적하셨다굽쇼?"

구미호는 민간에 회자되는 요괴 중에서가 매우 강한 존재로 알려져 있다. 그런 요괴와 밤새 싸웠다니 어찌 놀랍지 않겠는가?

"아이고, 이놈이 눈이 어두워 도력 높으신 도사님을 알아뵙지 못했습니다요."

반색하는 주인을 보기가 민망했던지 역리상은 손을 내저었다.

"별일 아니었습니다. 그러니 원혼에 대해서나 얘기해 보세요."

역리상에 대한 믿음 때문인지 객점 주인은 드디어 입을 열기 시작했다.

"십 년 전 일입니다."

객점 주인은 회한 어린 눈으로 밤하늘을 바라보며 마을의 비밀을 털어놓기 시작했다.

당시 마을에는 외지에서 이주해 온 젊은 부부가 살고 있었다. 여자는 연소희(延少喜)라 했고 사내는 아륵(牙艻)이라 했다. 연소희는 고구려인이었으나 사내는 수천 리 떨어진 대륙의 서쪽 고산 지대 출신이었다.

연소희는 미모가 빼어나 인근 백 리 안에는 따를 미인이 없다고 할 정도였고 아륵은 무예가 출중하여 인근에서 최고 가는 사냥꾼으로 이름을 날렸다. 아륵은 한 달에 세 번 정도 사냥을 나갔는데 짐승을 많이 잡아올 때면 제 식구 먹을 것을 제한 나머지를 골고루 나눠 주어 마을 주민들의 칭송이 자자하였다.

그렇게 세월이 흘러 아륵 부부에게 아기까지 하나 생기자 그들은 세상에 부러울 것이 하나도 없는 것처럼 보였다. 그런데 행복이 지나치면 하늘이 시기하는 법이던가? 아기가 세 살 나던 해에 커다란 불행이 그들을 방문하였다.

아륵이 사냥을 나간 사이에 흉한이 들이닥쳐 연소희를 겁간하고 그도 모자라 어린 아기와 그녀를 난도질해 죽이고 말았던 것이다.

얘기를 듣고 있던 은강이 분노한 표정으로 물었다.

"마을 청년들이 저지른 짓이었나요?"

"무슨 천벌받을 소리를……."

객점 주인은 그런 일은 생각조차 하기 싫다는 듯 몸을 부르르 떨었다.

"만약 마을 청년이 벌인 일이었다면 이 마을 주민들은 아륵의 원혼에게 벌써 다 죽었을 겁니다."

"이상하군요. 흉수가 따로 있다면 아륵이 왜 여러분들을 괴롭히지요?"

"그럴 만한 사연이 있지요."

　주인의 얼굴에 그늘이 드리우자 은강은 짐작이 간다는 듯 싸늘한 표정을 지으며 대꾸했다.

　"연 부인이 당하는 것을 뻔히 알고 있으면서도 아무도 돕지 않았군요?"

　주인은 참담한 표정으로 고개를 주억거렸다.

　"그렇습죠."

　"흥! 그러면서 왜 우리의 도움을 요청하는 거지요? 어려움에 처한 사람을 돕지 않은 자들은 도움받을 자격도 없어요."

　은강이 차갑게 잘라 말하자 주인은 고개를 조아리며 변명하였다.

　"우리의 잘못은 잘 알고 있습니다요. 하지만 그때 들이닥쳤던 자들은 무림을 좌지우지하는 무림세가의 소공자와 그 수하들이었습지요. 그러니 농사꾼들이 무슨 재주로 막겠습니까? 괜히 나서봐야 죽음만 자초할 뿐이지요."

　듣고 보니 그럴 만도 하였다. 물론 그 말로 그들의 죄가 용서되는 것은 아니었지만 상대가 무림세가의 망나니 자제였다니 어쩌겠는가?

　"그 사실을 아륵은 모르고 있나요?"

　"원혼으로 나타날 정도인데 모르겠습니까? 저희의 힘으로 막을 수 없는 무림의 고수들이었다고 설명해 주었지요."

　"그런데도 주민을 괴롭혀요?"

　"그 얘기를 하자면 또 깁니다요. 그들이 물러간 이후 저희들은 연 부인과 아기의 시신을 수습하여 아륵이 돌아오기를 기다렸지요. 아륵은 이틀이나 지난 후에 나타났는데 가족의 시신을 대하고는 거의 실성하다시피 사흘 밤낮을 울부짖었지요. 그 울음이 얼마나 애절하던지 마을 사람들도 사흘간 잠 한숨 못 잤을 정도였습니다요."

"울다 지쳐서 죽었나요?"

"아닙니다요. 사흘째 되던 날 아륵의 울음이 멈추어 주민들이 가보니 그의 집에 불길이 치솟고 있었습지요. 아륵이 불을 놓은 것이었습니다. 아내와 아기의 시신을 그 안에 두고 말입니다. 그리고 그는 커다란 도끼를 손에 쥔 채 타 오르는 집을 바라보고 있더군요."

"복수하러 가려는 것이었군요. 자신마저 죽으면 무덤을 돌볼 사람이 없으니 가족을 집과 함께 화장하고 말이에요."

"그렇습니다요. 하지만 아륵은 복수의 대상이 누구인지조차 모르고 있었기에 우리에게 흉수에 대해 물었습죠. 그런데 저희는 대답을 해주지 못했습니다요."

감정을 억제하고 있는 듯 주인의 볼 근육이 씰룩거리며 경련하고 있었다.

"그날의 일을 발설하면 마을 사람을 몰살시켜 버리겠다는 흉수의 협박이 두려워 그랬던 것입니다요. 아륵에게는 한없이 미안한 일이었지만 마을이 살기 위해서는 어쩔 수 없는 일이었습지요."

"사람이 그렇게 처참하게 죽어 나갔는데 관에서는 나와보지도 않던가요?"

"연 부인이 죽은 다음날 바로 나왔었지요. 하지만 마을 주민 누구도 흉수에 관해 말하지 않은 데다가 무림세가 쪽에서 손을 써두었는지 관원들도 형식적인 조사만 한 뒤에 바로 가버렸습니다요."

"그러니까 평생 착하게만 살아온 사람이 억울한 죽임을 당했는데 마을 주민과 관이 합세해서 덮어준 꼴이 돼버렸단 말이군요."

"그저 우리들이 죽일 인간입지요. 그렇게 착한 사람들을……."

"그런데 아륵은 왜 죽었지요? 자살이라도 했나요?"

"아닙니다요. 아륵이 흉수를 찾기 위해 이리저리 수소문하고 다닌다는 소식을 들은 무림세가에서 제거한 것이지요."

"어떻게 죽였지요?"

"독을 썼습니다요."

"무림세가에서 독을?"

"아륵의 무예가 상당했기에 그와 정면으로 부딪치면 소문이 크게 날까 봐 취한 조치였을 겁니다요."

"무림세가라는 놈들이 연약한 여인을 유린하고 백성을 위협해 입막음한 것으로도 모자라 독까지 쓰다니… 끝없이 치졸한 작자들이로군."

은강은 단단히 화가 난 표정으로 물었다.

"놈들의 정체가 뭐죠?"

"그, 그것은……."

주인이 망설이자 은강의 아미가 날카롭게 치켜 올라갔다.

"아직도 얘기 못하겠다는 건가요?"

"용서하십시오. 온 마을 주민의 생사가 걸린 일입니다요."

"흥! 나는 겁쟁이들의 생명에는 관심없어요. 억울하게 죽은 아륵의 원혼을 달래주고 싶을 뿐이에요. 만약 당신들이 말해 주지 않으면 우리가 알아볼 테니 그리 아세요."

은강이 강경하게 나가자 주민들의 안색이 대번에 창백하게 가라앉았다.

"제가 말한 사실을 그들이 알면 저뿐 아니라 마을 주민 전체가 죽습니다요."

"그들만 두렵고 우리는 두렵지 않은 모양이지요?"

"그런 것이 아니고……."

차마 항변을 못하고 난감해하는 주민들이 안쓰러웠던지 바람이 대신 나서주었다.

"이들을 나무랄 일이 아닙니다."

"내가 이 사람들한테 뭐라고 했나요? 억울하게 죽은 원혼의 복수를 대신 해주려는 것뿐이에요."

은강이 조금도 누그러질 기미를 보이지 않자 이번에는 부현이 나섰다.

"그게 그 말이잖아. 괜히 들쑤시고 다녔다가 마을 사람들이 몰살당하면 네가 책임질 거야?"

"내가 왜 책임을 져? 그거야 이 사람들 사정이지."

"너는 세상 무서운 줄 모르고 자라서 겁나는 게 없겠지만 나는 아냐. 이 사람들 심정을 이해할 수 있다고."

"나도 무서운 건 알아. 하지만 그렇게 치사하게 사느니 차라리 죽는 쪽을 택하겠어."

"그래, 너 훌륭하다. 정의의 여전사가 나섰어."

부현이 더 이상 대꾸할 가치도 없다는 듯 고개를 돌려 버리자 바람이 다시 입을 열었다.

"죽음 앞에 서보지 않고는 쉽게 말할 수 없는 일입니다."

"흥! 누가 뭐래도 내 생각에는 변함이 없어요."

"이곳 주민들도 그 일이 옳지 않았다는 것은 잘 알고 있었을 겁니다. 하지만 이들에게는 정의를 바로 세우는 것보다 더욱 시급한 일이 있었을 겁니다."

"정의보다 더 시급한 게 뭐지요?"

"가족의 안전이었겠지요. 만약 주민들이 놈들의 요구를 묵살했다면 어떤 일이 벌어졌을지 모르는 일입니다.”

“생각해 보니 그렇군요. 놈들은 아기도 봐주지 않는 냉혈한이라고 했으니.”

온 마을이 불타오르고 여자와 아이까지 도륙당하는 장면이 머리에 그려지자 은강은 몸을 부르르 떨었다.

“이 나쁜 자식들, 어떤 놈들인지 찾아내서 싹 쓸어버리라고 오라버니께 말씀드려야겠어요!”

은강이 당당하게 소리치자 바람이 재빨리 전음으로 알려왔다.

“공주님, 신분을 함부로 밝히는 것은 좋지 않습니다.”

“왜요?”

바람은 여전히 전음으로 대답했다.

“이 정도 일도 스스로 처리하지 못한다면 우리가 앞으로 무엇을 할 수 있겠습니까? 그리고 강호는 생각보다 험한 곳입니다. 공주님의 신분이 알려지면 이를 이용하려는 아첨꾼이 몰려들 것은 뻔한 일이고 공주님을 억압하여 큰 이득을 챙기려는 흉도(凶徒)가 출현할지도 모를 일입니다.”

“설마 그런 일이…….”

“거듭 말씀드리지만 강호는 만만치 않습니다. 눈만 돌리면 호위 무사가 있는 궁궐과는 다른 곳이란 사실을 명심해야 합니다.”

다른 사람이라면 몰라도 허튼소리 할 줄 모르는 바람의 입에서 이런 말이 흘러나오자 은강은 괜히 오싹해지는 느낌이 들었다.

'맞아. 오래전에 궁중 이야기꾼에게 들은 기억이 있어. 무림에는 별 이상한 사람들이 다 있다고. 두더지처럼 땅을 파고 다니는 놈, 썩은 시체의 독으로 수련해서 송장같이 변한 놈, 심지어는 산 사람의 심장을 꺼내 먹는 놈들도 있다고 했지. 그런 놈들이 나를 인질로 잡고 오라버

니를 협박한다면……'

생각만 해도 끔찍했다.

"제 생각이 짧았네요. 그런데 이젠 어떻게 하지요?"

"원혼을 만나보는 게 순서일 것 같소."

바람은 객점 주인에게 시선을 돌렸다.

"어떻게 하면 만날 수 있소?"

"마을 북쪽 입구에 가면 말라죽은 고목이 한 그루 있을 겁니다요. 원래는 이 마을의 성황나무였는데 독에 당한 아륵이 죽기 직전에 저주의 말과 함께 도끼를 박아넣은 이후로 말라죽고 말았습죠. 마을 청년들이 그 도끼를 뽑아버리려고 여러 차례 시도해 보았지만 도끼를 뽑기는커녕 도끼에 손을 댔던 청년들만 시름시름 앓다가 죽고 말았습니다요."

이런 말을 하는 것조차 두려운 듯 주인의 눈동자는 심하게 흔들리고 있었다.

"알겠소. 우리가 가볼 테니 주인장은 방에 들어가서 나오지 마시오."

"꼭 가야 돼요?"

부현은 겁에 잔뜩 질린 표정이었지만 바람의 의지는 확고했다.

"겁나거든 너는 여기 남아 있거라. 역 형과 둘이 가보겠다."

"나도 따라갈래요."

은강이었다.

"말리지는 않겠소. 하지만 뒤늦게 후회해도 소용없으니 신중히 생각하시오."

"걱정 말아요. 내가 이래 뵈도 담 하나는 쓸 만하니까요."

"저도 가겠어요."

이번엔 나연이었다. 여자들까지 간다고 하니 사나이 체면에 부현이 빠질 수는 없는 노릇이었다. 혼자 남는 것도 무서웠고.

"나, 나도 가지 뭐."

일행은 곧 바로 객점을 나섰다.

―흐어어어…….

시간이 흐를수록 아륵의 호곡성은 점점 더 구슬퍼지는 것 같았다.

'젠장, 오줌 마려워 죽겠네. 이럴 줄 알았으면 객점에 그냥 남을걸. 그놈의 자존심이 뭔지…….'

부현의 입술이 바짝바짝 타 들어가고 있을 때였다.

"저것이 성황나무인 모양이군."

앞서 가던 바람의 말소리에 언뜻 고개를 들던 부현은 성황나무를 발견한 순간 그 자리에서 바짝 굳어버리고 말았다.

휘이잉~

찬바람이 등줄기를 훑고 지나는 느낌이었다.

교교한 달빛 아래 구불구불한 가지를 드리우고 있는 성황나무는 누구든 다가오기만 하면 휘감아 버리겠다는 듯 음산한 분위기로 일행을 바라보고 있었다.

'공포 영화에 나오는 고목나무보다 백 배는 더 무섭게 생겼네. 우라질 인간들, 마을에 저런 나무는 왜 심어놓냐고. 그러니까 귀신들이 설쳐 대지.'

부현이 멈추어 서 잠시 굳어 있는 동안 일행은 벌써 성황나무 근처에 다다라 있었다.

'저 치사한 인간들이 나만 놔두고…….'

부현은 떨어지지 않는 발걸음을 억지로 놀려 부지런히 따라갔다.

먼저 도착한 바람과 은강은 성황나무 중간에 박혀 있는 도끼를 살피는 중이었다. 얼마나 세게 찍었는지 도끼는 자루만 남긴 채 나무에 깊숙이 박혀 있었다. 그런데 놀라운 일은 오랜 세월이 흘렀음에도 불구하고 도끼가 전혀 녹슬지 않았다는 점이었다. 또한 자루는 방금 쓰던 것처럼 손때가 반질반질해서 10년 전에 박아둔 도끼라고는 도저히 믿기 어려웠다.

"한이 사무치면 사물에도 영향을 미친다고 하더니 그 말이 사실인 모양이군."

바람은 혼잣말처럼 중얼거리며 도끼 자루를 움켜쥐었다. 그러자 강렬한 기운이 손을 통해 전해왔다. 마치 손을 떼라는 경고 같았다. 그러나 바람은 미동도 않은 채 도끼 자루를 움켜쥐고 있었다. 뿐만 아니라 은근히 내공을 일으켜 도끼를 뽑아내려 하고 있었다. 그러자 도끼와 함께 고목이 웅웅거리는 울음을 토해냈다. 내공을 좀 더 끌어올리면 도끼 자루를 뽑아내는 것은 문제가 아닐 것 같았지만 강제로 그러는 것이 좋지 않게 느껴졌기에 바람은 도끼 자루를 놓으며 역리상에게 물었다.

"아륵의 원혼을 불러낼 수 있겠소?"

이런 일이 생길 줄 알고 비급에서 강령(降靈) 주문을 미리 외워둔 역리상은 우쭐한 표정으로 고개를 끄덕였다.

"그 정도야 기본이지요."

"그럼 부탁하겠소."

바람이 뒤로 한 걸음 물러서자 역리상은 곧 강령 주문을 암송하기 시작했다. 주문이 계속되자 잠잠하던 대기가 갑자기 요동 치기 시작하며 성황나무 주변에서 회오리를 일으켰다.

휘우우웅!

사람이 날아갈 정도는 아니었지만 흙먼지를 자욱하게 피워 올리기에는 충분한 회오리였다.

"분위기가 왜 이렇게 스산해지는 거야?"

부현이 불안한 어조로 중얼거리고 있을 때였다.

―누가 나를 부르느냐?

방향을 종잡을 수 없는 허공에서 눅눅한 음성이 흘러나왔다.

"우리는 이 마을을 지나가던 나그네요. 한데 그대의 억울한 사정을 전해 듣고 혹시 도움이 될까 해서 찾아왔소."

바람이 대답하자 사방에서 갑자기 웃음소리가 터져 나왔다.

―하하하! 하하하하! 나를 돕겠다고? 인간인 너희들이 나를 돕겠다고?

불신 가득한 음성이었다. 하지만 바람은 포기하지 않고 다시 설득했다.

"마을 청년 몇 명 죽인다고 해결될 일이 아니오. 그대의 억울함을 풀어버릴 수 있도록 우리가 도울 테니 주민들에 대한 노여움을 거두어주시오."

―나는 아륵, 고산족의 전사다. 도움도 필요없으며 간섭은 더 더욱 원치 않는다. 그대들은 마을을 떠나라. 나는 마을 주민을 몰살하는 한이 있더라도 내 가족을 해친 원수를 밝혀내 복수하고 말 것이다.

"주민들은 후환이 두려워 입을 다물고 있을 뿐이오. 만약 그대가 주민을 해치지 않겠다고 약속만 해준다면 우리가 그 흉수를 알아내서 반드시 처단해 주겠소."

생각을 하고 있는 듯 허공에서 들려오던 목소리가 잠시 멈추었다. 그리고 회오리가 가라앉더니 거무스름한 물체가 성황나무 앞에 모습을 드러냈다. 처음에 그것은 단지 검은 안개덩어리 같은 형상이었지만 곧 사람의 형태를 만들어갔다. 우람한 체구에 굵은 얼굴 선을 가진 청년의 모습이었는데 등에 활을 메고 한 손에는 도끼를 쥔 전형적인 전사의 모습이었다. 물론 도끼와 활은 그의 형상처럼 눈에 보이기는 하되 인간이 만질 수는 없는 영적인 물건이었다.

─그대에게 그럴 만한 능력이 있는가?

바람을 직시하며 묻는 아륵의 눈에서는 혼령이라 하기 힘들 정도로 강렬한 안광이 쏘아져 나왔다. 바람도 그의 눈을 직시하며 대답했다.

"어떻게 증명하면 되겠소?"

─나를 이겨보라. 그러면 그대의 뜻에 따르겠다.

"좋소. 오랜만에 좋은 상대를 만난 것 같으니 그대와 한번 어우러져 보겠소."

─내 도끼가 쇠로 만들어지진 않았으나 맞으면 죽을 수도 있으니 조심하도록.

"내 검도 간혹 혼령을 벨 때가 있으니 조심하시오."

─좋은 싸움이 되길 빌겠다.

"동감이오."

대화는 여기까지였다. 바람이 검을 뽑아 들자 아륵도 도끼를 치켜들어 싸울 준비를 하였다. 회오리가 가라앉은 이후 주변은 고요하였지만 아륵과 바람이 대치하고 있는 공간은 눈에 보이지 않는 힘의 소용돌이로 요동 치고 있었다. 두드리는 북에 얹혀진 좁쌀처럼 흙 알갱이가 튀어오르고 이름 모를 잡초들은 먼지처럼 부서져 흩어졌다.

부현과 나연은 물론이고 은강과 역리상조차도 이런 광경은 처음이었다.

"멀찍이 물러나는 게 좋겠소."

역리상의 말에 따라 일행이 멀리 물러나자 아륵과 바람은 드디어 부딪쳐 가기 시작했다. 아륵은 커다란 도끼로, 바람은 날카로운 검으로.

콰— 우우우우!

아륵의 무기가 실물이 아니기 때문일까? 병장기가 부딪치고 있건만 울려 나오는 소리는 거센 바람 소리 같았다.

수십 차례의 격돌이 눈 깜짝할 사이에 이루어지는 그들의 싸움은 치열함보다 웅장함으로 채색되었다.

혜성처럼 긴 꼬리를 늘인 채 바람의 머리를 넘나들며 공격하는 아륵의 모습은 마치 흑룡(黑龍)이 춤을 추는 듯했고 그 사이를 누비는 바람의 모습은 먹구름을 가로지르는 뇌전(雷電) 같았다.

그러나 그들의 움직임이 너무 빨라 일행은 자세한 상황을 볼 수 없었다. 어렴풋한 흑룡의 형상과 가끔 번쩍이는 뇌전이 보일 다름이었다.

"어떻게 돌아가고 있는 거야? 바람 형님이 이기고 있는 건가?"

부현이 답답한 듯 중얼거리자 은강이 대답했다.

"끝나봐야 알겠어. 공수가 어떻게 이루어지는지 전혀 보이지 않으니까."

"바람 형님이 지면 어떻게 하지?"

"재수없는 소리 좀 하지 마!"

은강이 바락 소리를 지르는 순간이었다.

카르르르릉!

쩌저저저적!

용의 포효성과 뇌전의 작렬음이 동시에 울려 나오며 사방이 환하게 밝아졌다.

슈아아아악!

환한 가운데 더욱 강렬한 빛이 한줄기 일어 아륵을 베어가고 있었다. 그것은 바람의 검이었다. 뇌전을 담고 있는 그 검은 섬전과도 같이 아륵의 몸을 양단해 버렸다.

파아앗!

검이 가르고 지나는 순간 아륵의 몸은 형상을 잃으며 흩어져 버리고 말았다.

너무나 갑작스러운 변화였기에 일행은 입도 뻥긋 못한 채 바라만 보고 있더니 잠시 후에 일제히 환호성을 울렸다.

"바람 형님이 이겼다!"

"훌륭한 솜씨였어요, 바람!"

저마다 한마디씩 하였지만 정작 당사자인 바람은 묵묵히 앞을 바라보고 있을 뿐이었다. 그의 시선이 닿는 곳에는 흩어졌던 검은 기운이 다시 모여들고 있었다.

"끝난 게 아니었나?"

일행의 얼굴에 근심의 빛이 드리울 즈음 다시 사람의 형상으로 돌아온 아륵이 느릿하게 입을 열었다.

─싸움은 끝났다, 고구려의 전사여! 그대는 바람이라는 이름을 가졌는가?

"그렇소."

─훌륭한 검법이었다. 내게 육신이 있었다면 영락없이 죽었을 것, 싸움에 졌으니 그대의 뜻에 따르겠다.

"고맙소."

─한데 무슨 방법으로 나의 원한을 풀어주려는가?

"아직은 생각해 둔 방법이 없소."

─분명히 말하지만 그대가 내 대신 원한을 풀어주지 못한다면 나는
마을 주민을 다시 괴롭히게 될 것이다. 그때 가서 나를 원망하지 말라.

아륵의 주장에 틀린 점이 없었기에 바람은 뭐라 답할 말이 없었다.
어떻게 하면 마을 주민들에게서 흉수의 이름을 알아낼 수 있을지 답답
한 마음뿐이었다. 그때였다. 마을 어귀에서 어스름한 사람 그림자가
나타나더니 조심스럽게 다가왔다.

"흉수를 알려 드리면 정말로 마을에 피해가 돌아오지 않도록 처리하
실 수 있겠습니까?"

어둠 속에서 나타난 사람은 바로 객점의 주인이었다. 그의 존재를
일찌감치 눈치 채고 있었던 듯 바람은 별로 놀라지 않는 표정으로 고
개를 끄덕였다.

"절대로 피해가 없도록 하겠소."

─누가 겁없이 어른거리나 했더니 객점 주인 장씨로군.

아륵이 분노 어린 눈빛으로 쏘아보자 객점 주인 장씨는 차마 눈빛을
마주치지 못한 채 작은 목소리로 중얼거렸다.

"미안하네, 아륵. 정말 미안해. 자네의 억울한 사정은 우리도 잘 알
지만 살아남기 위해선 어쩔 수 없었다네. 흉수의 정체를 알게 되면 자
네도 이해하게 될 걸세."

─그게 누군가?

"그건……."

장씨는 아직도 조심스러운 듯 바람의 눈치를 살피며 머뭇거렸다.

"아륵은 약속을 했으니 흉수를 알게 되더라도 가볍게 처신하지 않을
것이오. 그러니 어서 말해 보시오, 주인장."

"이 약속은 정말 지켜져야 합니다요. 마을 사람들과 상의도 없이 이

곳에 왔는데 만약 마을에 화가 미친다면 저는 씻을 수 없는 죄인이 됩니다요."

"주인장의 뜻은 충분히 알겠소. 그러니 어서 말씀해 보시오."

"흉수는 바로… 사상문(四上門)의 소공자 좌명학(左鳴鶴)입니다요."

"사상문이라면?"

좀처럼 놀라는 일이 없던 바람의 눈에 긴장의 빛이 역력히 드러났다. 놀라기는 역리상도 마찬가지였다. 나머지 일행은 무림에 관해 아는 게 없으니 모르겠지만 무림에 적을 두고 있는 이들 두 사람은 사상문에 대해 너무도 잘 알고 있기 때문이다.

사상문은 고구려 건국의 핵심인 오나부(五那部) 중 대대로 왕비를 배출해 온 연나부(椽那部)의 후손들이 세운 문파였다.

중천왕(中川王:248~270년) 시절부터 시작된 나부 해체 작업에 의해 오나부는 이미 원형을 잃어버렸지만 그들의 힘만큼은 아직도 막강했다.

그 한 예가 바로 사상문이었다. 그들은 연나부를 구성하던 여러 가문 중 명림(明臨), 우(于), 어(菸), 좌(左)씨 등 네 가문이 연합하여 만든 무림 방파로 고구려 무림을 대표하는 다섯 문파 중 한자리를 당당히 차지하고 있었다. 문도의 수만 해도 천 명이 넘으며 그중 상당수가 국가 요직에 포진하고 있으니 정치적 힘까지 고려한다면 무림에서 가장 강력한 집단이라 할 수도 있었다.

"음… 간단한 상대는 아니군."

바람의 표정이 어두워지자 아륵이 물었다.

─그대의 힘으로 역부족인 자인가?

"쉽지 않은 것은 사실이나 불가능하지는 않소. 나는 사상문과 싸우려는 것이 아니라 죄를 지은 좌명학에게 죗값을 물으려는 것뿐이니 말이오."

─좋다. 나는 그대를 믿고 맡겨두겠다. 대신 한 가지 부탁이 있다.

"말씀하시오."

─이 나무에 꽂혀 있는 도끼를 뽑아내 고향에 묻어줄 수 있겠는가?

"고향이라면 서쪽의 고원 지대를 말함이오?"

─그렇다.

"마침 우리의 행선지가 그 방향이니 그렇게 하겠소. 자세한 위치를 알려주시오."

─장안에서 서쪽으로 스무 날을 걸어가면 삼천이백 개의 봉우리가 다섯 마리의 용처럼 굽이치는 산지(山地)가 나올 것이다. 그 중심에 있는 파란나비호수[青蝶湖] 부근이 우리 부족의 마을이다.

"파란나비호수라… 이름만 들어도 왠지 평화로운 느낌이 드는 곳이오."

─그 부근에 이르면 내 이름을 크게 부르라. 부족민들이 그대를 맞을 것이다.

"이름을 부르라는 것은 마을을 찾기가 힘들다는 뜻이오?"

─우리 부족은 그곳에서 한 가지 비밀을 지키며 오랫동안 고립되어 살아왔기에 마을은 진으로 보호되고 있다.

"그 비밀이 무엇인지 알 수 있겠소?"

상대의 비밀을 굳이 알려고 하는 것은 평소의 바람답지 않은 행동이었지만 왠지 묻고 싶었다.

아륵은 잠시 고민하는 듯하더니 바람만 알아들을 수 있는 언어로 말을 하기 시작했다. 그것은 바람이 쓰는 전음과는 또 다른 방법이었다. 머리 속으로 아륵의 생각이 직접 전달되고 있었으니 말이다.

—그것은 성스러운 북이다. 전해오는 말에 의하면 하늘님이 내려주신 성고(聖鼓)라고 한다.

"성스러운 북이라면……."

바람은 자기도 모르는 사이 이렇게 중얼거렸다. 그러자 아륵이 다급히 말을 잘랐다. 물론 생각으로 전해지는 그 방법을 이용해서.

—그대 혼자만 알고 있어야 한다.

바람은 자신도 생각을 전할 수 있는지 알아보기 위해 아륵을 바라보며 할 말을 머리로 떠올려 보았다.

'우리는 고구려 대왕 폐하의 명을 받들어 배달족의 신물인 천부인을 찾으러 가는 중이오. 그중의 하나가 북인데 혹시 그대의 부족이 지키고 있는 성고가 천부인이 아닌가 하는 생각이 들었소.'

이 생각은 성공적으로 아륵에게 전달된 것 같았다.

—그것이 천부인 중 하나인지 아닌지는 나도 알 수가 없다. 그러나 한 가지 분명한 것은 후대에 성고를 찾는 후손들이 있을 것이며 그들이 자격을 갖추었으면 성고를 내어주게 되어 있다는 사실이다.

'자격이란 무엇을 말함이오?'

—그것은 나도 알 수 없다. 오직 족장만이 알 뿐이다.

'음……'

바람은 깊은 생각에 잠겨들었다. 생각보다 쉽게 열쇠 하나를 얻은 셈이었다. 그것이 확실한 열쇠인지는 아직 알 수 없지만.

아륵으로 하여금 마을 주민을 괴롭히지 않겠다는 약속을 받아낸 일행은 며칠 묵어가라는 마을 사람들의 권유를 마다한 채 동이 트자마자 길을 떠나왔다. 물론 부현과 역리상은 마을 사람들에게 융숭한 대접을

받고 싶은 생각에 며칠 쉬어가자고 제안했지만 하루라도 빨리 사부를
찾으려는 바람이 서두르는 바람에 그럴 수 없었던 것이다.

길을 재촉한 일행은 점심때쯤 각사곡(覺賜谷:곡은 고구려 지방 행정 구
역의 하나로 성과 유사한 단위로 보이며 대략 10여 개의 촌으로 구성되었다)에
도착할 수 있었다.

각사곡은 인근에서도 제법 큰 규모를 지닌 지역이어서 그 중심이 되
는 성화촌(盛花村)에는 상가들이 잘 발달되어 있었다. 곡물을 취급하는
상점이나 사냥해 온 짐승을 파는 푸줏간부터 시작해서 의복이나 신발,
혹은 각종 잡화를 파는 곳까지 다양한 상점이 있었지만 지금 일행에게
필요한 곳은 허기를 달래줄 음식점이었다.

거리를 잠시 둘러보던 일행은 여러 개의 음식점 중에서 가장 규모가 크
고 깔끔해 보이는 음식점을 골라 들어갔다. 일월주반(日月酒飯)이란 편액
이 걸린 곳이었는데 여행객들에게 제법 알려진 곳인 듯 손님이 꽤 많았다.

마침 창가에 앉아 있던 한 무리의 손님이 일어섰기에 일행은 그곳에
자리 잡은 뒤 간단한 음식을 주문했다. 그리고 음식이 나오기를 기다
리는 동안 은강은 자신의 어깨를 주무르며 여행에 지친 몸을 달래주었
고 바람은 창밖으로 마을 풍경을 내다보고 있었다.

반면에 나머지 세 사람은 각자의 필요에 따라 열심히 공부하고 있는
모습이었다. 부현은 나연이 해석해 주고 바람이 일러주었던 사신투영
장을 확실하게 배우기 위해 열심히 암송하는 중이었고 나연은 폭풍권
비급을 부지런히 읽는 중이었다. 이들 둘은 지난밤 아륵과 대결하던
바람의 신위에 자극을 받아 하루빨리 고수가 되려는 열망으로 불타오
르고 있었다.

그런데 역리상은 이상하게도 사람들의 눈치를 힐끔힐끔 보아가며

탁자 밑에 비급을 숨긴 채 읽어 내려가고 있었다.

'오늘 밤에는 무슨 일이 있어도 부현이 놈을 혼내주고 말 테다. 아주 무시무시한 혼령을 불러내서…….'

이런 생각을 가지고 있으니 비급을 내놓고 읽지 못하는 게 당연했다. 귀신 부리는 비급을 공부하고 있다는 사실이 알려지면 마음대로 써먹을 수 없을 테니까.

어쨌든 이들은 때 아닌 면학 열기에 불타오르고 있었는데…….

"아이고, 어서 오십시오, 나리님들!"

입구 쪽에서 커다란 인사 소리가 터져 나와 일행의 관심을 끌었다.

입구에는 말쑥하게 생긴 청년 하나와 그 수하로 보이는 무사 일곱 명이 서 있었는데 주인은 심하다 싶을 정도로 그들에게 굽실거리고 있었다.

"근방을 지나다가 속이 출출해서 들렀으니 속히 자리를 마련해라."

청년이 거만한 태도로 한마디 하자 주인은 머리가 땅에 닿을 정도로 다시 굽실거렸다.

"잘하셨습니다요, 나으리. 금방 자리를 마련할 테니 잠시만 기다려 주십시오."

진땀을 흘려가며 대답한 주인은 부지런히 걸음을 놀려 주렴이 드리워진 별실로 들어갔다. 그곳에는 먼저 들어와 있던 손님 네 명이 음식을 막 먹으려던 참이었는데 주인이 무슨 말을 했는지 금방 우르르 몰려 나왔다. 그리고는 두려운 눈빛으로 청년 일행을 힐끔거리더니 구석진 자리로 물러나 앉았다. 그사이에 주인은 점원들을 닦달해 가며 별실을 말끔히 치우고 있었다.

혼치 않은 광경을 목격하게 된 일행의 눈길은 당연히 청년에게 쏠릴 수밖에 없었다. 그는 사내답지 않게 새하얀 피부와 얄팍한 인상을 지닌 자였는데 의복이 화려하고 보석으로 치장된 검을 지니고 있는 것으로 보아 명문가의 자제임이 분명했다. 하지만 대고구려국의 공주인 은강의 눈에 비친 그들은 별로 대단해 보이지 않았다.

'웃기는 자식들이네? 빈자리 잔뜩 놔두고 왜 남의 자리를 뺏어? 공주인 나도 빈자리에 그냥 앉았는데 말이야.'

이런 생각이 전달되기라도 한 것일까? 때마침 고개를 돌린 청년과 은강의 눈길이 딱 맞닥뜨렸다.

빙긋!

순간 청년의 입가에 미소가 감도는가 싶더니 천천히 걸음을 옮겨 일행에게 다가왔다. 그리고는 한눈에 일행의 행색을 쓸어보고는 입을 열었다.

"행색은 평범하나 그 기품이 남다른 것으로 보아 촌구석에 사실 분들은 아닌 것 같은데… 어디서 오신 분들입니까?"

정중함을 잃지 않는 어투였지만 말하는 내내 은강과 나연을 번갈아 보는 태도로 보아 그다지 좋은 뜻을 가지고 있지 않음을 한눈에 알 수 있었다.

"그걸 왜 당신에게 알려줘야 하지요?"

은강이 쌀쌀맞게 대꾸하자 청년의 두 눈에 싸늘한 기운이 스쳐 지나갔다. 하지만 그것은 잠시 뿐이었고 그의 얼굴에는 다시 미소가 떠올랐다.

"두 분 소저의 눈부신 미모에 혹해 잠시 실례했으니 용서하시오. 대신 사죄의 의미로 좋은 술을 한 병 올릴 테니 받아주셨으면 감사하겠소."

"술 사 먹을 돈은 우리에게도 충분히 있으니 걱정 말고 당신 볼일이나 보세요."

은강의 태도가 여전히 쌀쌀맞자 청년의 안색도 대번에 딱딱하게 굳어 들어갔다.

"촌 무지렁이는 아닌 듯싶어 정중하게 대해줬더니 안하무인이구나!"

청년의 입에서 호통이 터져 나오자 그동안 입구에 서 있던 그의 수하들이 우르르 몰려와 일행을 에워쌌고 일행도 자리를 박차고 일어났다. 분위기는 금방 흉흉해질 수밖에 없었다.

"어리석은 계집, 본 공자의 호의를 무시했으니 그 대가를 톡톡히 치르게 해주마."

청년은 뒤로 한 걸음 물러나며 수하들에게 명했다.

"사내놈들은 필요없다. 두 계집만 내 앞에 무릎 꿇리도록!"

"소공자님의 명을 받습니다!"

무사들은 우렁차게 복명함과 동시에 각자의 무기를 빼 들었다.

차창!

일행을 향해 겨누어진 일곱 자루의 검에선 제법 예리한 기운이 느껴졌다. 비록 수행 무사의 신분이라고는 해도 이들은 최소한 이류가 아닌 것 같았다.

일행은 바짝 긴장하며 나름대로 싸울 준비를 갖추었다. 은강이 검을 뽑아 들자 부현과 나연도 비급에서 본 무공 구결을 떠올리며 나름대로 채비를 갖추었다. 역리상도 뭔가 한 수를 준비하는 듯 품속에서 잘 접혀진 종이를 꺼내 들며 낮은 목소리로 주문을 외우기 시작했다. 그러나 바람만큼은 검을 뽑지 않은 채 청년에게 물었다.

"실수는 그대가 먼저 한 것 같은데 이만한 일로 꼭 싸워야겠소?"

"싸움이라고? 너희가 이들 칠지검(七地劍)과 싸울 자격이 있다고 생각하느냐? 후훗, 뭔가 착각하는 모양인데 이들은 너희와 놀아줄 만큼 한가하지 않아. 못된 버르장머리를 따끔하게 훈계하는 일이라면 몰라도……."

한마디로 상대조차 안 될 테니 저항해 봐야 소용없을 것이란 얘기였다.

바람은 천천히 검을 뽑아 들며 칠지검이라 불린 무사들을 쓸어보았다.

"누가 누구를 훈계하게 될지는 겨뤄보면 알겠지. 다만 안타까운 것은 철없는 주인 하나 때문에 죄없는 수하들이 다칠까 하는 점이다."

바람은 이제라도 늦지 않았으니 검을 거두라는 뜻으로 한 말이건만 그가 누구인지 알 리 없는 청년은 여전히 거만한 미소를 짓고 있을 뿐이었다.

"정말로 겁이 없는 놈이군. 본 문의 안마당에 들어와 있는 주제에 큰소리치는 꼴이라니……."

순간 바람의 눈이 번쩍 빛을 발했다. 그것은 본 문의 안마당이라는 말 때문이었다. 일행은 지금 사상문을 찾아가는 길이었고 이곳은 사상문에서 불과 오십 리밖에 떨어지지 않은 지역이었다.

"그대가 혹시 사상문의 소공자인가?"

만약 바람의 추측이 맞는다면 일행은 그를 찾기 위한 시간을 벌게 된 셈이었다.

IO장
만액승(卍額僧) 도지(道指)

"크홋! 이제야 알아보다니 너희는 재수가 없구나. 그래, 내가 바로 사상문의 소공자 좌명학이다. 어때, 내 이름을 알고 나니 이제 후회가 되느냐? 하지만 이미 늦었다. 좀 더 일찍 알고 고분고분 굴었다면 두 계집과 잠시 즐긴 뒤에 돌려보낼 수도 있었는데 이제는 아니야. 모두 죽어주어야겠어. 물론 두 계집은 본 공자를 즐겁게 해준 뒤에나 죽을 수 있겠지."

꿈틀!

비아냥거리는 좌명학의 대답에 바람의 검미가 무섭게 치켜 올라갔다.

"아륵의 부탁이 없었더라도 반드시 죽여 없애야 할 놈이로구나."

대단히 분노한 듯 바람의 두 눈에서 진한 살기가 피어오르기 시작했다. 그것은 광포하게 대기를 말아 올리는 폭풍이었고 거칠게 수면을 밀어 박치는 노도였다. 그 기세가 얼마나 대단하던지 칠지검은 전신 공력을 끌어올려 대항해야 했다. 하지만 좌명학은 아직도 사태의 심각성을 깨닫지 못한 듯 계속 입을 놀려댔다.

"너희가 나를 죽인다고? 인근 300리가 다 사상문의 세력권인데 나를 죽이러 왔단 말이지? 지나가던 개가 웃을 일이지만 그 투지는 높이 살 만하군. 그런데 아륵이란 놈이 대체 누구지?"

"지은 죄가 하도 많아 아륵이라는 이름조차 기억을 못하는 모양이군."

"좋아, 좋아. 아륵이 누구든 상관없으니 어디 한번 잘난 능력을 펼쳐 보시지?"

"원한다면 그렇게 해주지. 아륵을 위해서, 그리고 네 흉포함에 억울하게 스러졌을 수많은 원혼들을 위해서!"

바람이 검을 천천히 들어 올려 공격 자세를 취하자 그에 따라 칠지검도 바짝 긴장한 채 검을 겨누었다. 은강, 부현, 나연도 당연히 싸울 태세에 돌입했다. 바로 그때,

"청룡이 사악한 기운을 몰아내니 만마(萬魔)는 그 아래 무릎을 꿇을 지어다!"

그동안 입속으로 주문을 웅얼거리고 있던 역리상이 갑자기 커다란 외침을 토해내며 허공으로 길다란 종잇조각을 집어 던졌다.

퍼엉!

무슨 도술을 부렸는지 허공으로 날아오른 종이에서 뿌연 운무가 뭉클 솟아났다.

"놈들 중에 도사가 있다!"

"모두 조심해!"

예상치 못한 역리상의 도술에 놀란 좌명학과 칠지검은 잔뜩 긴장한 반면 같은 일행인 부현과 나연 등은 '저 인간이 진짜로 도술을 할 줄 아는 모양이네?' 하는 표정을 짓고 있었다.

그러는 사이 허공에서 솟아난 운무는 서서히 퍼져 나갔고 그 안에서 뭔가 꿈틀거리는 움직임이 목격되었다. 뿌연 운무 속에서 허공을 유유히 헤엄치고 있는 길고 푸르스름한 물체가……

'정말로 용을 불러내다니…….'

생전 처음 보는 광경에 모두가 놀라고 있는데 때마침 창문으로 불어 들어온 바람이 운무를 확 거둬가 버렸다. 그 순간,

휘이잉~

썰렁한 바람 한줄기가 좌중을 훑고 지나갔다.

꾸무럭꾸무럭!

허공을 헤엄치고 있는 것은 뱀장어였다, 자신에게 집중된 수십 개의 시선이 부담스러운 듯 양쪽 눈치를 살피고 있는.

모두가 썰렁한 눈길을 보내고 있는 가운데 부현이 앞으로 천천히 걸어나갔다. 그리고는 아무 말 없이 뱀장어를 확 낚아챘다. 그러자 뱀장어는 순식간에 종이의 모습으로 돌아왔다.

부현은 축 늘어져 있는 종잇조각을 역리상에게 휙 집어 던졌다.

"도대체 제대로 할 줄 아는 게 뭐요?"

부현의 핀잔이 아니더라도 역리상은 벌써 고개를 푹 숙이고 있었다.

'하필이면 이렇게 중요할 때 실수를 하다니… 사부님 앞에서 연습할 때는 청룡이 벼락을 때리는 것까지도 됐었는데…….'

잔뜩 긴장하고 있던 좌명학은 완전히 농락당한 기분이었다.

"저 어설픈 자식들을 어서 쓸어버려!"

그가 신경질적으로 소리치자 칠지검은 검을 바짝 움켜쥐며 일행을 공격해 들어왔다.

"더 이상 어설픈 재주는 통하지 않을 것! 무림이 어떤 곳인지 확실히

가르쳐 주마!"

칠지검 중 세 명이 먼저 바람을 협공해 들어오자 나머지 네 명도 일행에게 각각 공격해 들어왔다.

바람이 해결하도록 놔뒀으면 오히려 나았을 것을 괜히 역리상과 부현이 나서서 칠지검의 화만 돋운 꼴이었다.

추아압!

쇄도해 들어오는 그들의 검에는 좌명학이 자랑해도 좋을 만큼 강한 힘이 실려 있었다. 하지만 바람에게는 큰 문제가 되지 않았다.

"주인의 잘못을 알고 있다면 순순히 검을 떨구어라!"

그는 큰 호통과 함께 검을 휘두르며 상대의 검세 안으로 뛰어들어 갔다. 곧 이어 검이 맞부딪는 요란한 소리와 함께 나머지 일행도 그림자처럼 뒤엉켜 들어갔다.

"네깐 놈에게 당할 줄 알고?"

은강도 제법 매서운 검초를 구사하며 한 명과 뒤엉켜 들었다.

그러나 문제는 역시 나머지 세 사람이었다.

"무기도 없는 사람을 공격하는 법이 어디 있소!"

역리상은 아예 등을 보인 채 이리저리 도망 다니기에 바쁜 모습이었고 부현과 나연도 피하기에 급급한 모습이었다.

그래도 역리상은 제법 정교한 보법을 익히고 있는 듯 금방 당할 것 같으면서도 간발의 차이로 잘 피해 다니고 있었지만 부현과 나연은 그렇지 못했다.

"으헉! 이크! 아자자!"

불쑥불쑥 찔러오는 검을 피하느라 부현은 온갖 해괴한 자세를 다 동원해야 했고 나연은 금방이라도 검에 꿰뚫릴 듯 위태로웠다.

이리저리 피하기만 하던 두 사람은 금방 벽까지 밀려가고 말았다. 더 이상 피할 곳도 없는 상황.

"순순히 무릎을 꿇어라!"

날카로운 외침과 함께 두 자루의 검이 그들을 꿰뚫어갈 때였다.

"현—무—장!"

부현의 기합성이 터져 나오고 곧 이어 짜랑짜랑한 나연의 외침이 이어졌다.

"폭풍권 제일식 뇌(雷)!"

부현은 무형의 기운을 쏘아내 상대 무사를 밀어내는 데는 성공했으나 그다지 큰 위력을 발휘하지는 못한 것 같았다. 하지만 나연의 권격은 은은한 뇌성이 흘러나올 정도로 강력했다. 부현보다 열심히 노력한 연습의 결과였다.

"우어어억!"

그녀를 상대하던 무사는 폭풍권의 위력에 밀려 붕 날아가 떨어졌다. 일행 중 가장 약하게 보였던—물론 겉보기에만 그런 것이지만—그녀에게 칠지검의 일원이 당하리라고는 누구도 예상 못한 일이었다. 게다가 그 무사는 심한 내상을 입은 듯 연신 선혈을 토해내고 있었다. 상태로 보아서는 즉사를 피한 것만도 다행인 듯싶었다.

"어찌 된 일이냐?"

좌명학이 놀라서 묻자 쓰러졌던 무사가 어렵게 일어나며 대답했다.

"어, 엄청난 공력의 소유자입니다."

"뭐라고?"

"최소한 일 갑자는 되는 것 같았습니다."

"일 갑자?"

좌명학의 안색이 대번에 하얗게 탈색되었다.

"네가 착각한 것 아니냐? 갓 스물이 넘었을까 말까 해 보이는데 일 갑자라니?"

"제 사부님의 수양이 100년, 사형의 수양이 일 갑자 정도 됩니다. 그분들과 비교했을 때 저 여인의 내공은 일 갑자 수위인 게 분명합니다."

칠지검은 사상문의 장로인 칠검노(七劍老)의 제자들이었다. 칠검노는 각기 두 명씩의 제자를 거두었는데 그들 중 둘째 제자 일곱을 골라 좌명학의 호위 무사로 삼은 것이다. 그러니 그의 말이 틀릴 가능성은 거의 없었다.

'일 갑자 내공의 여고수였을 줄이야……'

좌명학이 놀랄 일은 이것만이 아니었다.

"현무장!"

부현의 외침이 다시 터져 나오는가 싶더니 이번에는 그를 상대하던 무사도 나동그라졌으니 말이다. 나연을 상대하던 자처럼 중한 내상을 입지는 않았지만 중요한 것은 그가 자랑하던 칠지검이 밀리고 있다는 사실이었다.

그토록 기세가 당당하던 좌명학은 문가를 향해 주춤주춤 물러서기 시작했다. 그때 바람을 상대하던 무사들 쪽에서도 비명이 터져 나왔다.

"크어억!"

"으아악!"

그를 상대하던 세 명의 칠지검 중 두 명이 오른팔을 잃은 채 비칠비칠 물러나고 있었다.

"목숨을 보존하고 싶다면 더 이상 나서지 말라. 우리는 오직 좌명학의 죄를 묻고 싶을 뿐이다!"

바람은 차갑게 한마디 내뱉으며 좌명학에게 시선을 돌렸다.

"헉!"

좌명학은 바람의 눈빛을 대하는 것만으로도 숨이 턱 막힐 지경이었다. 저렇게 무서운 자를 조금 전에는 왜 알아보지 못했을까? 자신이 원망스러울 따름이었다.

"진정하시오, 대협! 내, 내가 잠시 실수를 한 것은 사실이지만……."

좌명학은 궁색한 변명을 늘어놓으며 뒷걸음질을 계속했다. 문가에 도착하기만 하면 뒤도 돌아보지 않고 도망칠 생각이었다. 그런데 바람은 전혀 다가들 생각이 없는 듯 가만히 서 있을 뿐이었다. 그 이유가 무엇인지 알아내는 데는 그다지 시간이 필요하지 않았다. 좌명학도 자신의 등 뒤로 다가오는 거대한 그림자의 존재를 눈치 채고 있었으니까.

"누구… 커억!"

뒤를 돌아보던 좌명학은 커다란 손에 멱을 잡혀 허공으로 번쩍 들어 올려졌다.

"이놈! 네가 사상문의 망나니 좌명학이 맞느냐?"

좌명학을 들어 올린 자는 거구의 화상이었다, 칠 척이 넘는 키에 삼백 근은 족히 나갈 듯한 비대한 체구를 지닌.

객점을 꽉 메울 듯한 거구에다 험악한 표정만으로도 오금이 저릴 지경인데 화상의 이마에는 인두로 지진 듯한 만(卍) 자 낙인까지 찍혀 있었다. 공포스럽다고 해야 할까, 위엄이 있다고 해야 할까? 어쨌든 묘한 첫인상으로 다가오는 화상이었다.

"목뼈가 부러진 뒤에나 대답할 테냐, 이놈!"

놀란 얼굴로 올려다보는 좌명학에게 화상이 다시 고함을 질렀다. 그 소리가 얼마나 크던지 천장이 우르릉 울리며 먼지가 우수수 떨어져 내렸다.

"마, 맞습니다. 한데 어른은 뉘신지……?"

좌명학은 겁에 단단히 질린 표정으로 고개를 끄덕였다.

"맞는단 말이지?"

철썩!

"으어억!"

"네놈이 바로 좌명학이란 말이지?"

철썩!

"아이구, 사람 죽네!"

화상이 일언반구도 없이 뺨부터 사정없이 올려붙이기 시작하자 좌명학은 비명을 토해내며 사지를 버둥거렸다. 하지만 그의 몸부림은 아무런 소용 없이 화상에게 맞은 양 볼만 볼품없이 짓뭉개지고 있었다.

"이 못된 놈의 자식! 이 자리에서 때려죽이고 말겠다."

철썩! 철썩!

"아윽! 제발 왜 이러는지 말이나 하고… 아이쿠!"

갑자기 나타난 괴승에게 좌명학이 손 한번 써보지 못하고 당하고 있자 칠지검 중 아직 몸이 성한 세 명이 화상에게 달려들었다.

"멈추어라!"

"감히 소공자님을 능멸하다니!"

그러나 그들은 괴승의 상대가 아니었다.

"피래미들은 물러가라!"

커다란 고함과 함께 화상이 한 손을 휘두르자 어마어마한 경력이 쏟아져 나오며 세 명을 휘감아 버렸다.

"으아악!"

"커어억!"

경력에 휘말린 세 명의 칠지검은 피를 토하며 바닥에 나동그라지고 말았다. 이렇게 되자 좌명학의 안색은 그야말로 백지장처럼 하얗게 질리고 말았다.

"어, 어떤 일로 오셨는지는 몰라도 무조건 잘못했습니다, 어른! 제발 목숨만 살려주세요."

좌명학은 오줌이라도 지릴 듯한 표정으로 두 손을 싹싹 빌었다. 하지만 이런 모습이 더욱 역겨웠던지 화상의 눈가에 진한 살기가 어렸다.

"제 목숨 아까운 줄은 이렇게 잘 아는 놈이 힘없는 백성들을 그리도 무참히 짓밟았단 말이냐? 내가 그 혀부터 잡아 뽑아 살려달라는 소리를 못하도록 해주마!"

화상은 정말로 혀를 뽑아내려는 듯 손가락을 좌명학의 입 안으로 쑤셔 넣었다.

"으아악! 제, 제발……."

바람은 갑작스레 나타나 자신의 목표물을 가로챈 화상을 유심히 살펴보고 있었다.

'이마에 만 자가 낙인되어 있는 거구의 화상이라면 혹시……?

"끄어어어……."

화상은 집게처럼 만든 손가락으로 좌명학의 혀를 잡아당기고 있는 중이었다.

"스님은 혹시 만액승 도지(卍額僧 道指) 어른이 아니십니까?"

갑작스러운 바람의 질문에 화상은 움직임을 멈춘 채 놀란 눈길을 보냈다.

"젊은이는 누군데 나를 아는가?"

바람이 제대로 알아본 모양이었다.

사부 섬검자의 말에 의하면 만액승 도지는 원래 짝을 찾을 수 없을 만큼 흉악무도한 인물이었다고 하였다. 그는 국내성 북부의 평원 지대를 무대로 활동하였는데 22살에 출도하여 약 5년간 활동하는 사이에 죽인 사람의 수가 수백을 넘었다고 하니 그 흉포함은 따로 거론할 필요가 없었다. 그렇게 사람 죽이기를 밥 먹듯이 하던 그의 앞에 한 노승이 나타난 것은 눈이 쏟아지던 어느 겨울 날이었다. 노승은 아무 조건 없이 그에게 금덩이 하나를 던져 주며 이렇게 말했다.

"배가 고프거든 그것으로 음식을 사 먹거라. 그리고 욕정이 끓거든 여자를 사거라. 대신 살생은 이제 그만두어라. 그렇지 않으면 크게 후회하리라."

그러나 한참 혈기왕성하던 그가 이 말을 들을 턱이 없었다. 그는 금덩이를 받아 챙긴 뒤 노승을 죽이려 덤벼들었다. 그러자 노승은 그를 제지시키며 한 가지 조건을 내세웠다. 자신이 지면 당연히 목숨을 내놓게 될 테니 그에게도 중요한 것 한 가지를 걸고 싸우자는 말이었다. 노승은 달리 손을 쓰지 않아도 금방 쓰러질 듯 약해 보였기에 그는 아무 생각 없이 말하였다. '내가 지거든 늙은이의 제자가 되지' 라고 말이다.

그리고는 곧장 공격해 들어갔다. 그런데 어찌 된 일인지 그는 노승의 옷깃 하나 건드릴 수가 없었다. 그동안 수백 번을 싸워오며 단 한 번도 패배란 것을 겪어본 일이 없었던 그로서는 충격이었다. 바람만 세게 불어도 쓰러질 듯 골골한 늙은 중이 자신의 공격을 번번이 피해내니 말이다.

그는 이를 악물고 공격을 거듭하나 헛손질만으로 그렇게 하루가 지나갔다. 이제 그는 손가락 하나 까닥할 힘도 남아 있지 않았다. 그제야 노승도 움직임을 멈추더니 이렇게 말하였다.

"나는 어제부터 여기에 서 있었건만 너는 어찌하여 내 주변을 빙빙 돌기만 하다가 쓰러지느냐?"

그리고는 빙그레 웃음을 지으며 다가오더니 어깨를 한 번 툭 치는데 그 고통이 이루 말할 수 없었다. 도지가 고통을 참지 못하고 비명을 흘리자 노승은 고개를 저으며 혀를 찼다.

"늙은이가 쓰다듬는 것도 참지 못하는 녀석이 그리도 광포하게 날뛰었더냐? 따라오너라. 내가 너를 사람으로 만들어주겠다."

노승에게 완전히 기가 꺾인 도지는 대꾸도 못한 채 그 뒤를 좇았다. 그렇게 하루를 꼬박 걸어 만안사에 도착하자 노승은 도지의 머리를 깎고 이마에 만(卍) 자 낙인을 새겨준 뒤 제자로 거두어들였다고 하였다.

바람은 의아한 표정으로 바라보고 있는 만액승 도지를 향해 정중히 허리 숙여 예를 취하였다.

"소인은 섬검자 어른을 사부로 모시고 있는 바람이라고 합니다."

"뭐야? 네가 섬검자의 제자라고?"

"그렇습니다."

잠시 움직임을 멈추고 바람을 내려다보던 만액승 도지는 뽑아내려던 좌명학의 혀를 놓아주며 큰 소리로 웃어 젖혔다.

"하하하하! 섬검자가 그토록 자랑하던 제자가 바로 네놈이란 말이지?"

도지는 한 손으로는 여전히 좌명학의 멱을 움켜쥔 채 성큼 걸음으로 다가와 바람의 어깨를 퍽퍽 두드렸다.

"반갑구나, 이놈! 반가워!"

반가움을 표시하는 것치고는 손길이 너무 거칠었기에 바람은 억지웃음을 지으며 도지를 올려다보았다.

"그런데 일면식도 없는 나를 어떻게 알아본 것이냐?"

"사부님께 말씀을 많이 들어서 익히 알고 있었습니다."

"그래? 이마에 인두 자국을 한 돼지가 있으면 나라고 일러주더냐?"

"그런 것은……."

바람은 농담이라고는 할 줄 모르는 사람이었기에 매우 난처한 표정으로 말을 얼버무렸다. 아마도 사부가 진짜로 그렇게 가르쳐 준 모양이었다.

"하하하! 괜찮다, 괜찮아! 말라깽이 섬검자 놈과 나는 그렇게 지내는 사이니 말이다."

"하온데… 저자와는 어떤 사연이 있으시기에……."

바람이 좌명학을 가리키며 묻자 도지의 이맛살이 금방 찡그려졌다.

"이놈이 겁도 없이 내가 기거하는 암자 아랫마을을 쑥대밭으로 만들어놓지 않았더냐? 그래서 혼쭐을 내주러 찾아왔지."

"혹시 그곳에서도……."

"왜? 너도 억울한 민초들의 부탁으로 이놈을 벌하러 온 것이더냐?"

"그렇습니다."

바람은 아륵의 원혼에 대해서 대충 얘기해 주었다. 하지만 만약의 사태를 대비해서 마을 사람들에 관한 이야기는 일절 비밀에 붙였다.

그의 얘기를 다 듣고 난 도지는 무서운 눈빛으로 좌명학을 쏘아보았다.

"절대로 살려두면 안 될 놈이로구나! 우리 마을에서도 처녀 아이를 셋이나 겁간하고 이에 항의하는 주민 수십 명을 무자비하게 구타해서 입을 막았다고 하더니 그런 야비한 방법으로 사람까지 죽이다니……."

말을 하며 천천히 들어 올리는 도지의 오른손이 붉은색으로 물들어 갔다.

"스승님께서는 내게 다시는 살인을 하지 말라며 이마에 만 자를 낙인해 주셨지. 그래서 오늘 네놈을 잡더라도 다리 사이의 물건과 혀만 뽑아버리는 정도로 용서해 주려 했는데 이 얘기를 듣고 보니 오늘만큼은 살계를 범해야겠다.”

“사, 살려주십시오!”

시뻘겋게 변한 도지의 오른손이 금방이라도 정수리로 떨어질 듯하자 좌명학은 겁에 질려 오줌을 지려가며 목숨을 구걸하였다. 하지만 도지는 이미 마음을 정한 듯 가차없이 우장을 내리찍어 갔다.

“으아악!”

정수리를 덮쳐 오는 거대한 붉은 손을 바라보며 좌명학이 처절한 비명을 토해낼 때였다.

“멈추시오!”

내공이 강하게 실린 목소리가 객점 입구 쪽에서 터져 나왔다. 수련이 제법 깊은 바람도 귀가 멍멍할 정도로 강한 내공이었다.

도지는 좌명학의 정수리에 거의 엎혀진 상태에서 손을 멈추며 입구를 흘깃 돌아보았다. 소리친 것으로 보이는 노인이 천천히 안으로 들어서자 뒤이어 여섯 명의 노인과 일곱 명의 중년인이 따라 들어왔다. 총 열네 명이었다.

새하얀 장포 차림에 색깔이 다른 장검을 한 자루씩 휴대하고 있는 그들에게서는 매우 강한 무형의 기운이 느껴졌다. 칠지검이 보여줬던 그것과는 상대가 되지 않을 정도였다.

“치, 칠검노! 그리고… 칠천검… 나, 나 좀 살려줘요…….”

금방 지옥에 떨어졌다 살아난 좌명학의 입에서 애처로운 목소리가 흘러나왔다.

칠검노는 사상문의 장로이며 칠천검은 그들의 수석 제자였다. 물론 칠지검도 그들의 제자이기는 했지만 칠천검과 비교하면 말 그대로 하늘과 땅 차이였다. 때문에 검의 색깔에 따라 명호를 정한 칠검노처럼 칠천검은 각기 다른 색의 장검을 휴대한 반면 칠지검은 모두가 같은 장검을 소지하고 있었던 것이다.

"본 문의 소공자에게 무슨 허물이 있는지는 몰라도 일단 그를 놓아 주시오."

그들 중 먼저 입을 연 것은 새하얀 검을 들고 있는 백검노(白劍老)였다. 그는 칠검노 중에서도 가장 침착한 성격을 가졌다는 소문답게 화를 내지도, 서두르지도 않았다.

"하하하! 사상문에 칠검노라 일컫는 걸출한 검객이 있다는 소문은 많이 들었소만 이렇게 직접 뵙기는 처음이구려. 일곱 선배 분께 인사드리오! 빈승은 도지라 하오."

예의는 어느 정도 차리고 있었지만 도지의 말투에서는 왠지 거부감이 느껴졌다. 그럼에도 불구하고 칠검노의 표정에는 불쾌감보다 놀라움이 나타났다.

"그대가 바로 신승(神僧)으로 추앙받는 혜지(慧智) 스님의 제자 만액승이란 말씀이오?"

신승 혜지. 그는 고구려에 불교가 정식으로 들어오기 수십 년 전부터 은밀히 활동해 오던 승려였다. 세수(歲數)가 이미 120을 넘었다는 것 빼고는 그의 신상 내력에 대해 알려진 것이 거의 없지만 그 깨달음의 경지가 범인과는 확연히 달랐기에 모두가 추앙해 마지않는 불교계의 거목이었다.

도지가 가볍게 고개를 끄덕이며 말을 받았다.

"그렇소. 그리고 이쪽은 빈승의 막역지우인 섬검자의 제자 바람이라고 하오."

"바람이 여러 선배님께 인사드립니다."

섬검자의 제자라는 무게 때문일까? 칠검노의 안색이 더욱 굳어졌다. 그때 한쪽에 찌그러져 있던 역리상이 삐죽이 고개를 내밀며 말했다.

"빈도는 운학 도인의 제자 역리상이라고 합니다. 여러 어른을 함께 뵙게 되어서 영광입니다."

아직 역리상의 실력을 알지 못하는 칠검노의 안색이 더 더욱 침중하게 가라앉는 것은 당연한 일이었다.

'운학 도인의 제자까지?'

'음… 오늘 일은 아무래도 쉽게 해결되지 않을 것 같은 예감이 드는구나.'

그런데…

"이쪽은 대왕 폐하의 동생 되시는 은강 공주이십니다."

역리상이 촐랑 내뱉어 버린 이 말은 거의 결정타였다.

"그, 그 말이 사실이오?"

칠검노와 칠천검이 놀란 것은 당연했고 좌명학은 거의 기절할 지경이었다.

'저 말이 정말이라면 나는 죽은 목숨이나 다름없구나. 공주를 희롱하려 들고 계집이라고 부르기까지 했으니……'

반면 바람은 한숨을 푹 내쉬어야 했다. 은강이 공주임을 되도록 비밀에 붙이려 했건만 역리상이 다 떠벌렸으니 말이다. 어차피 이렇게 된 이상 당장 충돌을 피하려면 솔직한 것이 낫겠다 싶은 바람이었다.

"맞는 말입니다. 공주님은 폐하의 허락을 얻어 저희와 함께 강호를 유람하시는 중이지요."

"이상하구먼. 공주님이 무슨 연유로 평복 차림에 호위대도 대동하지 않고 이 험난한 강호를 유람하고 계시는지……."

불신으로 가득한 이 음성은 붉은 검을 들고 있는 적검노의 입에서 흘러나온 말이었다.

이런 말을 듣고 가만히 있을 은강이런가?

"이봐요, 당신! 지금 그 말은 내가 가짜 공주라도 된다는 거예요?"

은강이 쏘아붙이는 한마디에 얼굴이 금방 벌겋게 달아오르는 것으로 보아 적검노는 대단히 급한 성격의 소유자임에 분명했다. 하지만 상대가 공주라고 한 이상 말투가 좀 거칠다고 해서 나무랄 수는 없는 노릇이었다.

"고귀하신 공주님 신분으로 무림의 낭인들과 함께 유랑하고 있으니 의심이 생기는 것은 당연한 일 아니외까?"

"낭인이라는 말은 조금 지나치십니다, 검노어른. 낭인은 떠돌이를 말함인데 저와 바람의 사부님은 낭인을 제자로 둘 어른들이 아니지 않습니까?"

모처럼 똑소리 나게 말대답을 한 역리상은 '나 잘했지?' 하는 표정으로 일행을 둘러보았다. 그러나,

"네가 지금 사부의 명성을 팔아 이 적검노를 우롱하려는 게냐?"

성질 급한 적검노의 입에서 호통이 터지며 금방이라도 검을 뽑아 들듯 검병을 움켜쥐자 역리상은 화들짝 놀라 얼른 꼬리를 말고 말았다.

"제, 제가 어른을 우롱하다니요? 만에 하나라도 그런 마음을 먹고 있었다면 마른 하늘에 벼락 떨어질 일이지요."

'그럼 그렇지…….'

혹시나 하고 쳐다보던 부현은 눈썹 꼬리를 축 늘어뜨리며 역리상을 바라보다가 앞으로 한 걸음 나서며 입을 열었다.

"쓸데없는 말로 시간 끌 것 없이 저 자식 문제부터 해결합시다!"

그가 말한 '저 자식'은 좌명학을 이름이 분명했다. 새파란 애송이가 반말 비스름하게 주절거리는 것도 배알이 틀릴 지경인데 자신들이 몸담고 있는 문파의 소공자를 '저 자식'이라고 지칭했으니 적검노는 물론이고 침착하기로 유명한 백검노의 검미까지 번쩍 치켜 올라가는 것은 당연한 일이었다.

"어린 놈이 말을 함부로 하는구나!"

"대체 어디서 온 놈이기에 그리도 건방진 게냐!"

분위기가 금방 험악하게 변했지만 생전 처음으로 칼을 든 사람과 싸워 이겼다는 자부심에 고무된 부현은 기가 오를 대로 올라 눈에 보이는 게 없는 상황이었다.

"난 미래에서 온 천육백공(千六百功) 전부현이라고 하오. 그런데 뭐가 건방지다는 거요? 내 말투가 그렇다는 거요, 아니면 당신네 소공자를 저 자식이라고 부른 것이 그렇다는 거요?"

부현은 순간적으로 자신의 명호를 만들어냈다. 1,600년 내공을 보유하고 있다는 사실을 확실히 알릴 수 있는 명호로 말이다. 하지만 칠검노의 귀에는 한마디도 들어가지 않은 듯했다. 아니, 설혹 들었다 하더라도 그 명호를 1,600년 내공과 연관 지어 생각할 사람은 아무도 없을 것이다. 그건 현실적으로 불가능한 일이니 말이다.

그 속내가 어찌 되었든 이건 거의 도발이었다. 죽고 싶어서 환장한 놈이라면 모를까 당금 무림에서 칠검노에게 이렇게 건방을 떨 수 있는 사람은 없을 테니까.

"시건방진……."

"좋게 해결하려 했거늘… 네놈의 험악한 주둥이만큼은 다물게 해주어야겠구나!"

적검노는 노성을 토해내며 발을 쾅 굴렀다. 그러자 놀라운 일이 벌어졌다.

쩌저적! 퍼퍽!

그가 내디딘 발끝부터 바닥이 빠르게 갈라지며 부현 쪽으로 쏘아져 온 것이다. 그 균열이 부현에게 이르는 순간 그는 강한 반탄력에 의해 피를 토하며 뒤로 날아갔다.

"으아악!"

적검노가 사용한 수법은 매개체를 통해서 내공을 화살처럼 쏘아 보냄으로써 상대를 상하게 하는 기전살(氣箭殺)이란 수법이었다.

"부현아!"

은강과 나연이 나동그라진 부현에게 달려가자 나머지 일행은 노기 어린 눈으로 사상문 인물들을 노려보았다.

"무림의 명숙이라 할 수 있는 어른들이 후배를 예고도 없이 급습하다니 이런 법이 어디 있소이까?"

바람이 소리치며 검을 겨누자 곁에 있던 도지가 맞장구치듯 비아냥거렸다.

"원래 그런 것 아니더냐? 행세깨나 한다는 무림인일수록 제멋대로 구는 것 말이다. 남에게는 예의를 강조하면서 자신들은 조금만 비위가 틀려도 무력을 앞세우려 하지."

"말조심하라, 도지! 네가 비록 신승의 후광을 등에 업고 있다 해도 그런 식으로 계속 무례를 범한다면 용서치 않겠다!"

적검노가 노한 음성으로 외치며 검을 뽑아 들자 나머지 사상문 사람들도 검을 뽑아 들었다. 하지만 백검노는 검을 뽑는 대신 얼른 앞으로 나오며 양측을 진정시켰다.

"양쪽 다 경거망동하지 마시오! 만약 여기서 불상사가 일어난다면 우리만의 문제로 끝나지 않을 것이오!"

맞는 말이었다. 사상문은 고구려 무림을 받치고 있는 다섯 기둥 중 하나이며 부현 일행 중 셋은 무림의 최고 명숙으로 일컬어지는 기인들의 제자였다. 게다가 공주 신분인 은강까지 있으니 만약에 일이 잘못된다면 거센 피바람이 무림을 휩쓸게 될 것은 자명한 사실이 아닌가? 이런 사실은 모두가 알고 있었기에 양측은 천천히 한 걸음씩 뒤로 물러났다.

그때 바닥에 나동그라진 부현을 돌보기 위해 달려갔던 나연과 은강의 놀란 목소리가 좌중의 귀에 메아리쳤다.

"부현아, 왜 이래?"

혹시 그가 숨을 거두기라도 했나 하는 우려의 눈길이 한꺼번에 쏠려들었다. 그 순간,

"어어엇!"

다급한 목소리와 함께 흐릿한 인영 하나가 바닥에서 천장으로 획 솟구쳐 올라갔다.

콰직!

"아이고, 머리통이야!"

천장에 머리를 부딪친 인영이 바닥으로 다시 떨어져 내리는데 보니 그는 다름 아닌 부현이었다.

"어떻게 저런 일이……?"

적검노가 전력을 다하지 않았다고 하더라도 100년 내공이 실린 기전살을 고스란히 몸으로 받았으니 죽지는 않더라도 중상을 입었어야 당연한 부현이었다. 그런데 멀쩡히 일어난 것으로도 모자라 천장을 뚫

을 듯이 솟구쳐 오르기까지 했으니…….

"괜찮은 거니?"

나연이 달려가서 묻자 부현은 자기도 영문을 모르겠다는 듯 어안이
벙벙한 표정으로 대꾸했다.

"모르겠어. 아까 저 노인에게 당하는 순간 아랫배에서 불처럼 뜨거
운 기운이 쏟아져 나오는 것 같더니 몸이 갑자기 이상해졌어. 살짝 일
어나려고 한 것뿐인데 천장에 부딪치고…….

말을 하던 중 뭔가 생각나는 것이 있는 듯 부현은 손바닥을 짝 마주
쳤다. 그런데 그 소리가 얼마나 굉장하던지 사람들은 고막이 터져 나
가는 통증을 느껴야 했다.

"드디어 내 몸에 잠재해 있던 내공이 녹아 나오기 시작한 모양이야!"

부현은 물론 그에 대해 대충 알고 있는 일행은 매우 반가운 얼굴이
었고 도지는 영문을 모르겠다는 표정이었다. 반면 칠검노의 안색은 무
겁게 굳어 들어갔다. 부현이 친 박수 소리에서 그의 내공 수위가 자신
들을 능가할지도 모른다는 사실을 감지했기 때문이다.

'적검노의 공격을 무방비 상태에서 받아내고도 다치기는커녕 잠재된
내공이 녹아 나온다고 큰소리치고 있으니… 그 말이 사실이라면 녀석의
일신에 잠재된 내공이 적검노의 그것보다 월등히 강하다는 얘긴데…….'

침중한 안색으로 상황을 정리하고 있던 백검노는 놀란 기색을 애써
감추며 입을 열었다.

"다행히 젊은 친구가 큰 부상을 입지는 않은 듯하니 모두 자중하시
고 잠시 대화를 나누어봅시다."

"대화를 나누고 말고 할 일이 뭐 있겠소이까? 사상문의 이 망나니가
죄를 지은 것이 확실하니 그쪽에서 억지만 부리지 않는다면 일은 간단

하외다."

도지가 좌명학의 멱을 잡아 흔들며 말하자 적검노가 또다시 울컥 노기를 터뜨리려 하였다. 그러자 백검노가 재빨리 제지시키며 말을 받았다.

"좋소. 본 문의 소공자가 죄를 지었다고 하니 그 내용을 들어본 연후에 그 죄가 인정된다면 본 문에서 그에 합당한 처벌을 내리도록 하겠소."

"사상문에서 직접 처벌하겠으니 신병을 넘겨달라… 어째 빈승이 듣기에는 이 녀석을 데려다가 면죄부를 주겠다는 말처럼 들리오만……."

"사상문을 너무 업신여기지 마시오, 도지. 나라에 국법이 있듯 본 문에도 문규가 있소. 그것을 어기고 백성을 도탄에 빠뜨렸다면 소공자가 아니라 문주라 할지라도 무사할 수 없는 곳이 바로 우리 사상문이오."

"사상문의 문규가 제법 엄하다는 소문은 나도 들었소이다. 하지만 문의 고위층에게도 그 문규가 엄격히 적용되리라고는 생각지 않소."

"정히 믿지 못하겠다면 우리와 함께 가보면 알 것 아니겠소?"

"함께?"

"그렇소. 문규가 집행되는 것을 직접 확인하면 불만이 없을 것 아니오?"

도지는 잠시 생각에 잠겨들었다. 사상문에 직접 들어가서 좌명학의 죄를 논한다는 것은 호랑이 입에 머리를 들이미는 것과 같은 행위였다. 하지만 정당하게 요구해 오는 제의를 거절하고 이 자리에서 좌명학을 죽여버린다면 그 파장이 엄청날 것은 자명한 일이었다. 뿐만 아니라 사상문에 가는 것이 두려워 일을 벌였다는 비난을 면키도 어려울 것이었다.

"좋소. 그대들이 정당하게 처신하겠다면 빈승은 기꺼이 뜻에 따르겠소. 그러나 만에 하나라도 그대들 멋대로 판결을 내린다면 사상문은 커다란 대가를 치르게 될 것이오."

"바보 같은 짓이에요."

두 사람의 대화에 끼어든 것은 은강 공주였다.

"엄연히 나라의 국법이 존재하는데 왜 호랑이 굴로 들어가서 저들의 문규에 따라야 하지요?"

그녀의 말에는 조금도 틀림이 없었다. 하지만 그녀가 한 가지 모르고 있는 것이 있으니 그것은 묵시적으로 통용되는 무림의 불문율이었다.

"공주마마, 궁중에 법도가 있듯이 무림에도 율법이 존재합니다. 무림의 일은 무림의 율법에 따라 처리한다는 것이 그것이외다."

도지의 설명을 듣고 있는 은강은 이해할 수 없다는 듯한 표정이었다. 그러자 바람이 다시 설명했다.

"맞습니다, 공주. 무림도 사람이 사는 세상인 것만은 분명하나 일반적인 곳과는 다른 세계인 것 또한 사실입니다. 때문에 무림은 나름대로의 율법을 가지고 있습니다."

그제야 공주는 억지로 고개를 끄덕였다.

"좋아요. 그 무림의 율법이라는 것이 어떻게 집행되는지 한번 보기로 하지요. 하지만 그것이 상식에서 어긋난다면 나는 곧바로 오라버니의 도움을 청하게 될 거예요."

"알겠습니다."

일행의 의견이 어느 정도 모아진 듯하자 이번에는 적검자가 다시 문제를 제기하고 나섰다.

"본 문으로 가기 전에 한 가지 알고 싶은 것이 있소."

"뭐지요?"

은강이 묻자 적검자는 그녀를 똑바로 쳐다보며 입을 열었다.

"아까부터 노부가 궁금해하던 것이외다."

"내가 진짜 공주인가 하는 것 말인가요? 그게 그렇게 궁금해요?"

대답은 없었지만 적검노의 눈길은 분명한 답을 요구하고 있었다. 그럴 수밖에 없는 것이 상대가 공주인 것과 그렇지 않은 것에는 큰 차이가 있었기 때문이다.

"어떻게 하지요? 나는 신분을 증명할 만한 것이 하나도 없는데요? 그럼 가짜가 되는 건가요?"

은강이 시비조로 일관해 나가자 역리상이 얼른 앞으로 나서며 품속에서 뭔가를 꺼내 보였다.

"제게 이런 게 있는데 이걸로 공주님 신분을 밝힐 수 있을지 모르겠군요."

그가 꺼내 든 것은 친왕패였다. 누구든 이 패를 보면 대왕을 대하듯 해야 한다는…….

"그것은?"

"혹시……?"

생각지 못한 친왕패의 출현에 사상문 사람들은 매우 당황스러운 표정이었다.

은강도 역리상이 어떻게 친왕패를 지니고 있는지 의아했지만 지금은 그런 걸 따질 때가 아니었다.

"왜들 그렇게 뻣뻣하게 서 있지요? 친왕패를 몰라보는 건가요? 아니면 무림의 율법이 국법 위에 있다는 건가요?"

싸늘한 은강의 질책에 정신을 번뜩 차린 칠검노와 칠천검은 물론 도지와 바람까지 무릎을 꿇었다.

"대왕 폐하의 친왕패를 뵙습니다!"

친왕패가 설마 이 정도의 위엄을 갖고 있을지 몰랐던 역리상은 처음에는 조금 당황하는 듯하더니 금방 눈빛을 야릇하게 빛냈다.

'이럴 줄 알았으면 좀 더 일찍 써먹을 걸 그랬지?'

어깨를 우쭐거리고 있던 그는 멍한 표정으로 서 있는 부현과 나연을 발견하고는 크게 소리쳤다.

"친왕패를 보고도 무릎을 꿇지 않다니, 그 뻣뻣한 다리를 분질러 주어야 본 패의 위엄을 알겠느냐!"

'저 우라질 인간이…….'

부현은 속이 부그르르 끓어올랐지만 대왕의 권위에 도전할 용기는 없었기에 억지로 무릎을 꿇었다. 그러자 역리상은 속이 시원하다는 표정을 지으며 말을 이었다.

"본 패는 공주께서 그릇된 길로 가시려 하면 제지하라고 대왕 폐하께서 빈도에게 직접 하사하신 것입니다. 이 정도면 공주마마의 신분을 믿으실 수 있겠습니까?"

"친왕패의 위엄으로 하시는 말씀에 어찌 다른 의견이 있겠소이까?"

칠검노가 이구동성으로 외치자 역리상은 기분 좋은 미소를 지으며 친왕패를 거두었다.

"좋습니다. 이제 모두 일어나십시오."

친왕패의 출현 덕분에 잡음의 소지가 사라지자 사상문의 인물들은 빠르게 장내를 정리하기 시작했다. 칠지검 중 출혈이 심한 자는 지혈시키고 내상이 엄중한 자는 간단한 운기요상을 시행토록 한 뒤 칠천검이 부축하고 이번 일의 주범인 소공자 좌명학은 칠검노가 직접 대동한 채 부현 일행과 함께 객점을 나섰다.

 일행이 사상문에 도착했을 때는 어느덧 땅거미가 드리우기 시작하는 시각이었다.

 사상문은 강력한 힘을 가진 문파답게 겉에서 느껴지는 위용부터가 달랐다. 일 장 이상 높이로 길게 이어져 있는 담은 성을 방불케 했고 우뚝 솟은 대문과 그 위에 걸린 '四上門'이란 현판은 왠지 방문자의 기를 누르는 듯했다. 하지만 무엇보다도 위압적인 것은 대문을 지키는 일개 무사조차 흐트러짐이 전혀 없다는 사실이었다.

 "일곱 장로님을 뵙습니다!"

 대문을 지키는 무사가 열 명을 넘음에도 불구하고 인사를 올리는 자는 수문장 하나였다. 나머지는 문파의 장로가 도착했음에도 조금도 개의치 않고 주변을 경계하고 있었다. 문규가 얼마나 엄한지 한눈에 알 수 있는 장면이었다.

"수고들 하는구나."

앞장선 백검노가 가볍게 독려하며 앞장서 들어가자 나머지 사람들도 그 뒤를 따랐다.

대문과 중문을 지나자 탁 트인 정원이 나타나고 그 뒤편으로 웅장한 건물 한 채가 우뚝 서 있는 모습이 보였다. 태사전(太師殿)이란 편액이 붙어 있는 것으로 보아 그곳이 문주의 거처임을 한눈에 알 수 있었다.

"미리 기별을 넣어두었으니 문주께서 기다리고 계실 겁니다."

백검노가 이렇게 설명하며 일행을 태사전으로 인도하려 할 때였다.

"하하하!"

수십 개의 종이 동시에 울리는 듯한 웃음소리가 사방에서 들려오는가 싶더니 거대한 인영 하나가 두 명의 호위를 이끌고 태사전 쪽에서 쏘아져 날아와 일행 앞으로 내려섰다.

"무슨 말씀을 그리하시오, 백 장로! 공주마마께서 납시었는데 기다리고 있다니요?"

호쾌한 음성과 함께 나타난 사람은 타는 듯 붉은 장포를 걸친 팔 척 장신—일반적으로 척은 시대에 따라 30~34cm가 쓰였지만 신체를 잴 때는 24.5cm의 척이 주로 쓰였으므로 팔 척이라면 대략 196cm 정도임—의 노인이었다. 60이 넘는 연륜만큼이나 그의 머리와 수염은 하얗게 새어 있었지만 부숭부숭하게 뻗쳐 나간 모습이 그의 강한 성정을 잘 드러내 주고 있었다.

"어느 분이 공주마마이신지……?"

나연과 은강의 차림이 비슷해 그가 약간 당황해하자 백검노가 얼른 은강을 가리켰다.

"이분이 공주마마이시외다."

그러자 적포노인은 대동하고 온 두 명의 호위와 함께 한쪽 무릎을
꿇어 경의를 표하였다.

"사상문의 문주 좌청목(左靑木)이 마마께 인사 올리오!"

"일어나세요."

"황공하옵니다."

공주에게 인사를 마친 좌청목의 눈길이 이번에는 아들 좌명학에게
로 돌아갔다.

"못난 놈… 두 호법은 무얼 하는가? 문규를 어기고 제멋대로 놀아난
죄인을 어서 끌어내지 않고?"

"아, 아버님……!"

"시끄럽다!"

좌청목의 일갈에 좌명학이 아무런 변명도 못한 채 고개를 움츠리자
두 명의 호법은 그의 양팔을 붙잡고 끌고 가기 시작했다. 그들이 저만
치 사라지자 좌청목은 언제 그랬냐는 듯 인상을 바로 하며 공주에게
말하였다.

"안에 간단한 주안상을 보아두라 일렀으니 어서 드시지요."

좌청목의 권유에 따라 일행과 칠검노가 태사전으로 향하자 칠천검
은 별도의 지시가 없었음에도 불구하고 태사전 앞에 쫙 펼쳐 서며 주
변을 경계하기 시작했다. 그 일사불란한 모습에서 일행은 사상문의 무
게를 다시 한 번 실감할 수 있었다.

태사전 안에 마련된 연회실에는 궁성에서도 구경하기 힘든 산해진
미가 가득한 식탁이 일행을 기다리고 있었다. 은강은 이곳의 주인인
좌청목과 함께 상석에 나란히 앉았고 도지를 비롯한 이쪽 일행은 은강

옆으로, 칠검노는 좌청목 옆으로 나란히 자리를 잡았다.

일행과 좌청목 사이에 간단한 인사가 오가고 나자 연회실 한 켠에 대기하고 있던 악사들이 연주를 시작했고 곧 이어 무희들이 나와 현란한 춤사위를 선보였다.

소공자의 처벌을 확인하기 위해 온 일행에 대한 대접이라고 보기 어려울 정도의 환대였다. 바람과 도지 등은 왠지 꺼림칙한 느낌이 들어 안색을 굳히고 있었지만 철이라고는 손톱만큼도 없는 부현과 역리상은 금방 입을 헤벌쭉 벌리며 좋아하고 있었다. 조금 전까지만 해도 호랑이 굴에 들어온다는 사실에 눌려 제일 긴장하고 있던 두 사람이 말이다.

'으흐흐, 속옷이 다 비치네.'

'꿀꺽! 저 중에 마음에 드는 여자 하나 찍어 가지라는 소리는 안 할라나?'

금방 침이라도 흘릴 듯한 두 사람의 행위에 은강의 아미가 있는 대로 찌푸려졌다.

'도대체 저 인간들 머리 속에는 뭐가 들어 있는지… 가능하다면 확 쪼개봤으면 좋겠네.'

속으로 투덜거리고 있는 그녀의 눈앞으로 커다란 술잔이 디밀어졌다.

"한잔 드시지요, 마마."

좌청목이었다.

"그럴까요?"

그녀가 자신의 술잔을 높이 들어 올린 뒤 단숨에 비워 버리자 나머지 사람들도 술잔을 비웠다. 이어서 시녀들이 잔을 다시 채우자 은강은 다시 한 잔을 비워낸 뒤 입을 열었다.

"우리가 여기에 왜 왔는지는 알고 계시겠지요?"

차가운 바람이 풀풀 날리는 음성이었다.

좌청목의 안색이 일순 굳는 듯했으나 이내 수십 년을 무림에서 굴러 온 노강호답게 안색을 부드럽게 만들며 나지막이 대꾸했다.

"자식의 일인데 어찌 모르겠습니까? 하지만 오늘은 모두가 피곤할 터인즉 그 얘기는 내일로 미루심이……."

"우리는 그렇게 한가한 사람들이 아니에요."

"유람을 하시는 중이라고 들었습니다만……."

"유람이 아니라 오라버니의 특명을 받고……."

말을 하다 말고 은강은 얼른 입을 다물었다. 천부인에 관한 얘기는 아직 극비로 다루어지는 사안이었기 때문이다.

"어쨌든 우리는 시간이 없으니 지금 당장 처리하기로 해요."

그녀가 황급하게 말을 바꾸었지만 좌청목의 두 눈은 이미 묘한 빛으로 물들어 있었다.

'대왕의 특명이라고? 공주가 직접 나서야 할 특명이란 게 무엇일까?'

좌청목은 속으로 이런 생각을 하고 있었지만 겉으로는 전혀 내색하지 않은 채 너스레를 떨었다.

"어차피 밤이 깊었으니 어디서든 쉬어야 하지 않겠습니까?"

"노숙을 해도 상관없으니 우리는 지금 당장 일을 끝내고 떠나야겠어요."

"그럴 수는 없지요. 마마께서 친히 왕림하셨는데 이대로 가시게 하면 세상이 노부를 욕하지 않겠습니까?"

"긴 얘기 하지 말고 좌명학을 어찌 처벌할지 밝히세요!"

꾹꾹 참아가며 달래고 있는데도 은강이 조금도 물러서지 않자 좌청목의 안색이 서늘하게 가라앉았다.

"그렇게 자꾸 떠나려고만 하시면 문도들이 매우 서운해할 것입니다."

이 말이 떨어지기가 무섭게 사방에서 무서운 살기가 갑자기 일어나 일행을 옥죄어왔다. 천장이나 바닥은 물론 춤을 추던 무희와 악기를 타는 악사들에게서까지도……. 그리고 담담한 표정을 짓고 있기는 하지만 좌청목과 칠검노의 전신에서도 무서운 기도가 흘러나오고 있었다. 겉보기에는 아무렇지도 않았지만 이것은 분명 노골적인 위협이었다. 너희쯤은 언제라도 제거할 수 있다는 듯한…….

'이자들이 감히…….'

대고구려의 공주인 은강이 언제 이런 위협을 당해보았겠는가? 그녀가 발끈해서 일어서려는데 도지의 전음이 조용히 들려왔다.

"화를 자초할 필요는 없을 듯하외다, 마마. 우선은 이자들이 하는 짓을 지켜보기로 하십시다."

은강은 당장이라도 탁자를 뒤집어엎어야 속이 풀릴 것 같았지만 바람까지 은밀한 눈길로 자제하라는 신호를 보내오자 속으로 꾹 눌러 참았다.

"좋아요. 그럼 오늘 하루는 이곳에서 유하기로 하지요. 대신 내일 아침에는 일찍 떠날 수 있도록 일을 진행해 주세요."

"알겠습니다. 못난 자식 녀석은 본 문의 단죄옥(斷罪獄)에 가두어뒀으니 내일 날이 밝는 대로 끌어내 죄를 묻도록 하겠습니다."

순간 좌청목의 얼굴에 미소가 감돌기 시작하자 그동안 일행을 옥죄어왔던 살기는 눈 녹듯 사라져 버리고 악기는 더욱 아름다운 선율을, 무희는 더욱 현란한 춤사위를 펼쳐 내기 시작했다.

"급작스레 준비하느라 차린 것은 변변치 못하지만 많이 드시고 즐겁게 노십시오. 자, 드십시다."

좌청목의 권유에 따라 은강이 마지못해 식사를 시작하자 연회가 본격적으로 시작되었다.

내일 아침이면 아들을 단죄해야 하는 상황에서의 화려한 연회에 일행은 왠지 석연치 않은 느낌을 지울 수가 없었다.

초저녁에 시작한 연회는 자시(子時:밤 11시~새벽 1시)를 넘기고 나서야 파하였다. 그나마도 연회의 주인인 좌청목이 술에 취한 덕이었다. 아들 문제가 못내 마음에 걸리는 듯 연신 술을 들이키던 그가 결국 몸도 가누지 못할 정도로. 술이 과하여 백검노의 부축을 받으며 침소로 돌아간 것이다.

그가 돌아가자 연회석엔 금방 어색함이 감돌았다. 술에 취한 적검노는 적의를 숨기지 않고 일행을 대했으며 나머지 오검노도 별로 달갑지 않은 표정이었다. 그렇게 시간이 좀 더 흘렀다면 그들과 일행 사이에 한바탕 격전이 벌어졌을지도 모를 분위기였다. 하지만 때맞춰 돌아온 백검노가 가라앉은 분위기를 수습하고 연회를 파하였다.

일행은 칠천검 중 자천검의 안내를 받아 숙소로 향하였다. 은강 공주 때문에 특별히 개방한다는 그 숙소는 사상문의 문주와 같은 배분 이상의 귀빈에게만 제공되는 천락원(天樂園)이라고 했다.

귀빈들에게만 개방되는 곳답게 천락원은 제법 깊숙한 곳에 위치해 있었다. 태사전의 뒤뜰로 돌아 나오고 나서도 구불거리는 정원 길을 한참이나 지나가야 했으니 말이다.

"한 문파의 정원이 이렇게 넓다니 대단한걸?"

부현이 혀를 내두르자 자천검이 답하였다.

"본 문은 사방 이십여 리의 대지 위에 세워졌습니다. 거산준령(巨山
峻嶺)에 터를 잡은 도가나 불가 문파에 비하면 그다지 넓다고 할 수는
없지만 그래도 조심들하십시오."

"조심하라니, 그게 무슨 말인가?"

도지가 묻자 자천검은 그 질문을 기다렸다는 듯 묘한 미소를 입가에
매달며 대답하였다.

"터가 넓으면 위험한 곳도 그만큼 많은 법입니다. 본 문에는 금지도
많을 뿐더러 외부의 침입에 대비한 기관 장치도 곳곳에 설치되어 있으
니 함부로 돌아다니다간 낭패를 당하실 수도 있다는 말이지요."

말인즉 함부로 나다니지 말고 조용히 찌그러져 있으란 얘기였다.

'아무래도 사상문 안에는 우리에게 호의를 가진 자가 하나도 없는
것 같구나.'

좌명학은 누가 보더라도 공분을 일으킬 만큼 극악한 죄인이었다. 그
렇다면 좌충목이야 아비 된 입장으로 어쩔 수 없다고 해도 다른 문인
들은 자중하고 있어야 옳았다. 최소한 정도를 표방하고 있는 문파라면
말이다. 한데 사상문의 인물들은 예외없이 일행을 적대시하고 있는 것
이다. 이것은 좌충목의 문파 장악 능력이 대단히 뛰어남을 의미했다.

'어쩌면 은강 공주의 생각이 옳았을지도……'

도지가 안색을 무겁게 가라앉히며 걸음을 옮기고 있을 때였다. 건물
군과 정원이 번갈아 나타나던 그동안과는 달리 갑자기 탁 트인 광장이
나타났다. 그리고,

"저, 저건 뭐지?"

일행을 놀라게 한 것은 달빛 아래 거대하게 솟아 있는 철탑이었다. 그것은 일행과 무려 수백 보나 떨어져 있음에도 불구하고 굉장한 위압감을 느끼게 했다.

잡초가 듬성듬성 돋아난 평지 위에 우뚝 솟아 있는 10층 철탑. 붉게 녹슨 그것에선 왠지 피비린내가 진동하는 듯했다.

"저게 대체 무엇인가?"

도지가 묻자 자천검이 대답했다.

"문주의 자리에 오르기 전에 거쳐야 할 관문이라는 사실만 말씀드릴 수 있습니다."

"관문?"

"그렇습니다. 하지만 문주 내정자 이외에는 접근이 일체 불허된 곳이니 행여 가까이 가지 마십시오."

"그대가 말하던 금지 중 하나인 모양이군?"

"제1 금지지요."

"알겠네. 우린 사상문의 비밀을 캐러 들어온 것은 아니니 근처에도 가지 않도록 하겠네."

"조금만 더 가면 천락원이니 서두르시지요."

일행은 다시 걸음을 옮기기 시작했다. 철탑이 있던 개활지를 조금 가다가 작은 전각 하나를 꺾어 도니 그야말로 천상낙원과 같은 정원이 나타났다.

하얀 수련이 피어 있는 넓은 연못을 가운데 두고 주변을 아름다운 정원으로 가꾸어놓은 곳이었는데 연못이 얼마나 큰지 호수라 해도 어울릴 법했다.

그리고 호수 주변의 정원에는 여섯 채의 전각이 빙 둘러 지어져 있었는데, 정원수에 묻혀 있는 듯 솟아 있는 그 조화가 절묘하였다. 각 전각은 회랑으로 길게 이어져 있었고 그 회랑은 호수를 교차하는 두 개의 구름다리와 이어져 있었다.

이곳이 바로 천락원이란 이름을 가진 일행의 숙소였다. 문주와 동 배분 이상의 귀빈에게만 개방된다는 이유를 실감할 수 있을 만큼 잘 꾸며진 곳이었다.

"여러분이 묵으실 곳은 여기 이화각(梨花閣)입니다."

자천검의 안내에 따라 이화각 안으로 들어가니 시녀 여섯이 나는 듯이 다가와 일행을 맞았다.

"귀빈을 맞게 되어 영광이옵니다."

얼굴 가득 미소를 머금고 올리는 인사였지만 왠지 가식으로 엮어낸 것 같아 일행은 그다지 편하게 느낄 수 없었다.

"우리를 시중들 사람들인가?"

도지가 자천검에게 물었다.

"그렇습니다. 초행이라 모든 면에서 불편하실 것 같아 준비시켰습니다만……."

"이럴 것 없네. 승려가 시녀의 시중을 받다니……."

"하지만 공주마마께서는……."

"나도 됐으니 이들을 물리세요. 이제 잠잘 일만 남았는데 시녀가 왜 필요하겠어요?"

은강까지 거부감을 표하자 자천검은 뭐라 말을 하려다 말고 시녀들에게 명하였다.

"됐으니 너희는 물러가 보거라."

“예, 당주어른!”

시녀들이 총총히 사라지자 자천검은 뜻 모를 미소를 가볍게 지으며 일행에게 말하였다.

“따뜻한 목욕물과 간단한 주안상은 준비되어 있을 터이니 그럼 편히 쉬십시오. 내일 다시 모시러 오겠습니다.”

“고맙네.”

“참, 혹시나 해서 다시 드리는 말씀인데… 천락원 밖으로 외출하시는 일은 되도록 삼가해 주십시오.”

은강이 미간을 찌푸리며 자천검에게 쏘아붙였다.

“아까부터 왜 그런 얘기를 계속하지요? 우리가 염탐이라도 할까 봐 그러나요?”

“그럴 리가요? 다 여러분의 안전을 생각해서 올리는 말씀이니 너무 역정내지 마십시오.”

“흥! 내가 듣기에는 괜히 궁금증이 동하게 충동질하는 것 같은걸?”

“제 말이 귀에 거슬렸다면 용서하십시오, 공주마마!”

“됐으니 이만 가보세요. 아침 일찍 일어나려면 우리도 쉬어야 하니까요.”

“알겠습니다. 그럼…….”

고개를 숙인 채 물러가는 자천검의 입가에는 여전히 묘한 미소가 걸려 있었다.

그가 이화각을 빠져나가 천락원을 완전히 벗어나자 일행은 긴장을 풀며 주변을 둘러보았다. 일층은 기둥만으로 이루어진 누각의 형태로 가장자리에 탁자와 의자를 두어 차를 마시며 담소를 나눌 수 있게 만들어져 있었다. 반면 이층은 빙 둘러 방을 들이고 한 켠에는 남녀가 구

분되는 넓은 욕실 두 개를 두어 방문자가 편히 쉴 수 있도록 꾸민 공간
이었다. 마루의 탁자에는 일행이 간단히 마실 수 있는 술과 안주가, 욕
실 안에는 따끈한 물이 준비되어 있었다.

"이만하면 대접은 괜찮은 편인데……."

도지가 말을 늘이며 바라보자 바람이 대꾸했다.

"우리를 적대시하는 저들의 행동이 마음에 걸리시는 겁니까?"

"그래. 적대시하려면 대접이 시원찮든지 융숭히 대접하려면 적대하
는 감정을 숨기는 척이라도 하든지 해야 하는데 이도 저도 아닌 행동
을 보이고 있으니……."

"그만큼 자신감이 있다는 얘기겠지요. 신분에 걸맞은 대접은 하겠으
되 자신들의 일에 너무 깊숙이 관여하는 것은 용납지 않겠다는… 그런
뜻 아니겠습니까?"

"그럴 수도 있겠군. 그런데……."

도지는 뭔가 물을 말이 있는 듯 바람을 바라보더니 갑자기 귀를 쫑
긋 세우며 주변을 탐지해 나갔다. 혹시 엿듣는 사람이 있는지 알아보
고 있음이 분명했다.

"그러실 것 없이 제가 밖에 나가 살펴보고 오겠습니다."

바람이 한마디 남기며 밖으로 신형을 날렸다. 그리고는 주변을 뛰어
다니며 꼼꼼히 살핀 뒤 이화각으로 다시 돌아왔다.

"근방 수십 보 내에는 아무도 없습니다. 무슨 말씀인지 한번 해보시
지요."

"공주마마 때문일세."

"제가 어쨌게요?"

은강이 묻자 도지는 매우 비밀스러운 듯 주변을 다시 한 번 살피며

입을 열었다.

"이 험난한 강호에는 정말 왜 나오신 것이외까?"

"그게 그렇게 궁금했어요?"

"강호는 그다지 녹록한 곳이 아닌데 호위대도 없이 나와 돌아다니신
다는 것은…… 혹시 대왕 폐하 몰래 출궁한 것은 아니외까?"

"걱정 말아요. 오라버니의 허락은 물론 특명까지 받았으니까요."

"특명이라면?"

"말해도 될까요?"

은강이 묻자 바람은 가만히 고개를 끄덕였다.

"도지 어른을 못 믿는다면 이 험한 강호에서 믿을 사람은 아무도 없
을 겁니다."

"좋아요. 그럼 알려 드리지요. 우리는 천부인을 찾으러 가는 중이에
요."

"천부인이라면?"

도지도 천부인에 관해 알고 있는 듯 놀란 눈을 크게 부릅떴다.

사상문의 태사전 지하에 비밀리에 존재하는 집음실(集音室).

그곳은 사방 삼 장 정도 되는 규모의 석실이었는데 벽면이 온통 길
게 빠져나온 나팔 모양의 동관으로 가득했다. 그런데 놀라운 것은 그
동관 중 하나에서 은강 공주 일행의 말소리가 고스란히 들려오고 있다
는 사실이었다.

또 한 가지 놀라운 사실은 몸도 못 가눌 정도로 술에 취해 연회장을
빠져나갔던 좌청목이 멀쩡한 정신으로 그 소리를 듣고 있다는 사실이
었다. 뒤에 시립해 있는 칠검노와 함께 말이다.

"천부인이라면?"

놀라서 외치는 도지의 목소리에 이어 바람의 목소리가 흘러나왔다.

"천부인의 위치를 나타내는 비도가 출현했다고 합니다."

"어디서 들은 소리더냐?"

"사부님께서 그러셨습니다."

"섬검자가 말이냐? 하면 그는 어떻게 알았다고 하더냐?"

"그것까지는 모르겠습니다. 일 년 전에 비도를 회수해 오시겠다며 떠나신 뒤로 연락이 없으셨으니 말입니다."

"그럼 섬검자가 실종이라도 되었다는 말이냐?"

"실종되신 것인지 아직 비도를 찾지 못하신 것인지는 알 수 없습니다. 그래서 사부님의 행적을 좇아가던 중에 대왕 폐하의 부름을 받아 궁성에 들렀던 것입니다. 그곳에서 대왕 폐하의 밀명을 받았고요."

"음… 천부인의 위치를 나타내는 비도가 출현했다니… 아무래도 강호무림에 피바람이 몰아치겠구나."

"천부인이 우리 민족의 상징물인 것은 분명하지만 피바람이 몰아칠 이유까지는……."

"그건 네가 몰라서 하는 소리다. 천부인은 민족의 상징물이기도 하지만 무림인이라면 누구라도 꿈꿀 어마어마한 힘이 봉인되어 있는 신물이기도 하다. 그것을 얻어 비밀을 푸는 자는 하늘의 힘을 얻는다고 전해오고 있으니 말이다."

집음관에서 흘러나오는 소리를 듣고 있는 좌청목의 두 눈에 기이한 빛이 일렁거렸다.

'전설로만 알려져 오던 천부인의 비도가 출현하다니… 무림에 커다란 혈풍이 닥치겠군. 하지만 그 혈풍을 뚫고 비도를 틀어쥐는 자는 천

하 독패를 하고도 남을 테지.'

　누군가 자신들의 대화를 다 듣고 있다는 사실도 모른 채 일행은 계
속해서 비밀스러운 얘기를 주고받았다. 청각을 높여 주변으로 다가오
는 자가 있는지만 경계하며 말이다.
　"천부인에 그런 능력이 숨겨져 있는 줄은 생각도 못했습니다."
　"워낙 오래전부터 내려오던 전설이라 알고 있는 자가 몇 되지 않을
것이다. 하지만 비도가 출현했다는 소문이 돌 정도라면 그 비밀이 전
강호에 퍼지는 것은 시간문제일 따름이다. 그러기 전에 비도를 회수해
서 천부인을 찾아내야 할 텐데……. 만약 그러지 못하고 천부인이 강
호에 노출된다면 그야말로 전에도 없었고 후에도 없을 대혈풍이 강호
를 휩쓸게 될 것이다."
　길게 늘어놓는 도지의 말을 듣고 바람도 심각한 표정을 지었다.
　"천부인을 차지하기 위한 강호인들의 혈투도 걱정스럽지만 그것이
악인의 손에 떨어진다면 더욱 큰일이 벌어지겠군요."
　"그렇겠지. 그것을 얻는 자는 인간의 한계를 넘어서게 될 테니까."
　"대왕 폐하의 명이 아니더라도 반드시 회수해서 왕실에서 보관해야
할 물건이군요."
　"그래, 개인이 소유할 물건이 아닌 것은 분명하지."
　사안이 중대한 만큼 모두가 심각한 표정을 짓고 있는데 부현만큼은
전혀 관심이 없다는 듯 계속해서 하품만 쩍쩍 해대고 있었다.
　"하웅~ 졸려~ 잠은 언제들 자려나?"
　혼잣말처럼 중얼거리고 있었지만 모두의 귀에 또렷이 들렸으므로
은강이 인상을 확 긁으며 소리쳤다.

"그렇게 졸리면 너 혼자 들어가서 자면 될 것이지 왜 자꾸 하품을 해서 옆 사람까지 졸리게 만들어?"

"그래도 되냐?"

"그래! 제발 좀 가서 자라! 넌 그게 도와주는 거야!"

"고맙다. 그럼 나 먼저 잘게."

부현이 졸린 눈으로 손을 흔들며 방으로 들어가려 할 때였다.

"우아아아!"

어디선가 비명인지 호곡성인지 모른 소리가 은은히 들려왔다.

"이게 무슨 소리야?"

부현은 방으로 들어가다 말고 일행이 있는 곳으로 화다닥 달려왔다.

"혹시 이 집에도 원혼이 있는 것 아냐? 아니면 아륵이 알고 달려왔든지……."

겁에 질려 중얼거리는 부현을 보며 바람이 고개를 저었다.

"아륵은 나에게 맡기겠다고 약속했으니 오지 않을 것이다."

"그럼 이게 무슨 소리예요?"

"글쎄… 원혼의 호곡성 같지는 않고… 멀리서 들려오는 사람의 울부짖음 같은데……."

"우리 나가서 한번 알아봐요."

은강 공주가 궁금증이 발동한 듯 일행을 채근하자 도지가 얼른 제지했다.

"들려오는 소리로 보아 이곳 천락원 안은 아니오."

"그게 무슨 상관이에요?"

"아까 자천검이라는 자가 한 말을 벌써 잊으셨소? 함부로 돌아다니면 안전을 책임질 수 없다던 것 말이외다."

“설마 큰일이야 일어나겠어요?”

“어쨌든 조심하는 것이 좋을 듯싶소이다. 저들은 분명 경고하였으니 만약 함부로 움직였다가 불상사를 당한다 하여도 우리는 저들에게 책임을 물을 수 없을 것이외다.”

“그 말씀은 저들이 함정을 파놓고 우리를 기다리고 있는 것일지도 모른다는 말인가요?”

“그럴지도.”

드러내 놓고 적의를 보이던 그들이었으니 그러지 말란 법도 없을 것 같았다.

“대사의 뜻이 정 그렇다면 궁금증을 좀 참도록 하지요.”

일행이 얘기를 주고받는 사이에도 그 괴성은 계속해서 들려오고 있었다. 그러니 귀신을 유달리 무서워하는 부현이 무슨 수로 잠을 청하겠는가?

“으, 은강아, 너 많이 졸립냐?”

“왜?”

“술 한잔 더 하지 않을래?”

“술? 그것도 괜찮겠는데? 아까 분위기가 영 아니어서 별로 마시지 못했거든.”

“나도 술이 좀 모자랐는데 잘됐다. 우리 술이나 더 마시자.”

모처럼 두 사람의 죽이 척척 맞아떨어지자 이번에는 나연이 제동을 걸고 나섰다.

“부현이 너는 애가 무슨 술을 그렇게 마시려고 드냐?”

그러자 은강이 얼른 편을 들어주었다.

“애라니, 언니? 18살이나 됐는데 무슨 애야? 일찍 장가들었으면 자식이 셋은 되겠네.”

“맞아. 항상 내게 뭐라고 그러더니 누나도 마찬가지네. 여기는 고구려예요. 18살이면 술 정도는 얼마든지 마셔도 되는 시대라고요.”

“그래도 너무 어린 나이에 술을 마시면…….”

“그러지 말고 언니도 같이 한잔 마시자. 그러면 되잖아.”

“아, 아니야, 나는…….”

“에이, 언니 술 잘 마시던데 뭐? 괜히 빼지 말고 같이 마시자고.”

“그래요, 누나. 같이 마셔요.”

은강과 부현이 반강제로 나연을 끌고 가서 탁자에 앉히자 바람과 도지는 고개를 설레설레 흔들고는 각자의 방으로 들어갔고 역리상은 어정쩡하게 서서 잠시 고민하더니 슬금슬금 탁자로 다가갔다.

역리상까지 합세한 네 사람은 한동안 술잔을 주고받았다. 그런데 정작 술이 모자란다고 했던 은강은 왠지 술을 별로 마시지 않고 있었다. 대신 그녀는 온 신경을 도지와 바람의 방문으로 쏟아 붓고 있었다.

그러던 중 도지의 방에서 코 고는 소리가 요란하게 울려 나오기 시작하자 조심조심 바람의 방문 앞으로 다가가서 귀를 기울였다. 고른 숨소리가 흘러나오는 것으로 보아 바람도 잠이 든 듯했다. 그녀는 일행이 있는 탁자로 다시 살금살금 돌아오더니 무슨 일인가 싶어 동그란 눈으로 바라보는 일행에게 소리 낮춰 말했다.

“우리끼리 소리나는 곳을 찾아볼까?”

“뭐야?”

“뭐라고요?”

부현과 역리상이 동시에 소리치자 은강은 조용히 하라는 듯 입술에 손을 갖다 댔다.

"그러다 바람이나 도지 대사가 깨면 어쩌려고 그래?"

그러자 부현도 소리를 죽여 잔소리를 했다.

"그 양반들이 깨는 게 문제야? 절대 나가지 말라고 했는데 기를 쓰고 나가려는 네가 문제지."

"괜찮아. 다 사람 사는 곳인데 큰일이야 있겠어? 그리고 아까 자천검이 한 얘기는 우리 발을 묶어두기 위해 일부러 한 말일지도 몰라."

"발을 묶어두다니?"

"생각해 봐. 좌명학의 죄를 생각하면 당장 참수해도 모자랄 판국인데 이곳 사람들은 그런 죄상을 파헤쳤다고 우리를 적대시하고 있잖아. 이런 사람들이라면 남몰래 무슨 일을 벌이고 있을지 모른다고. 가령 양민을 잡아다가 고문을 한다거나……."

괴성은 아직도 주기적으로 들려오고 있었다.

"너는 저 소리가 고문에 못 이긴 비명 소리라고 생각하는 거냐?"

"거의 그렇지 않겠어? 만약 자기들 때문에 나는 소리가 아니라면 사상문 사람들이 가만히 있겠어? 벌써 소동이 일어났겠지. 분명히 뭔가 알고 있기 때문에 이렇게 조용한 걸 거야."

"그 말을 들으니 맞는 말인 것도 같고……."

"그러지 말고 다 함께 한번 나가보자. 그래서 양민을 괴롭히는 장면을 발견하면 오라버니께 말씀드려서 좌명학뿐 아니라 사상문을 송두리째 쓸어버리라고 할 테니까."

"아무리 그래도 바람 형님 말씀을 듣는 게 좋을 것 같은데……."

부현이 여전히 찜찜한 표정을 짓고 있자 은강이 쐐기를 박았다.

"너 설마 무서워서 그러는 거냐?"

"무, 무섭긴 누가 무서워한다고 그래?"

"그럼 왜 주저하는데?"

"그거야… 에이, 좋다. 함께 가자. 가면 될 거 아냐? 내공도 슬슬 녹아 나오기 시작했는데 까짓거 귀신만 아니면 겁날 게 뭐 있어?"

"좋아, 바로 그거야."

은강이 이번에는 나연에게 시선을 돌렸다.

"언니도 갈 거지?"

"나, 나도?"

"내가 가는데 언니도 당연히 가야지."

"그게 그렇게 되는 거냐?"

다음 표적은 아무래도 자기가 되겠다 싶었는지 역리상이 고개를 슬그머니 돌리고 있을 때였다.

"댁은 여기서 기다리고 있다가 혹시 우리가 한참 지나도 돌아오지 않으면 바람과 도지 대사에게 알려요."

"예?"

좇아가고 싶은 생각은 손톱만큼도 없었지만 아예 가자는 소리조차 하지 않자 왠지 배신당한 것 같은 역리상이었다.

"자, 어서들 가자고."

역리상이 어정쩡한 표정을 짓고 있는 사이 은강은 부현과 나연을 재촉해서 이화각을 빠져나가고 말았다.

"젠장, 왜 나만 미워하는 거야?"

횅한 마루에는 푸념 섞인 역리상의 목소리만 공허하게 맴돌았다.

"결국은 걸려들었군."

집음관에서 흘러나오는 은강 공주의 목소리를 듣고 있던 좌청목의 입가에 음침한 미소가 고여들었다.

"이제는 저들 스스로 사지에 들어가는 것을 두고 보는 일만 남았군."

"하온데 공주가 정말로 잘못되기라도 한다면……."

백검노가 걱정스러운 투로 묻자 좌청목이 단호한 목소리로 대답했다.

"우리는 그들에게 아무런 위해를 가한 사실이 없네. 분명히 주의를 주었음에도 불구하고 스스로 벌인 일이니 우리에겐 아무런 책임도 없는 일이지. 어쩌면 오늘 밤에 벌어지는 일은 영원히 사상문의 담을 넘지 못할 수도 있을 테고……."

무슨 생각을 하는 것인가? 좌청목의 눈빛은 음험하기 이를 데 없어 보였다.

이화각을 빠져나온 부현 일행은 주기적으로 울려 나오는 괴성의 진원지를 좇아 은밀히 움직이고 있었다. 혹시 있을지 모르는 경계 무사들 때문에 신경을 곤두세우고 있었지만 천락원을 빠져나갈 때까지 단한 명도 눈에 띄지 않았다.

괴성을 따라 움직이던 일행은 어느덧 철탑이 세워져 있는 광장에 이르러 있었다.

"우아아아아!"

누군가 미친 듯이 울부짖는 그 소리는 분명 철탑 안에서 울려 나오고 있었다.

"아까부터 저 철탑이 신경에 거슬리더니 아무래도 저 안에서 뭔가일이 벌어지고 있는 게 분명해. 한번 가보자."

괴성이 가까워질수록 부현은 괜히 오줌이 마렵고 심장이 쿵덕거리는데 은강은 도무지 겁이 없는 것 같았다.

"우리끼리 가는 것은 위험하지 않겠냐?"

"걱정하지 마. 아무도 보이지 않잖아. 그런데 뭐가 걱정이야?"

은강은 부현의 걱정을 코웃음으로 흘려 버리며 철탑을 향해 다가가기 시작했다. 그러자 나연과 부현도 어쩔 수 없이 그 뒤를 따랐다. 철탑이 있는 곳까지는 듬성듬성 난 잡초 이외에 아무것도 없었으므로 일행은 은신할 생각을 아예 포기한 채 천천히 걸어 들어갔다.

"크아아아!"

철탑에 가까워질수록 괴성은 더욱 처절하게 들려왔고 붉게 녹슨 철탑은 더욱 음산한 기운을 풍겨냈다.

휘이잉~

때마침 불어온 바람이 쇠 비린내를 몰고와 일행을 한 바퀴 휘감고는 멀리 사라졌다.

'정말 무서워 죽겠네. 금방 귀신이라도 튀어나올 것 같잖아. 이럴 줄 알았으면 놀림을 받더라도 이화각에 그냥 남아 있을걸.'

뒤늦게 후회해 보는 부현이었지만 이미 철탑이 코앞에 있는 상황이니 혼자 돌아간다는 것은 더욱 힘든 일이었다.

"끄아아아아아!"

비명 소리는 분명 철탑 안에서 울려 나오고 있었다.

"사람 소리가 흘러나오고 있으니 어딘가 입구가 분명히 있을 텐데⋯⋯."

은강이 중얼거리며 철탑을 살펴보기 시작했다. 멀리서 볼 때는 덜했는데 가까이에서 보는 철탑은 정말 대단했다. 1층부터 10층까지 일직선으로 뻗어 올라간 철탑은 팔각 모양을 하고 있었는데 그 한 면의 길이만 해도 50보는 족히 넘을 것 같았다. 도대체 이렇게 큰 철탑이 왜 존재할까? 보통 사람이라면 이런 궁금증을 가져 볼 만도 하건만 은강은 오로지 비명 소리에만 관심이 있는 모양이었다.

"좋아, 한 바퀴 둘러보자. 어딘가에 입구가 있겠지."

"야, 아무래도 기분이 이상하니까 이쯤에서 그냥 돌아가자."

부현이 한마디 해보았지만 은강에게는 전혀 먹혀들지 않았다.

"무슨 소리야? 그냥 갈 거면 뭐 하러 여기까지 왔어?"

그녀는 부현의 걱정을 일축하며 철탑을 따라 걸어나가기 시작했다.

'아무래도 좋지 않은 일이 일어날 것 같은 예감인데⋯⋯.'

부현도 어쩔 수 없이 은강의 뒤를 좇아나갔다. 그렇게 열 걸음쯤 옮겼을까?

끼기기긱!

어디선가 금속 마찰음이 들려왔다.

"무슨 소리지?"

부현이 놀라서 머리털을 바짝 세우고 있는데 철탑이 갑자기 요동 치는 것 같았다.

"뭐, 뭐야? 철탑이 움직이잖아!"

"그게 아니야, 이 바보야. 바닥이 움직이고 있다고. 어서 여기서 벗어나!"

은강이 소리치며 뛰어나가려고 할 때였다.

덜컹!

세 사람이 서 있는 바닥이 커다랗게 갈라지며 아래로 활짝 열리지 않는가?

"아다닷! 함정이다!"

"엄마야! 난 몰라!"

세 사람은 바닥을 알 수 없는 시커먼 어둠 속으로 빠르게 빨려 들어갔다. 그리고…

끼드드득!

연쇄적인 기계음이 울리며 갈라졌던 바닥이 다시 닫히기 시작했다. 한 변이 수십 보에 이르는 거대한 함정 문이 천천히 올라와 철커덕 닫혀 버리자 바닥은 조금 전과 다름없는 원래의 모습으로 돌아왔다. 하지만 그곳을 제외한 다른 부분은 커다란 변화를 일으키고 있었다.

기이잉! 철커덕!

철탑 주변의 평지에서 크고 작은 철탑들이 솟아오르고 있었다. 작게
는 두 척 안팎에서 크게는 이십 척에 이르기까지 중앙의 철탑과 똑같
이 생긴 모형 철탑 수백 개가 솟아오르고 있는 것이다.

그러나 정작 놀라운 일은 그 뒤에 일어났다. 어디서부턴가 실낱 같
은 안개가 생겨나기 시작하더니 그것은 점점 짙어져서 결국에는 철탑
주변의 공지를 모두 덮어버리고 말았다. 강력한 어떤 힘이 그 안개를
생성하고 퍼지지 못하게 붙잡고 있는 듯 철탑 주변을 에워싼 안개는
불어오는 바람에도 약간 일렁거리기만 할 뿐 조금도 흩어지지 않았다.
새롭게 생겨난 철탑 모형이 그 안개에 모두 가려졌고 보이는 것이라고
는 삐죽 솟아 있는 중앙 철탑의 꼭대기 부분뿐이었다. 대체 무슨 일이
일어나고 있는 것인지…….

"세 사람이 밖으로 나간 뒤 아직 돌아오지 않고 있단 말이냐?"

아직 잠이 덜 깬 듯한 도지가 두 눈을 휘둥그렇게 뜨며 물었다. 은강
이 부현과 나연을 끌고 나간 뒤 한참을 기다려도 돌아오지 않자 뒤늦
게 도지와 바람을 깨운 역리상은 매우 초조한 표정으로 고개를 끄덕였
다.

"나는 나가지 말라고 분명히 말렸어요. 그런데 공주님이 자꾸 고집
을 부려서……."

"물론 그랬겠지. 그런데 나간 지 얼마나 지난 게냐?"

"대략 한 시진쯤 된 것 같은데……."

"그렇게나 오래됐는데 왜 이제야 깨워?"

"돌아올 줄 알았죠."

기어들어 가는 목소리로 대답하는 역리상을 외면한 채 도지는 바람

을 바라보았다.

"아무래도 무슨 일이 벌어진 것 같은데 어찌했으면 좋겠느냐?"

"일단 사상문 사람들에게 알리는 것이 순서일 듯싶습니다. 그들이 뭔가 일을 꾸미지 않았다면 금방 찾아낼 수 있겠지요."

"그렇게 간단히 해결되면 좋으련만……. 어쨌든 어서 가보자꾸나."

"아구구, 삭신이야!"

부현은 사지가 다 어긋난 듯한 통증을 이겨내며 어렵게 몸을 일으켰다. 그가 있는 곳은 한 치 앞도 보이지 않는 절대 암흑 속이었다. 떨어지는 충격으로 잠시 정신을 잃었던 것 같은데 곰곰이 생각해 보니 꽤 오래 떨어져 내렸던 것 같다. 그래도 다행인 것은 바닥에 양털처럼 푹신한 것이 깔려 있어서 크게 다치지는 않았다는 사실이었다.

"여기가 도대체 어디래?"

그가 잔뜩 겁에 질린 목소리로 중얼거리자 바로 옆에서 은강의 목소리가 들려왔다.

"땅속으로 떨어졌으니 당연히 지하겠지."

"누가 그걸 몰라서 물었겠냐? 대체 뭐 하는 곳이냔 말이지!"

"그야 낸들 아냐?"

"내가 말을 말아야지."

둘이 옥신각신하고 있자니 얼마 떨어지지 않은 곳에서 나연의 목소리가 들려왔다.

"티격태격하는 걸 보니 다친 곳은 없는 모양이구나?"

"언니, 다친 데는 없어?"

"나는 멀쩡해. 그보다 우리끼리 싸울 때가 아니잖아. 어떻게든 빠져

나갈 생각을 해야지."

"뭐가 보여야 빠져나가든지 말든지 하지."

"그렇다고 이러고 있을 수는 없잖니. 어디로든 움직여 보자."

"미쳤수? 내 생각이 맞는다면 우린 지금 기관에 갇혀 있는 거야. 잘 알지도 못하면서 함부로 움직였다간 죽기 십상이라고."

'기관이라면 무협 소설에 등장하는 그 기관을 말하는 건가? 그거 되게 무섭던데……. 벽에서 갑자기 칼이 튀어나와 모가지를 뎅겅 잘라 버린다거나 암기가 무지막지하게 날아와 고슴도치를 만들기도 하는……. 하지만 무엇보다 무서운 것은 괴상한 곤충이나 짐승이 나오는 기관이던데…….'

부현은 무협 소설에 등장하는 무수한 기관들을 떠올리며 몸을 부르르 떨었다.

"은강이 말이 맞아요, 누나. 아무리 내공이 강해도 기관을 잘못 건드렸다가는 뼈도 못 추려."

"기관이 그렇게 무서운 거야?"

"그렇다니까. 그런데 아까부터 이상한 소리가 들리는 것 같지 않아요?"

부현의 말이 아니더라도 은강과 나연도 그 소리가 궁금하던 차였다. 언제부터인가 들려오기 시작한 그 소리가 말이다. 휙휙거리며 날카롭게 들려오는 것이 회초리를 휘두르는 소리 같기도 하고 뭔가 묵직한 것을 휘두를 때 나는 소리 같기도 했다.

"어째 예감이 좋지 않은데?"

"누가 불 좀 밝혀봐!"

은강과 나연이 불안한 듯 소리치자 부현이 주머니를 뒤져 뭔가를 꺼내 들었다.

치잇!

부현이 꺼낸 것은 까페에서 홍보용으로 나눠 준 종이 성냥이었다. 성냥을 한 번도 본 적이 없는 은강이었으니 신기해할 법도 하건만 그녀는 지금 그럴 정신이 없었다.

"저, 저, 저, 저게 뭐야?"

"어떤 무지막지한 자식이 이런 기관을 만든 거야?"

부현도 완전히 기가 질린 목소리로 외쳤다. 나연은 아예 아무 말도 못하고 있었다.

성냥불에 드러난 소리의 실체는 거대한 도끼가 흔들리며 내는 소리였던 것이다. 중심 축에 의지한 채 좌우로 엇갈려 흔들리고 있는 수십 개의 도끼. 다행히 일행이 함정의 중심과 약간 떨어진 가장자리에 있었으니 망정이지 만약 한가운데서 정신을 잃고 있다가 깨어났으면 일어나다 말고 몸뚱어리가 쪼개지고 말았을 상황이었다. 시계추처럼 흔들리고 있는 그 도끼는 중심부에 이르렀을 때 바닥과 가장 가까워지니 말이다. 시퍼렇게 번뜩이는 도끼 날은 중심부쯤에선 바닥과 한 자 정도밖에 차이가 나지 않아 보였다.

"앗, 뜨거!"

도끼에 정신을 팔고 있던 부현은 짧게 타 들어온 성냥불에 손을 데어 불을 떨구고 말았다. 그런데,

화르릉!

그 불을 기다리기라도 했다는 듯 바닥이 급격하게 타 들어가기 시작하지 않는가?

"으아앗!"

놀라서 피하고 보니 푹신했던 바닥은 부드러운 양털이 쌓여 만들어진 곳이었다.

"얼른 꺼! 불이 더 번졌다간 모두 통구이가 되고 말 거야!"

부현이 은강, 나연과 함께 다급히 진화에 나섰지만 잘 마른 양털에 옮겨 붙은 불은 쉽게 꺼지질 않았다. 퍼져 나가는 불은 발로 밟아 어떻게 막을 수 있었지만 속으로 빨갛게 타 들어가는 불은 밟는 것으로는 막을 수가 없었다. 그리고 그 불씨는 밑으로 점점 번져 나가고 있는 듯 주변이 시커멓게 물들어가며 함몰되어 가고 있었다.

"이대로는 안 되겠어."

부현이 급하게 외치며 바지를 풀어헤쳤다.

"야! 너 뭐 하는 거야!"

"꺄아!"

두 여자가 비명을 질러댔지만 마음이 급한 부현의 귀에는 전혀 들리지 않는 듯했다.

쉬이이이~

자랑스럽게 그것을 꺼내놓고 쏘아대는 부현의 모습은 당당하기까지 했다.

'내가 이래 뵈도 우리 반에서 한물건 하던 몸이라고!'

그래서 뭐가 어떻다는 것인지……

어쨌거나 강력한 소화전(?) 덕분에 타 들어가던 불길은 제압할 수 있었다. 지린내가 심하게 풍겨 나오기는 했지만 말이다.

부현은 부르르 몸을 떠는 마지막 동작을 마치고는 그것을 바지춤에 집어넣었다.

"야, 임마! 그렇게 흉측한 것을 왜 함부로 꺼내놓고 난리야?"

"난 몰라! 다 봐버리고 말았어!"

은강과 나연의 항의를 부현은 단 한 마디로 일축했다.

"어쨌든 불은 껐잖아. 쓸데없이 떠들 정신 있으면 여기를 어떻게 빠져나갈지나 궁리하라고."

"뭐가 보여야 찾지! 불 좀 다시 켜봐!"

"이번에는 불 내지 않게 조심하고!"

치이잇!

성냥불이 다시 켜지자 세 사람은 지체없이 사방을 둘러보았다.

"저기 출구가 있다!"

다행히 한쪽 벽면에 네모진 구멍이 뚫려 있었다. 그런데 문제는 흔들리는 도끼 저편에 출구가 있다는 사실이었다.

"죽겠네. 출구로 나가려면 저 도끼 밑을 지나가야 한단 말이잖아? 누가 구해줄 때까지 그냥 여기 있는 게 낫겠군."

부현은 성냥불을 끄며 한쪽 구석에 털퍼덕 주저앉았다.

"아휴, 냄새!"

나연과 은강도 손을 흔들어대며 지린내가 나는 자리를 피해 앉았다. 그렇게 약간의 시간이 흘렀을 때였다. 지린내와 함께 매캐한 연기가 세 사람의 코를 찌르기 시작했다.

"어디서 타는 냄새가 또 나는 것 같은데? 불이 아직 덜 꺼진 건가?"

부현은 성냥을 다시 켰다. 오줌을 누었던 자리 바로 옆에서 연기가 모락모락 올라오고 있었다. 양털 바닥 깊숙한 곳에서 불씨가 자라나고 있는 게 분명했다.

"나는 아까 다 쏟아내서 나올 게 없는데… 누가 좀 꺼봐!"

부현은 아주 쉽게 말하고 있었지만 끄는 방법이란 것이 오줌밖에 더 있겠는가?

"어머, 얘는 여자에게 어떻게 그런 부탁을……."

나연이 얼굴을 발갛게 물들이며 부현의 어깨를 탁 쳤다.

뻑!

"아윽! 어, 어깨야!"

정말 오랜만에 맛보는 돌주먹 맛이었다. 그래도 불을 또 내서는 안된다는 사명감으로 성냥을 꼭 쥐고 있는 부현이었다.

"아프잖아요!"

"미, 미안."

"누나 주먹은 흉기라고요, 흉기! 제발 관리 좀 잘해요!"

"알았어……."

"그런데 정말로 불씨가 자라도록 그냥 놔둘 거야?"

"그럼 우리보고 어쩌라고?"

"나처럼 오줌 누면 될 거 아냐!"

"너는 남자니까 괜찮지만 우리는 여자잖아!"

"목숨이 달린 일인데 남자 여자 가릴 겨를이 어디 있어요? 그리고 성냥불 끄면 보이지도 않는데 뭐가 어떻다는 거예요?"

부현은 거의 다 타 들어간 성냥불을 훅 불어서 껐다.

"이제 됐지요? 두 사람이 알아서 해결해요."

부현이 다시 종용했지만 나연은 도무지 그럴 생각이 없는지 한동안 가만히 있다가 기어들어 가는 소리로 말했다.

"그래도… 소리는 들리잖아……."

"내가 미쳐!"

"야, 나도 싫다. 창피하게 어떻게 언니 앞에서 소피를 보냐?"

"이런 젠장, 여자는 보여주면 안 되고 남자는 보여줘도 된다는 거야 뭐야? 당장 죽게 생겼는데 지금 창피한 게 문제야?"

"어쨌든 우리는 싫으니까 알아서 해!"

"그럼 도대체 어쩌자는 거냐?"

"까짓거 출구 쪽으로 가면 되지 뭐."

"뭐야?"

"못 갈 건 뭐 있어? 도끼 날과 바닥 사이에 한 자 정도 공간이 있던 데?"

"너, 제정신으로 하는 말이냐?"

"내 정신 아닐 건 또 뭐 있어? 바닥에 바짝 누워서 움직이면 아무렇 지도 않을 텐데?"

"그러다 저 무지막지한 도끼 날에 살짝 스치기라도 하는 날에 는……."

"야, 가슴 나온 우리가 괜찮다는데 네가 왜 난리냐? 네 몸 어디가 한 자보다 두껍다고!"

"그래도 무섭잖아!"

"하긴… 아까 보니 그 흉측한 물건을 잘못 세우면 도끼에 찍힐 수도 있겠더라."

'저게 정말…….'

"어쨌든 우리는 저쪽으로 갈 테니까 너 혼자 여기 남든 통구이가 되 든 알아서 해."

"야!"

"저기 좀 봐! 이젠 우리가 나서기에도 늦었어. 불씨가 저렇게 큰데 소피 조금 보는 걸로 꺼지겠냐?"

“뭐야?”

잠시 시간을 허비한 사이에 겉으로 드러나지도 않던 불씨는 어느덧 방석만큼 큰 숯덩이로 변해 있었다.

지지! 지지직!

게다가 주변 양털로 급속하게 세력을 키워 나가는 것으로 보아 언제 불꽃이 치솟을지 모르는 상황이었다. 그리고 불꽃이 일단 치솟기 시작하면 잘 마른 양털 바닥 표면으로 불은 삽시간에 번져 나갈 것이 분명했다.

“우라질, 이젠 선택의 여지가 없군. 저 삭막한 곳을 지나가는 수밖에……..”

부현은 성냥불을 다시 켠 뒤 은강, 나연과 함께 출입구 쪽으로 조금씩 다가갔다. 처음엔 허리를 숙이는 것으로 충분했지만 조금 더 갔을 때는 엉금엉금 기어야 했다. 그러다가 중앙부에 가까워지자 바닥에 똑바로 누워야만 했다. 엎드린 자세는 조금만 실수를 해도 몸이 위로 밀려 올라가는 반면 누운 자세는 일부러 일어서기 전에는 바닥에 착 붙어 있을 수 있기 때문이었다. 그 대신 누운 자세에서 전진해 나간다는 것은 생각보다 쉬운 일이 아니었다. 그런데 불씨가 있던 자리에서 불길까지 치솟아오르기 시작했다. 그야말로 설상가상이었다. 불길이 무서운 속도로 번져 올 것은 뻔한 일인데 몸은 빨리 움직일 수가 없으니…… 게다가 그동안 보이지 않던 주변 상황이 그 불길 때문에 확연히 드러나자 세 사람은 그 자리에서 까무러치고 싶은 심정이었다.

휘이잉!

어마어마하게 큰 도끼의 시퍼런 날이라니……. 그것이 몸을 쪼갤 듯 스쳐 내려올 때는 그저 입만 쩍 벌어질 뿐 아무런 생각도 나지 않았다.

아래쪽에서부터 도끼 날이 번쩍 하고 스쳐 지나가면 몸뚱어리가 쩍 뽀개지는 듯 섬뜩한 느낌이 사타구니부터 정수리를 가르고 지나갔다.

'으흐흐… 내가 미쳐. 이런 상황에서 어떻게 제정신을 유지하냔 말야.'

우거지상을 지은 채 속으로 이렇게 중얼거리고 있으면서도 부현은 부지런히 움직여 나갔다. 뱀처럼 몸을 좌우로 틀고 어깨를 교대로 움직이며…….

저만치 갔던 도끼가 이번에는 정수리에서 아래쪽으로 휭 하니 지나갔다. 벌써 몇 차례 반복해서 겪는 일인데도 몸뚱어리가 쪼개지는 듯한 느낌은 지울 길이 없었다.

게다가 불길이 제법 가까이 다가온 듯 발바닥에 따끈한 열기가 느껴졌다. 이러다 죽지 싶은 생각이 들자 부현의 몸은 더욱 빠르게 움직여졌다. 드디어 중앙부에서 어느 정도 벗어나자 부현은 두 팔꿈치를 이용해 빠르게 기어나가며 발치를 바라보았다. 불길이 얼마나 빠르게 달려오는지 곧 발바닥에 옮겨 붙게 생긴 형국이었다.

"이런 곳에서 타 죽을 수는 없어!"

부현은 비명에 가까운 외침을 토해내며 얼른 엎어져 네 발(?)로 마구 기어 달리기 시작했다. 그게 얼마나 빠르던지 웬만한 사람 달리는 것보다도 빠를 것 같았다.

파파팍!

먼지를 일으키며 달린 덕에 부현은 불길이 도달하기 전에 출입구 안으로 들어설 수 있었다.

"헉헉! 겨우 살았네. 그런데 두 사람은 어떻게……?"

제 목숨을 건지고 나니 다른 사람도 걱정이 되는 듯 뒤를 돌아보려

던 부현은 코앞에 네 개의 발이 우뚝 서 있는 것을 발견하고는 고개를
들어 올렸다. 발의 주인은 당연히 나연과 은강이었다.

"어떻게 벌써……?"

"우리가 빠른 게 아니라 니가 느린 거야, 이 바보야!"

은강이 놀리는 투로 말하자 부현이 발끈하여 소리쳤다.

"나는 죽을힘을 다해서 기어온 거란 말야!"

"그러니까 바보지. 왜 죽을힘을 써, 내공을 써야지?"

"그럼… 두 사람은……?"

"당연히 내공을 이용해서 빠져나왔지. 너처럼 하고 있었으면 벌써
불에 타 죽었겠다."

"그럼 내가 저 도끼 밑에서 버둥거리고 있을 때 이미 여기에 도착해
있었겠네?"

"말이라고 하냐? 손발에 내공을 실어서 바닥을 조금 밀어내니까 금
방 빠져나올 수 있겠던걸? 그리고 두어 걸음 뛰니까 여기더라."

"그런 걸 알고 있으면 나도 좀 가르쳐 줘야지, 이 웬수야! 혼자 고생
하고 있는데 구경만 하고 있어?"

"나는 알아서 할 줄 알았지 니가 그렇게 바보인 줄 낸들 알았겠냐?"

두 사람이 한 치도 양보 않고 티격거리자 나연이 중재에 나섰다.

"다 무사하니 됐지 뭐. 그만들 하고 어서 여기를 빠져나가자. 이대
로 있다가는 양털 타는 연기 때문에 질식하고 말겠어."

"누나도 똑같아요!"

"그래그래, 미안하게 됐다. 사실은 우리도 경황이 없어서 너한테 그
방법을 알려줄 수가 없었어. 그저 안타까워하고만 있었다고."

"됐어요! 안타깝기는… 행여나 그랬겠네!"

"미안하게 됐으니 어서 여기부터 벗어나자, 응?"

"알았어요. 나도 여기서 죽고 싶은 마음은 없으니 어서 가기나 해요."

단단히 토라진 부현이 심통맞은 걸음걸이로 먼저 걸어나가자 나연과 은강은 서로를 쳐다보며 피식 웃고는 그 뒤를 따랐다.

"대체 그게 무슨 말인가? 침소에 드셨어야 할 공주님이 행방불명되시다니?"

좌충목은 자다 일어난 차림으로 달려나와 대단히 놀란 듯 바람 일행을 맞았다. 그러면서도 은강 공주의 실수를 강조하기 위해 침소에 들었어야 할 시간이라는 점을 유달리 강조했다.

"송구스러운 말씀이지만 저희가 묵고 있던 천락원 인근에서 사람의 비명 소리가 계속 들렸었습니다."

바람은 조심스럽게 운을 띄우며 좌충목의 안색을 살폈다.

"어허! 그 양반이 오늘 또 난동을 부린 모양이군."

"비명 소리의 근원을 알고 계십니까?"

"물론 알고 있지. 그러나 이 사실은 본 문의 비밀이라 외부인에게는 자세한 내용을 말할 수 없으니 양해하게."

"비밀을 알고 싶은 생각은 없습니다. 다만 그 사람이 어째서 야심한 밤에 비명을 지르는지 알고 싶을 따름입니다."

"우리가 누군가를 가둬두고 고문이라도 가했을까 봐 묻는 것인가?"

"그런 것은……."

좌충목은 바람 일행의 일거수일투족을 모두 감시하고 있는 상태였고 바람 일행은 이쪽에 대해 가지고 있는 정보가 전무하다 보니 대화는 완전히 좌충목의 의도대로 흘러갔다.

"그런 일은 없으니 걱정 말게. 그보다 공주께서는 어떻게 되신 건가?"

"그 비명 소리를 따라가 보겠다며 나가셨다는데 아직 연락이 없어서 이렇게 찾아뵙게 됐습니다."

"뭐야?"

좌충목은 대단히 놀라는 듯한 태도를 취하며 말을 이었다.

"그렇다면 큰일이로군. 그 소리는 철탑에서 흘러나오는 것인데……."

때맞춰 백검노가 달려 들어오며 소리쳤다.

"큰일 났소이다, 문주! 누군가 사상 12관으로 들어간 듯 기관이 작동하기 시작했다 하오이다."

"나도 이미 알고 있습니다, 백 장로."

"그 일을 어떻게……?"

백검노는 짐짓 의아한 표정을 지었다.

"아마도 공주마마와 두 친구 분이 기관을 작동시킨 것 같습니다."

"그렇다면 정말로 큰일이 벌어진 것 아니외까?"

"내 말이 그 말이외다. 대체 이 일을 어떻게 수습해야 할지……."

미리 입을 맞춰서 떠들어대고 있는 두 사람의 대화를 듣고 있던 바람이 물었다.

"사상 12관이 무엇을 하는 곳입니까?"

"차기 문주 내정자에게 자격이 있는지 시험해 보는 관문일세."

"하오면……?"

"문주의 자격을 시험하는 곳인 만큼 험난한 장치가 곳곳에 설치되어 있지."

"그렇다면 큰일 아닙니까?"

"그래서 이렇게 걱정하는 것 아니겠는가? 하필이면 왜 그곳을 들어

가셨는지……."

좌충목은 짐짓 근심스러운 표정을 지어 보였다.

부현 일행은 긴 통로를 따라 하염없이 걷고 있었다. 도끼의 방에서 벗어나 이 통로로 들어오는 순간 들어왔던 입구는 두꺼운 철문으로 막혀 버렸다. 덕분에 연기에 질식할 위험은 사라졌지만 왠지 더욱 깊숙한 수렁으로 빠져드는 느낌은 지울 수 없었다.

지금 걷고 있는 곳은 벽면은 물론 바닥과 천장까지 석벽으로 이루어진 긴 통로였다. 이곳도 어둡기는 마찬가지였지만 도끼의 방처럼 완전한 암흑은 아니었다. 근원은 알 수 없지만 어디선가 희미한 빛이 흘러나와 사물의 윤곽을 구별할 정도는 되었다. 특별한 빛의 근원이 없는 것으로 보아 석벽 자체가 은은한 빛을 흘려내고 있는 게 아닌가 하는 생각이 들었다.

세 사람은 벌써 한 시진째 이렇게 걷고 있었다. 하지만 아직까지 위로 올라가는 길은 물론 다른 출구도 찾을 수가 없었다. 대신 묵직한 기계음이 가끔씩 들려올 따름이었다.

그르르릉!

간혹 들려오는 이 기분 나쁜 소리는 그렇지 않아도 날카로워진 일행의 신경을 긁어대기에 충분했다.

"이 우라질 놈의 소리는 도대체 어디서 들려오는 거야? 들려오는 소리로 봐서는 그리 멀지 않은 곳 같은데 아무리 걸어가도 나타나는 것은 하나도 없고 말이야! 가만!"

혼자서 떠들어대던 부현은 뭔가 생각이 떠오른 듯 멈추어 서서 한참이나 계산을 하고 서 있었다.

“이거 혹시 미로 아닌가?”

“통로가 하나뿐인데 무슨 미로야?”

가능성이 없다는 듯 나연이 고개를 저었지만 부현은 자신의 주장을 굽히지 않았다.

“만약에 벽이 움직여서 길을 계속 바꾸고 있는 것이라면 미로라고 할 수도 있지 않겠어?”

“그럴듯한 얘기네?”

“뭔가 묵직한 것이 움직이는 듯한 소리도 나고 말이야.”

“만약 그렇다면 어떻게 하지?”

“글쎄… 일단 여기서 한번 기다려 볼까? 정말로 벽이 움직이는지 말이야.”

“지쳐서 더 걷기도 힘드니까 그렇게 하기로 하자.”

일행은 그 자리에 털썩 주저앉았다. 이 통로로 들어온 이후 그들이 우려했던 암기의 공격이나 함정 같은 것은 없었다. 하지만 어두운 통로를 계속 걷다 보니 모두가 지쳐 버린 것이다.

잠시 앉아서 쉬다 보니 일행이 지나온 쪽에서 묵직한 기계음이 들려오기 시작했다.

“일단 가보자!”

일행은 소리가 나는 쪽으로 얼른 달려가 봤다. 그런데 지나올 때는 직선이었던 통로가 없어지고 어느새 오른쪽으로 뚫린 새 통로가 생겨 있었다. 이로써 답은 얻을 수 있었다. 벽이 끊임없이 움직이며 만들어 내는 미로에 갇혔다는 사실을 말이다. 그런데 이 미로를 어떻게 빠져 나가야 할지는 도무지 답이 나오지 않았다. 처음부터 표식이라도 하고 움직였으면 뭔가 방법이 있을지도 모르건만 한 시진이나 이 안에서 헤

매고 다닌 일행은 방향 감각은 고사하고 지금 있는 곳이 대충 어디쯤
인지조차 감도 잡을 수가 없는 형편이었다.

“어떻게 한다지?”

나연은 맥빠진 목소리로 중얼거리며 그 자리에 다시 주저앉았다.

“누나가 그러면 어떻게 해요?”

“내가 뭘?”

“돌주먹은 뒀다 어디에 써요, 이럴 때 써먹어야지?”

“돌… 주먹?”

“객점에서 칠지검인가 뭔가 하는 자식들이랑 싸울 때 보니까 내공도
꽤 생긴 것 같던데 그 주먹 한 방이면 이런 벽쯤은 간단히 부서지지 않
겠어요?”

“그래, 언니. 한번 해봐라. 어쩌면 부현이 말대로 될지도 몰라.”

은강까지 부추기고 나서자 나연도 주춤주춤 자리에서 일어났다.

“하지만 만약 벽이 부서지지 않으면 내 손이 많이 아프지 않을까?”

“걱정 말아요. 그 돌주먹에 내공까지 더해졌는데 겁날 게 뭐 있어요?”

“그거 칭찬하는 거냐?”

“당연하지요. 누나의 멋진 돌주먹!”

“그런데 왠지 기분은 별로다.”

“괜히 시간 끌지 말고 어서 해봐요.”

“알았어.”

나연은 내공을 끌어올리는 듯 호흡을 가다듬으며 자세를 잡았다.

‘대충 쳐도 충분할 것 같은데 폼 되게 잡네.’

부현이 속으로 이렇게 생각을 하거나 말거나 나연은 그 뒤로도 한동
안이나 호흡을 가다듬었다. 그리고는 어느 순간이 되자 움직임을 딱

멈추며 정면의 벽을 무섭게 노려보다가 힘껏 오른 주먹을 뻗어냈다.

"파(破)!"

콰콰쾅!

기합 소리에 이어 들리는 엄청난 굉음. 그것은 석벽이 무너지는 소리가 분명했는데 그 뒤에 들려오는 소리는?

우르릉! 콰릉!

"이게 뭔 소리야?"

얼른 달려가서 무너진 구멍 안을 들여다보던 부현은 질렸다는 표정으로 입을 쩍 벌렸다. 석벽의 두께는 대략 반 자가량 되었는데 도대체 무슨 짓을 한 건지 이쪽 석벽뿐 아니라 저쪽 석벽까지 구멍이 뻥 뚫려 있었던 것이다.

'권풍이라도 쓴 거야 뭐야? 나는 아직 장풍도 한번 못 써봤구만……'

"하하, 됐어! 내가 해냈어!"

스스로 생각하기에도 대견한지 나연은 매우 감격스러운 표정이었고 은강은 완전히 넋이 나간 눈빛으로 그녀를 바라보았다.

'나는 여태껏 저렇게 멋진 여성을 본 적이 없어. 어쩜 저렇게 멋있을 수 있을까?'

거의 꿈나라를 헤매고 있는 은강을 보며 부현이 인상을 찌푸렸다.

'얘가 왜 침은 질질 흘리고 이래? 더럽게……'

부현은 은강에게서 한 발 물러서며 나연을 향해 엄지손가락을 치켜세웠다.

"하여튼 무공은 누나 적성에 딱 맞는 걸 선택한 것 같수. 벽을 하나도 아니고 두 개나 한꺼번에 날려 버리다니, 아이구 무서워라!"

그는 몸을 떠는 시늉을 하며 부서진 구멍 안으로 들어갔다. 그쪽 통로라고 이쪽과 별다를 것은 없었다. 그곳을 대충 살핀 뒤에 부현은 두 번째 구멍으로 들어가 보았다. 그곳 역시 마찬가지였다. 결국 그들이 있는 곳은 움직이는 수많은 벽으로 이루어진 미로임이 확실해진 것이다.

"방법은 하나뿐이네."

"뭐 다른 좋은 생각이라도 떠올랐니?"

"누나가 계속 부수는 거요."

"난 또 더 좋은 생각이라도 있는 줄 알았네. 옆으로 비켜봐."

나연은 또다시 자세를 잡았다. 하지만 이번에는 길게 시간 끌지 않고 바로 주먹을 내질렀다.

콰쾅! 우르릉!

또다시 석벽이 간단하게 부서지자 은강의 눈은 더욱 초롱초롱한 별빛을 쏟아냈다.

'영원한 내 이상형이야!'

"야! 침 좀 닦아라!"

"으, 응?"

"먼지 쐬면 침 흘리는 버릇이라도 있냐? 왜 질질 흘리고 그래?"

"내⋯ 가 그랬냐?"

두 사람이 이러고 있는 사이에도 나연은 계속 석벽을 부숴 나가고 있었다.

콰쾅! 와르릉!

정말 주먹으로 뭘 부수는 데는 천부적인 소질을 타고난 나연이었는데 열한 번째쯤 되었을까?

콰각!

"아윽! 주, 주먹이야! 손가락 부러졌나 보다!"

최초로 나연의 주먹에 부서지지 않는 석벽이 나타난 것이다.

"언니, 괜찮은 거야?"

은강은 나연을 살피러 달려간 반면 부현은 부서지지 않은 벽을 유심히 살피고 있었다.

"가장자리에 도착한 건가?"

벽에 전혀 손상이 가지 않은 것은 아니었다. 타고난 돌주먹에 일갑자 내공이 받쳐 준 만큼 석벽은 총알 맞은 유리처럼 거미줄 모양의 균열이 넓게 퍼져 있고 주먹에 가격당한 자리를 중심으로 깊숙이 함몰되어 있었다.

이 정도 충격을 받고도 부서지지 않았다는 건 벽이 무척 두껍거나 그 안쪽에서 무엇인가 받쳐 주고 있다는 얘기였다.

"어? 이건 뭐지?"

석벽의 균열에서 뭔가 흘러나오고 있었다. 손가락으로 찍어보니 끈적한 액체였다. 뭐라 형용할 수 없는 고약한 냄새도 풍겨 나왔고…….

치이익!

부현은 성냥불을 켜 보았다. 진푸른 빛을 가진 액체였다. 그 기분 나쁜 액체가 넓은 균열 전체에서 스멀스멀 흘러나오고 있는 것이다.

〈제1권 끝〉